VOYAGES CHEZ LES MORTS
ET AUTRES PIÈCES

THÉÂTRE COMPLET
D'EUGÈNE IONESCO

5

尤内斯库戏剧全集

拜访死者的旅行

5

[法]欧仁·尤内斯库 著　桂裕芳 宫宝荣 译

上海译文出版社

目录

麦克白特

宫宝荣　译

人物表

（以出场先后为序）

格拉密斯	罗歇·雅凯
康道尔	马塞尔·尚佩尔
班柯	雅克·达诺维尔
麦克白特	雅克·莫克莱
柠檬水贩子	罗歇·德马尔
某士兵	吉勒·托马
麦克白特的勤务官	米歇尔·德冈
班柯的勤务官	米歇尔·德冈
某军官	吕克·里兹
邓肯	阿兰·莫泰
邓肯夫人	热纳维耶芙·丰塔内尔
侍女	布里吉特·福塞
伤兵	雅克·沙尔比
王宫官员	罗歇·雅凯
某普通妇人	罗西纳·法韦
病人甲	罗歇·德马尔
病人乙	马塞尔·尚佩尔
客人们	马塞尔·尚佩尔 米歇尔·德冈 罗歇·德马尔 吕克·里兹
仆人	吉勒·托马

女仆	布里吉特·福塞
另一个女仆	罗西纳·法韦
马考尔	雅克·沙尔比

被斩首者、病人、百姓、女巫

该剧于一九七二年一月二十七日在巴黎左岸剧院首演，雅克·莫克莱担任导演，雅克·诺埃尔担任布景和服装，弗朗西斯科·森普伦和米歇尔·克里斯托杜里代为该剧配乐。

布　景

田野。

〔格拉密斯和康道尔。格拉密斯从左边上。与此同时，康道尔从右边上。

他们上场时并不相互致意，而是站在舞台中央，面对观众。如此保持若干时间。

格拉密斯　（转向康道尔）您好，康道尔男爵。

康道尔　（转向格拉密斯）您好，格拉密斯男爵。

格拉密斯　请听我说，康道尔。

康道尔　请听我说，格拉密斯。

格拉密斯　再也不能这样下去啦。

康道尔　再也不能这样下去啦。

〔格拉密斯和康道尔两人发火。他们的怒气和冷笑越来越厉害。剧本用于支撑他们的怒气上升。

格拉密斯　（冷笑）我们的君王……

康道尔　（同样冷笑）邓肯，敬爱的邓肯大公，哈，哈！

格拉密斯　正是！敬爱的。过分敬爱的。

康道尔　敬爱得过分的。

格拉密斯　打倒邓肯！

康道尔　打倒邓肯！

格拉密斯　他在打猎的时候，践踏了我的领地。

康道尔　用的是国库银子。

格拉密斯　他说……

康道尔　国家就是他。

格拉密斯　我每年进贡一万只禽，以及它们下的蛋。

康道尔　还有我呢。

格拉密斯　要是别人能够接受……

康道尔　我呢，可不能接受。

格拉密斯　我也不能接受。

康道尔　那些接受的人，那是他们的事。

格拉密斯　为了他的军队，他向我索讨小伙子。

康道尔　为了王国的军队。

格拉密斯　这样只会解除我的武装。

康道尔　这样解除我们的武装。

格拉密斯　我有人……有我的队伍。将来他会用我自己的人来向我发动进攻。

康道尔　也向我进攻。

格拉密斯　从来没有见过这种事。

康道尔　没有，从来没有，自从我的祖先以来……

格拉密斯　也从我的祖先以来……

康道尔　在他身边，所有那些胡乱搜查、翻箱倒柜的人。

格拉密斯　滋养得又肥又壮，用我们辛勤的汗水。

康道尔　还有肥嫩的禽肉。

格拉密斯　我们的肥羊。

康道尔　我们的壮猪。

格拉密斯　猪猡！

康道尔 我们的面包!

格拉密斯 一万只禽,一万匹马,一万名年轻人……他要用来干什么?他不可能吃得完。剩下的都烂掉。

康道尔 还有一千个姑娘。

格拉密斯 我们很清楚他要干什么。

康道尔 我们欠他什么呀?是他欠我们。

格拉密斯 还不止这些。

康道尔 其余的还不算。

格拉密斯 打倒邓肯!

康道尔 打倒邓肯!

格拉密斯 他并不比我们更有价值。

康道尔 我把他看得更下贱。

格拉密斯 他甚至比最底层的还要下贱。

康道尔 下贱得多。

格拉密斯 只要想起来,我的肺就气炸。

康道尔 我的头发就直竖。

格拉密斯 我的荣誉啊!

康道尔 我的光荣哪!

格拉密斯 我们祖先的权利……

康道尔 我的财产……

格拉密斯 祖产!

康道尔 我们享受幸福的权利。

格拉密斯 我要说他都不屑一顾。

康道尔 难道他不是不屑一顾吗?

格拉密斯 我们不是无名之辈。

康道尔 恰恰相反。

格拉密斯　我们有头有脸。

康道尔　也就是说,不是等闲之辈。

格拉密斯　我们不愿受任何人的欺骗,尤其不能受邓肯的欺骗。啊哈,啊哈！我们敬爱的君王！

康道尔　既不受骗也不上当。

格拉密斯　既不上当也不受骗。

康道尔　直至我的梦境。

格拉密斯　直至我的梦境,他都像个活生生的恶魔冲撞进来。

康道尔　必须把他驱逐出境。

格拉密斯　必须让他无处藏身。

康道尔　无处藏身。

格拉密斯　我们要独立！

康道尔　我们要发财的权利。我们要自治。

格拉密斯　我们要自由！

康道尔　要成为本人领地上的唯一主人。

格拉密斯　还要夺下他的领地。

康道尔　还要夺下他的领地。

格拉密斯　我提议两家平分。

康道尔　一半对一半。

格拉密斯　一半对一半。

康道尔　他治理得太糟糕。

格拉密斯　他对我们不公正。

康道尔　我们来主持正义。

格拉密斯　我们取代他来统治。

康道尔　从今以后我们取而代之。(康道尔和格拉密斯两人相互靠近。朝右边看去,班柯从右边上)您好,班柯,可敬的将军。

格拉密斯　您好，班柯，伟大的将军。

班　柯　您好，格拉密斯，您好，康道尔。

格拉密斯　（对康道尔）这件事什么都别告诉他。他是邓肯的忠臣。

康道尔　（对班柯）我们透透气。

格拉密斯　（对班柯）就季节而言，天气不错。

康道尔　（对班柯）亲爱的朋友，请坐一会儿。

班　柯　早晨散步，我不坐。

格拉密斯　是啊，有助于健康。

康道尔　我们钦佩您的英勇。

班　柯　我以剑侍候我的君主。

格拉密斯　（对班柯）您所作所为极好。

康道尔　我们完全赞同您。

班　柯　各位，告辞了。

〔他从左边下。

康道尔　再见，班柯。

格拉密斯　再见，班柯。（对康道尔）我们不能指望他。

康道尔　（把剑抽出一半）他背转过去了，我们可以把他杀了。

〔他踮着脚朝班柯的方向走了几步。

格拉密斯　别，还不是时候。我们的军队还没准备好，不久就会好的。

〔康道尔把剑插回鞘。麦克白特从右边上，与此同时班柯从左边下。

康道尔　（对格拉密斯）又来了一个大公的忠臣。

格拉密斯　敬礼，麦克白特。

康道尔　敬礼，麦克白特，向您致意，忠诚、高尚的君子。

麦克白特　敬礼，好人康道尔；敬礼，格拉密斯男爵。

格拉密斯　敬礼，麦克白特，伟大的将军。（对康道尔）不要让他发觉这件事。装作什么事都没有。

康道尔　（对麦克白特）我和格拉密斯都十分钦佩您对我们敬爱的邓肯大公忠心耿耿、忠贞不贰。

麦克白特　难道我不应该对他忠心与忠贞吗？难道我没有向他宣过誓吗？

格拉密斯　我们要说的不是这个意思。恰恰相反；您说的完全有道理。我们祝贺您。

康道尔　他的感激，毫无疑问，令您满意。

麦克白特　（大笑）我们的君主邓肯善良名声远播，他处处为百姓利益着想。

格拉密斯　（向康道尔眨眼）我们有所耳闻。

康道尔　我们心中有数。

麦克白特　邓肯乃是慷慨的化身。他把一切都给了别人。

格拉密斯　（对麦克白特）您肯定获益不少。

麦克白特　他也勇敢。

康道尔　显赫的功绩已经证实了他的勇敢。

格拉密斯　这些使之声誉卓著。

麦克白特　这些并非只是传说。我们的君王善良、忠诚。他的妻子，我们的郡主，大公夫人，同样既善良又美丽。富有善心。她帮助穷人，安抚病人。

康道尔　怎么能不钦佩他这样的人呢：一个值得爱戴的人，一个完美无缺的君王？

格拉密斯　怎么能不以忠诚回报他的忠诚、以慷慨回报他的慷慨呢？

麦克白特　（几乎做出动作）谁要是说相反的话我就把剑指向谁。

康道尔　我们相信、绝对相信邓肯是一位比所有其他君王都要仁德的君王。

格拉密斯　他是仁德的化身。

麦克白特　我在努力模仿这个榜样。我在努力成为一个像他那样勇敢、仁德、忠诚和善良的人。

格拉密斯　这不会是件轻而易举的事。

康道尔　确实,他又是一个非常、非常好的人。

格拉密斯　邓肯夫人很漂亮。

麦克白特　我努力向他学习。先生们,告辞啦。

〔他从左边下。

格拉密斯　他几乎要把我们说服了。

康道尔　这是一个信徒,一个天真汉。

格拉密斯　一个刚正不阿的人。

康道尔　一个危险分子。他和班柯都是大公部队的统领将军。

格拉密斯　您不会泄气吧。

康道尔　嗬!……我想不会。

格拉密斯　(假装要把剑抽出来)想也别想。

康道尔　不,我不会这样想。我跟您保证,不会这样想。是的,是的,是的,您可以相信我。是的,是的,是的。

格拉密斯　那好,咱们抓紧。擦拭好我们的枪,集合好我们的人,准备好我们的军队。我们在黎明时发起进攻。明天晚上,邓肯将被杀头,我俩将分享王位。

康道尔　您真的相信,邓肯是个暴君吗?

格拉密斯　一个暴君,一个篡位者,一个专制者,一个独裁者,一个不信教者,一个吃人魔王,一头蠢驴,一只呆鹅,比这些还糟。证据呢,就是他占着王位。如果我不是深信不疑的话,我又为什么要把他拉下宝座来？我完全是出于高贵的情感。

康道尔　这是事实，确实如此。

格拉密斯　（对康道尔）让我们发誓互相完全信任对方。（格拉密斯和康道尔拔出剑来，相互致意）我信任您，我以剑发誓对您完全忠诚。

康道尔　我信任您，我以剑发誓对您完全忠诚。

〔他们把剑插回鞘中。快速下，格拉密斯往左，康道尔往右。

空台几分钟。要在灯光和音效上大做文章，灯光来自舞台深处，噪声将变为具体的音乐（但只是在最后）。

枪声，闪电。必须有小火焰。舞台深处表现出火光冲天。

一束闪亮的灯光也可以来自顶端；舞台上必须有这些火光反射，接着是闪电和暴雨。

天空变晴。舞台深处，天空红彤彤的，很美，悲壮。随着地平线变得明亮和透红，机关枪的扫射声渐渐稀少，变得零星。

人们听见喊声、牢骚声、伤员的呻吟声，接着是更密的枪声。一位伤员发出一声惨叫，声音极尖。

云彩散开之后，人们发现空寂的平原极为辽阔。伤者的叫声不再响起，可是，在静场两三秒钟之后，又传来一个女人的尖叫声。

在即将上场的人物出现之前，要让布景、灯光、噪声长时间地表演。灯光、各种声音不应追求真实，尤其是在接近结束之际。布景师—灯光师和音效师在本剧中的作用十分重要。

结尾时，随着声音响起，一个士兵从右边上，手中握着一柄白晃晃的剑。他穿过舞台时，模拟着决斗：转剑、击剑、（拨挡）炫耀、搏击、刺脸、躲闪、各种防卫姿势。动作相当快。该士兵从左边下。

所有这些声响停息之后，静场，接着声响又重新响起。转剑等等。动作更快，没有舞蹈。

一个女人披头散发，一边叫喊一边从左往右穿过舞台。

柠檬水贩子从右边上。

柠檬水贩子 非常新鲜的柠檬水啊！有百姓喝的，有军人喝的！哎嗨！哎嗨！谁想润一润嗓子啊？谁想享受休息啊？非常甜美的柠檬水啊！柠檬水用来治疗伤口，柠檬水用来阻止恐惧，军用柠檬水！一法郎一瓶，三法郎四瓶。柠檬水还适用于小伤口，适用于抓伤、擦伤。

〔两个士兵从左边上，一个驮着另一个。

柠檬水贩子 （对士兵甲）他受伤啦？

士兵甲 不，他死啦。

柠檬水贩子 被剑刺死的？还是被长枪戳死的？

士兵甲 不是。

柠檬水贩子 被手枪打死的？

士兵甲 不是。心肌梗死。

〔两士兵从右边下。

另外两个士兵从右边上。

他们可以是原来的两个人，但是刚才被驮的那个现在驮着另外一个。

柠檬水贩子 （指着背上的士兵）心肌梗死？

背人的士兵 不是，剑刺的。

〔士兵们从左边下。

柠檬水贩子 非常新鲜的柠檬水！军用柠檬水呀！预防恐惧的柠檬水，保护心脏的柠檬水！（另一位士兵从右边上）清凉宜人的柠檬水！

另一位士兵　你在这儿卖什么呀？

柠檬水贩子　非常甜美的柠檬水，它能治好伤口。

士　兵　我又不是伤兵。

柠檬水贩子　它能预防恐惧。

士　兵　我从来不害怕。

柠檬水贩子　一法郎一瓶。它对心脏也有好处。

士　兵　（拍着铠甲）我胸甲下面长着七颗心呢。

柠檬水贩子　可以治愈小伤。

士　兵　小伤吗？有。我们打得好厉害。用这个。（他指着狼牙棒）更多用这个。（他指着剑）可尤其多的是用这个。（他指着匕首）把这东西捅进肚子里……捅进肠子……这可是我最喜欢干的。瞧，上面还有鲜血呢。我用它来切我的奶酪和面包。

柠檬水贩子　我看见啦，士兵先生。远一点我也看得清楚的。

士　兵　你害怕啦？

柠檬水贩子　（惊骇地）我的柠檬水，我的柠檬水，它能治头颈酸痛、治感冒、治痛风、治麻疹和梅毒……

士　兵　我是多么能杀呀、剁呀……那些人嚎啊，鲜血喷啊……简直是在过节！这样漂亮的日子不是常有的。给我喝的。

柠檬水贩子　对您免费，将军。

士　兵　我不是将军。

柠檬水贩子　司令。

士　兵　也不是司令。

〔柠檬水贩子给他喝的。

柠檬水贩子　您肯定会当上司令的。

士　兵　（喝了几口之后）不好喝。猫尿。你不害臊吗？小偷！

柠檬水贩子 我可以把钱退还给您。

士　兵 你发抖啦，害怕啦。那么，你那柠檬水，防治不了你的恐惧喽？

〔他拔出匕首。

柠檬水贩子 别这样，士兵先生。

〔传来军号声。

士　兵 （朝左边下，一边收回匕首）算你运气，我没时间。我还会找到你的。

柠檬水贩子 （独自一人，颤抖着）他多么让我害怕啊。（朝左边）但愿其他人赢，把你割成一小块一小块。割成小碎片，从肉末到土豆泥。下流坯，滚！垃圾，猪猡！（变换口气）非常新鲜的柠檬水咪，三法郎四瓶咪。

〔他缓慢地朝右边走去，然后急奔，因为带着匕首和剑的士兵再次在左边出现。

士兵在侧台边旁边抓住柠檬水贩子。人们只能从侧面或背面看到士兵在动手，并听见柠檬水贩子在叫喊。士兵消失。

再次听见叫喊声和机关枪扫射声，但轻了下来，因为发生的地点更远。天空再次燃烧起来，如此等等。

麦克白特从舞台深处上。他神情疲惫，坐在一块界石上。手里拿着一柄裸剑。他端详着剑。

麦克白特 我的剑刃完全被血染红了。我亲自下手，杀了好几百人。我杀了一百多个跟我无冤无仇的官兵。我还叫行刑队动手，又枪毙了成百上千的人。另外死了好几千个人，活活烧死在藏身的森林里，是我叫人放的火。还死了上万个人，男人、女人和小孩被闷死在地窖里，压死在他们房屋的废墟下，房子是我让人给捣毁的。还有成千上万的人溺死在英吉利海峡，这些人出于恐惧，想越过海峡。好几百人死于恐惧或自尽。其余上千万人死于愤怒、中风或悲伤。已经没有足够的土地来埋葬死人。被扔到湖里的浮尸把湖里的水都灌进了肚子。湖水都枯竭啦。没有足够的秃鹫来为我们甩掉这些尸体。想象一下，还剩下多少哪，有的还在挣扎。必须把他们结果掉。如果用剑割掉他们的头颅的话，血就会从他们的喉咙管里，像泉水一样，成吨成吨地喷涌而出，把我的士兵们都给淹死了。成营、成旅、成师、成军的士兵和长官，自旅部的将军开始，然后依循等级，师部将军、四星将军、元帅，被割下的敌人头颅朝我们的人吐痰、辱骂。已经与身体分开的手臂继续挥舞着刀剑或者开枪。断脚对着我们的屁股踢来。当然，他们是叛徒。国家的敌人。也是邓肯，我们敬爱的君王，大公的敌人；但愿上帝保佑他。他们想要推翻大公。得到了外国军队的帮助。我想，我是对的。在混战的醉态当中，人们往往胡乱下手。但愿我没有无意之中杀害朋友。我们的队伍紧挨在一起战斗，但愿我没有踩碎他们的脚趾。是的，我们做得对。我来到这块石头上休息。我还是有一点恶心。我让班柯独自一人指挥军队。然后，我去接替他。真奇怪，尽管费了这么大劲，我不觉得饿。（从口袋里掏出一块大手绢，擦拭额头和脸）我下手太狠。手腕都痛啦。幸运的是，没有一处扭伤。休息一下有好处。（他向勤务官说话，此人在右侧后台）嗨，去把我的剑拿到河里洗洗，再给我拿喝的来！

〔勤务官上，然后带着剑下。他马上又回来，甚至没有完全离开舞台。

勤务官　这是您那洗干净的剑，这是您的酒壶。

〔麦克白特接过剑。

麦克白特　这不又是崭新的啦。（他把剑插进鞘，举起酒壶喝酒，与此同时勤务官从左边下)不,没有后悔,因为他们是叛徒。我只是服从我的君王的命令。受君之命。(放下酒壶)很好,这酒。我已经不觉得疲倦。走吧。(他望着舞台后部)班柯来了。哎!情况怎么样?

班柯的声音或班柯本人或班柯的头 (出现又消失)他们快要溃败啦。请您替我继续打下去。我要稍稍休息一下,然后跟您会合。

麦克白特 (对班柯)不能让格拉密斯从我们手里逃掉!我要去包围他们。快。

〔麦克白特从舞台后部下。麦克白特与班柯长相相近。同样的服装,同样的胡子。

班柯从右边上。他很疲倦;坐在一块界石上。手里拿着一柄裸剑。端详着剑。

班　柯 我的剑刃完全被血染红了。我亲自下手,杀了好几百人。我杀了一百多个跟我无冤无仇的官兵。我还叫行刑队动手,又枪毙了成百上千的人。另外死了好几千个人,活活烧死在藏身的森林里,是我叫人放的火。还死了上万个人,男人、女人和小孩被闷死在地窖里,压死在他们房屋的废墟下,房子是我让人给捣毁的。还有成千上万的人溺死在英吉利海峡,这些人出于恐惧,想越过海峡。好几百人死于恐惧或自尽。其余上千万人死于愤怒、中风或悲伤。已经没有足够的土地来埋葬死人。被扔到湖里的浮尸把湖里的水都灌进了肚子。湖水都枯竭啦。没有足够的秃鹫来为我们甩掉这些尸体。想象一下,还剩下多少哪,有的还在挣扎。必须把他们结果掉。如果用剑割掉他们的头颅的话,血就会从他们的喉咙管里,像泉水一样,成吨成吨地喷涌而出,把我的士兵们都给淹死了。成营、成旅、成师、成军的士兵和长官，自旅部的将军开始，然后依循等级，师部将军、四星将军、元帅，被割下的敌人头颅朝我们的人吐痰、辱骂。已经与身体分开的手臂继续挥舞着刀剑或者开枪。断脚对着我们的屁股踢来。当然，他们是叛徒。国家的敌人。也是邓肯，我们敬爱的君王，大公的敌人；但愿上帝保佑他。他们想要推翻大公。得到了外国军队的帮助。我想，我是对的。在混战的醉态当中，人们往往胡乱下手。但愿我没有无意之中杀害朋友。我们的队伍紧挨在一起战斗，但愿我没有踩碎他们的脚趾。是的，我们做得对。我来到这块石头上休息。我还是有一点恶心。我让麦克白特独自一人指挥军队。然后，我去接替他。真奇怪，尽管费了这么大劲，我不觉得饿。（从口袋里掏出一块大手绢，擦拭额头和脸）我下手太狠。手腕都痛啦。幸运的是，没有一处扭伤。休息一下有好处。（他向勤务官说话，此人在右侧后台）嗨，去把我的剑拿到河里洗洗，再给我拿喝的来！

〔勤务官上，然后带着剑下。他马上又回来，甚至没有完全离开舞台。

勤务官　这是您那洗干净的剑，这是您的酒壶。

〔班柯接过剑。

班　柯　这不又是崭新的啦。（他把剑插进鞘，举起酒壶喝酒，与此同时勤务官从左边下）不，没有后悔，因为他们是叛徒。我只是服从我的君王的命令。受君之命。（放下酒壶）很好，这酒。我已经不感到疲倦。走吧。（他望着舞台后部）麦克白特来了。哎！情况怎么样？

麦克白特的声音或麦克白特本人或麦克白特的头　（出现又消失）他们快要溃败啦。请您替我继续打下去。我要稍稍休息一下，然后跟您会合。

班　柯　(对麦克白特)不能让格拉密斯从我们手里逃掉！我要去包围他们。我来了。

〔班柯从舞台后部下。

激烈交战的声音再次响起。

天空被火光映得更红了。

音乐十分有节奏但十分粗暴。

一个女人十分平静地从左到右穿过舞台,臂上挎着一个篮子,似乎要去买东西。下。

声音重新弱了下去,仅仅构成背景音响。

有段时间,舞台空着。然后,传来宏大得滑稽的军乐,盖过战场上的声音。

邓肯的一位军官快速从左边上,在舞台中央停住。

军　官　(抬着一张椅子或宝座)我们的君王,邓肯大公伉俪到。

〔邓肯夫人和大公从左边上。邓肯夫人走在大公前面。她头戴王冠,身着一袭长长的绿色花裙;她的穿着有些奢侈。跟在大公夫人后面的是侍女,一个又漂亮又年轻的人。她站在下场口旁。邓肯入座,其他两人分立左右。

军　官　您请,请过来吧,陛下。战斗已经远去。机关枪已经打不到这里。没有流弹。不用害怕。甚至还有行人在散步呢。

邓　肯　康道尔被战胜了吗？如果他被打败了的话,他是否被处死了呢？格拉密斯是不是已经被杀掉,就像我下令的那样？

军　官　必须这样希望。您原本可以走得更近点去看。地平线一片血红。战斗似乎还在继续,但很远,很远。请等待结果吧。大人,耐心点。

邓　肯　要是麦克白特或班柯兵败了呢？

邓肯夫人　您亲自披挂上阵，自己去打仗。

邓　肯　要是他们打败了，我到哪里避难呢？马耳他国王是我的敌人。古巴皇帝也是我的对手。巴利阿里亲王同样如此。法兰西和爱尔兰国王都是冤家。我在英格兰宫廷树敌众多。去哪里呵？去哪里避难啊？

军　官　陛下，请相信麦克白特和班柯。他们都是良将，英勇无畏，孔武有力，完美的战略家。他们已经用行动证明，而且不止一次。

邓　肯　我也不得不信任他们。无论如何，我还是要小心谨慎。把我最好的马备好，那匹不会尥蹶子的马，还有我最好的快艇，在水上最稳的那艘，配上救生艇。可惜我指挥不了月亮，但愿它圆圆地挂在天上，但愿天空布满星星，因为我要在夜晚出行。这样更谨慎。谨慎是智慧之母。我自己将带一只装满金币的匣子。可是去哪儿呢？也许去加拿大，或者美国。

军　官　再等等。别泄气。

〔来了一位伤兵，脚步踉跄。

邓　肯　这个醉鬼干什么的？

军　官　不是醉鬼。我看他像个伤兵。

邓　肯　如果你从战场上来的话，就把情况告诉我。谁战胜啦？

伤　兵　这有什么关系呢？

军　官　问你谁赢了，有没有人打赢了！回答，这是陛下——站在你面前的这位——在问你！

邓　肯　我是你的君主，邓肯大公。

伤　兵　这样的话，就不一样了。对不起，我受伤了。我被长矛击中了，还挨了好几枪。

〔他站不稳。

邓　肯　你别装着昏过去。喂,你说还是不说?谁赢啦?是他们还是我们的人?

伤　兵　对不起,我不是很清楚。再说,我已经受不了了。跟您说实话,我提前离开啦。在结束之前。

邓　肯　你本该留下的。

军　官　陛下,那他就不会在这儿回答您的提问啦。

邓　肯　他中途就退出战场,就像看一场不喜欢的戏中途退场一样。

伤　兵　我已经跟您说过,我被击倒啦。失去了知觉。后来,我又醒了过来。我尽量站了起来,我尽力拖着,一直拖到这里。

邓　肯　(对士兵)你真的是我们的士兵吗?

伤　兵　谁呀,"我们"是谁?

军　官　不就是你眼前的大公陛下和大公夫人吗?

伤　兵　我没有在战场上见过陛下。

邓　肯　(对士兵)你的将军都叫什么名字?

伤　兵　我不知道。我从一家客栈出来,一位骑兵中士用绳索套住了我。是他雇了我。和我在一起的伙伴都逃走了,他们运气好。我试图抵抗,但挨了打,还被绑了起来,又被带了过来。他们给了我一把剑。咦,我的剑没啦。还给了我一把手枪。(他把枪口对准太阳穴,手扣住扳机)嗨,没子弹啦。也就是说我开过枪。再说,人很多,就在那儿,在一块平原上,有人叫我们喊:格拉密斯万岁和康道尔万岁!

邓　肯　叛徒,你跟我们的敌人是一伙。

军　官　(对邓肯)别砍他的头,陛下,如果您想得到情报的话。

伤　兵　后来,有人朝我们开枪。后来,我们呢,也朝他们开枪。

邓　肯　他们又是谁?

伤　兵　后来，我们被俘虏啦。后来，有人跟我说：如果你想保住肩膀上那颗脑袋的话，与其看着它在你的脚下打滚，不如现在就跟我们走。有人叫我们喊："打倒康道尔，打倒格拉密斯！"然后，我们就朝他们开枪，然后，他们就朝我们开枪。我中了子弹，屁股上还挨了一剑，那儿，接着我就再也不知道了，跌倒了。后来，我醒了过来，远处还在打仗。接着，就只有成群等死的人；周围全部都是；而我呢，就像刚才跟你们说的那样，我一路走过来。我右腿疼，我左臂疼，血从我胸侧流淌。就这样，我走到了这里……这就是我说得出的全部……还有就是我流血啦。还在流血呢。

邓　肯　听这个傻瓜说话，我们一无所获。

伤　兵　（艰难地起来，打着趔趄）这就是我能跟你们说的全部。其他我都不知道。

邓　肯　（对邓肯夫人，指着士兵）这个逃兵。

〔邓肯夫人掏出一把匕首，举起手来，意图杀掉士兵。

伤　兵　噢，夫人，我自个儿就可以死……（指向右方）我可以一个人死在那边，死在树底下，别劳驾您了，您不该为鸡毛蒜皮的事累了身子。

〔他跌跌撞撞地向左边走去。

邓肯夫人　至少，他还懂得礼貌。

〔左边传来有人摔倒在地的声音。

邓　肯　（对军官）您留在这里，万一有需要，可以保卫我。（对邓肯夫人）快去，找一匹马来，上前线去，回来告诉我发生了什么……不过，还是不要靠得太近……我呢，我要用望远镜好好看看。

〔邓肯夫人带着侍女从右边下。

就在邓肯用望远镜看的时候，人们看到舞台深处的邓肯夫人骑上马，接着邓肯放好望远镜。

与此同时，军官拔出剑来，四处张望，咄咄逼人。接着邓肯从右边下，军官抬着椅子下。

布景：战场附近。

〔舞台后部、左侧和右侧，传来叫喊声："胜利啦，胜利啦，胜利啦……"

在接下来的整个一场戏里，都能听到反复喊着这个词，抑扬顿挫，有板有眼。

右侧后台传来马蹄声，渐渐接近。一位勤务官从左边迅速上场。

勤务官 （将手置于前额，远眺）这匹狂奔的马是怎么回事？好像接近了。是的，马朝我们这边来了，全速驰来。

班　柯 （从左边上，手置于额前远眺）这位疾驰而来的骑士想干什么？那匹骏马漂亮极了！他该是位信使吧。

勤务官 不是男的，是一位女骑士！

〔马的嘶鸣声；马蹄声停止。邓肯夫人上，手持一根马鞭。

班　柯 是您啊，夫人殿下，是公爵夫人，公爵夫人！在下谦卑地向夫人殿下致敬。（他鞠了一躬，接着跪下身去吻大公夫人向他伸出的手）大公夫人如此近地莅临战场不知何故？您对这场战斗的关心令大家十分高兴和骄傲。尽管我们无所畏惧，但还是为公爵夫人感到担心。

邓肯夫人 是邓肯派我来探听消息的。他想了解你们仗打得如何，是否已经获胜。

班　柯　我理解您的急迫心情。我们胜利啦。

邓肯夫人　好哇！起身,我亲爱的麦克白特。

班　柯　我不是麦克白特,我是班柯。

邓肯夫人　对不起。起身,我亲爱的班柯。

班　柯　（起身）谢谢,夫人。（对勤务官）你呆在这儿像头牛一样盯着我们干什么？给我滚,倒霉鬼,粪蛋,狗屎！

勤务官　明白,将军！

〔勤务官下。

班　柯　请夫人原谅我像个粗人一样讲话。

邓肯夫人　完全原谅您,班柯。战争期间如此完全正常。人比在和平时期要容易烦躁,显然,关键是要赢得战争。如果讲几句粗话能够有助于您获胜,再好不过。您是否俘虏了康道尔男爵啦？

班　柯　当然。

邓肯夫人　还有格拉密斯男爵呢？

麦克白特的声音　（从左边传来）班柯！班柯！你在哪里？你在跟谁说话？

班　柯　在跟邓肯夫人殿下讲话。大公亲自派夫人来打探消息。（对大公夫人）麦克白特本人会跟您报告格拉密斯的命运的。

麦克白特的声音　我马上就到。

班　柯　（对邓肯夫人）夫人,请您留下听取麦克白特向您汇报我们俘虏的命运以及您所需要的一切细节。

麦克白特的声音　（十分接近）我到啦。

班　柯　请夫人原谅,我要为我们的士兵去开饭。一个好将军就是士兵的妈妈。

〔他从左边下。

麦克白特的声音 （更近）我到啦！我到啦！

〔麦克白特从左边上。

麦克白特 （向邓肯夫人致敬）夫人，我们为敬爱的君王尽心尽责。康道尔在我们手里，我们正在追捕格拉密斯，他在您看得见的附近一座山里。他被包围了，逃不出我们的手心。

邓肯夫人 您就是麦克白特将军吗？

麦克白特 （行礼）为您效劳，听候您的吩咐，大公夫人。

邓肯夫人 我记忆中您的形象不一样。您跟原来的不太像。

麦克白特 在我疲倦的时候，我的形象就会改变。确实，我已经不再像自己。有人把我看作是自己的替身。有时被当作班柯的替身。

邓肯夫人 您肯定常常疲劳。

麦克白特 打仗并非一个能休养生息的职业。打仗就是打仗。职业风险……（邓肯夫人将手伸给麦克白特，麦克白特跪下亲吻，很快就起身）……必须承受。

邓肯夫人 我这就飞奔回去向大公报喜。

班　柯 （上）所有的危险都已消除。

〔邓肯夫人一直走到右侧后台，做了一个大大的手势，然后又回到舞台中央。传来喇叭声。

邓肯夫人 他来啦！

麦克白特 大公陛下到！

某士兵 大公陛下到！

班　柯 大公到！

邓肯夫人 大公到！

班　柯 （忽上忽下）大公到！

某士兵 大公到！

麦克白特　大公到！

邓肯夫人　大公到！

班　柯　大公到！

某士兵　大公到！

麦克白特　大公到！

邓肯夫人　大公到！

班　柯　大公到！

某士兵　大公到！

麦克白特　大公到！

邓肯夫人　大公到！

〔军号高奏。传来欢呼声。

邓肯从右边上，喇叭声停止。

邓肯夫人　战争结束啦。

麦克白特　向陛下致敬！

班　柯　我们向陛下致敬！

某士兵　我们向陛下致敬！

麦克白特　我非常谦卑地向您致敬，陛下！

邓　肯　我们打赢了吗？

麦克白特　一切危险都已消除。

邓　肯　我心头上压着一块石头。康道尔被处决了吗？（更大声地说）康道尔被处决了吗？

麦克白特　没有，我的好君王。但是他被我们俘虏了。

邓　肯　你们还在等什么，为什么不把他杀了？

麦克白特　等您的命令呢，好君王。

邓　肯　我这就下令。把他的头给斩下。把头给扔掉。你们拿格拉密斯怎么样了？有没有把他给分尸了？

麦克白特 还没有,我的君王。但是他已经被包围了。他很快就会束手就擒的。什么也不必担心,大人。

邓　肯 那好,干得好,谢谢。

〔传来士兵和群众的欢呼声。除非用投影的方式,这些人观众看不到。

麦克白特 我的好君王,我们非常荣幸地为您效劳并为之骄傲。

班　柯 我们只是尽责而已,大人。

〔军号声再次响起,其强度逐渐减低,之后只作为背景音效。

邓　肯 亲爱的将军们,谢谢各位。光荣的士兵们,英勇的百姓子弟,首先要感谢的是你们,你们拯救了祖国和王位。你们当中有许多人为此牺牲了生命。再一次感谢你们所有人,无论生者还是死者,是你们捍卫了我的王位……这也是你们的王位。当你们回去之后,不管是回到你们简朴的村庄、贫穷的屋舍,还是回归你们平常而又荣耀的墓地,面对永恒而又转瞬即逝的历史,你们都将是现今、未来以及,更妙的是,过去的一代代年轻人的榜样,你们将跟年轻人叙述上一个又一个世纪,既通过语言也通过事例。无论是默默无闻还是名闻遐迩,你们虽然丧失了声音却依旧神采动人。你们的存在——因为哪怕你们不在,在所有欣赏你们那些无论是否可见的埃皮纳勒图片①的人的眼睛里,你们也都活生生地存在着,你们的存在都将照亮这条道路,并把那些有一天可能企图背离此道的人重新召回。从现在开始,你们将一如既往地在烈日之下,在爵爷和工头的监督之下,挥洒辛勤的汗水来谋取生活。不管你们具备什么优点,亏得你们的缺点,你们的爵爷和你们的工头都对大家关爱备至,

① Epinal,法国东部城市,因图片生产制作著名。

远远超过了你们的想象。好啦。

〔在邓肯演说之际，侍女从右边上。

〔隐约能听到一些军号演奏以及欢呼声，时间不长。

麦克白特 说得好！

某士兵 精彩！

邓　肯 我把事情给说清楚了。

邓肯夫人 说得好，邓肯。（鼓掌）这一次，您说得不错。（对侍女）亲爱的，你迟到啦。

侍　女 夫人，我是走来的。

〔麦克白特和士兵为演讲喝彩。

班　柯 精彩！

邓　肯 这些军人值得赞扬。从今以后，我的将军们，我的朋友们都将分享我的荣光。高贵的夫人同样如此。（朝邓肯夫人微笑、吻手）你们都有骄傲的理由。现在呢，是伸张正义与惩罚罪恶的时候啦。把俘虏康道尔带上来。班柯人呢？

班　柯 在这儿呢，陛下。

邓　肯 你来执行处决。

麦克白特 （旁白）这份光荣本该属于我！

邓　肯 （对士兵）把康道尔带上来！

〔士兵从左边下，与此同时康道尔从右边上。班柯戴上面罩，上半身穿着一件红色毛衣，手执一柄斧子。

康道尔戴着手铐。

邓　肯 （对康道尔）你得为你的反叛行为付出代价。

康道尔 代价很大！我不抱幻想。可惜呀，我没有打赢！胜者总是有理。败者何其不幸！（对麦克白特）如果你为我而战的话，你会得到奖赏。我会封你公爵，麦克白特。还有你，班柯，我也会封你公爵。你们两人都会富甲一方，光宗耀祖。

邓　肯　（对康道尔）不用你操心。麦克白特将成为康道尔男爵，继承你所有的土地。而且，如果他想要的话，还将继承你的妻子和女儿。

麦克白特　（对邓肯）陛下，我是忠于您的。我这个人只有忠诚。我天生就忠于您，就像一匹马和一只狗生下来就忠于主人一样。

邓　肯　（对班柯）你不用担心，不要嫉妒。一旦抓获格拉密斯，把他斩首之后，你就是格拉密斯男爵，他的所有财产都归你继承。

麦克白特　（对邓肯）谢谢陛下。

班　柯　（对邓肯）谢谢陛下。

麦克白特　（对邓肯）哪怕没有犒赏……

班　柯　（对邓肯）哪怕没有犒赏……

麦克白特　我们照样忠于您。

班　柯　我们照样忠于您。

麦克白特　为您效劳足矣。

班　柯　为您效劳足矣。

麦克白特　而您的慷慨满足了我们的心愿。

班　柯　我们从灵魂深处感激您……

麦克白特与班柯　（两人同时，一个拔出剑，一个抡起斧子）……为了尊贵的陛下，哪怕我们的灵魂下地狱。

〔一男子从右至左穿过舞台。

男　子　衣裳贩子来啦，卖旧衣喽！衣裳贩子来啦，卖旧衣喽！

邓　肯　（对康道尔）你瞧，这些人对我是多么忠心耿耿！

麦克白特和班柯　（对邓肯）这是因为您是一位好君王，公正又慷慨。

旧衣贩子　……旧衣贩子来啦，卖旧衣喽！……

〔他从左边下。

（这段旧衣贩子的戏取消还是保留，由导演决定。）

就在旧衣贩子下去的时候，一位替邓肯夫妇和其他人抬椅子的男仆上。

在下面的整个行动中，男仆在侍女的帮助下，先是拿来一块毛巾、一只脸盆、一块肥皂或就拿一瓶古龙水，递给邓肯夫人。邓肯夫人用劲地洗手，好像是在洗（比方说）一处污渍似的，不过她应该做得有点机械、有点心不在焉。

接着，他（还是这位男仆）又抬来一张桌子和一套茶具，并自然而然地为所有在场的人沏茶。与此同时，光影之中人们看到一架断头台出现，之后则是许许多多的断头台。

邓　肯　（对康道尔）你有什么话要说吗？我们听着呢。

〔众人全部坐下听着、看着。

男　仆　（对邓肯夫人）夫人，茶沏好了。

康道尔　如果我更强大的话，我就可能是你们的神圣君主。战败了，我就只是一个懦夫、一个叛徒。可惜我没有打赢这一仗！这是因为，历史在其进程中不愿如此。客观地说，历史有其道理。我只是历史的垃圾。至少，希望我的命运能够成为所有今人以及后人的榜样。永远紧跟最强者。在战役之前，又如何知道谁是最强者呢？但愿大多数人不打仗，其他人只追随胜者。事件的逻辑是唯一有效的。除了历史原因别无其他。没有任何超验的东西能够否定这一点。我是有罪的。我们的造反却是必要的，为的是证明我犯了何等大罪。我虽死却感到幸福。我的生命算不了什么。但愿我和所有追随我的人的尸体能够肥沃田野，生长粮食，准备来年丰收。我是一个反面榜样。

邓　肯　（以温柔的口气对邓肯夫人）这段话太长啦；夫人，您不觉得讨厌吗？您肯定急于想看到下面的了。不，不，不会有酷刑，仅仅是死刑。这令您失望吗？亲爱的，我给您留了一份惊喜。节目会比预计的更丰富。（对众人）凡是曾经为康道尔卖命的士兵都将被处决，这才是公正的。他们人数并不太多，十三万七千，不太多也不太少。抓紧哪，怎么也得在天亮之前结束。（人们看到舞台深处一个偌大的红太阳正慢慢落山。他拍手）动手啊，处决啊。

康道尔　大公万岁！

〔康道尔的头已经被班柯摁到断头台的铡刀下。班柯为此扔掉了斧子。

舞台后部，众人——实际上是同样的演员——一批批、迅速地反复出现，作为康道尔的士兵被断头台铡掉了头。

脚手架和断头台可以在邓肯下令处决时就立即出现。随着众士兵的头被砍下，手摁操纵按钮的班柯说道：

班　柯　喂，快啊，快啊，快啊！

〔他每说一次“快啊”，铡刀就掉下来一次。头颅掉到篮子里。

邓　肯　（对麦克白特）亲爱的朋友，您请坐，就坐在我那高贵的妻子身边吧。

〔麦克白特坐在邓肯夫人身旁。但是，为了观众能够方便地看到舞台上正在发生的事，邓肯夫人和邓肯本人必须让人看得十分清楚。

比如，邓肯夫人可以和其他人物一样，面对着观众就座，而身后则是断头台。这并不妨碍她似乎在观看行刑。她数着人头。

在整个这个场面，男仆还会给在场的人物续茶、递小点心等，始终有侍女帮助。

麦克白特　夫人，与您挨得这么近，本人深受感动。

邓肯夫人　（数数）四、五、六、七、十七、二十三、三十三、三十三，啊！我好像漏了一个。

〔她继续数。

邓　肯　（对麦克白特）说到正事，还得好好谈谈，我封您为康道尔男爵，您的伙伴班柯呢，等轮到格拉密斯被处决之后，就封为格拉密斯男爵。

邓肯夫人　（继续数）一百十七……一百十八，多么动人的演出！

麦克白特　我向陛下，我的君主，深表感激。

邓肯夫人　三百，令人目眩哪。九千三百。

邓　肯　（对麦克白特）但我们要说好。

麦克白特　我洗耳恭听，大人。

邓　肯　我保留康道尔的一半封地，就像我将保留格拉密斯的一半封地一样，我要把它们纳入王家疆域。

邓肯夫人　两万。

班　柯　（继续其断头台的工作）谢谢陛下。

邓　肯　（对麦克白特）你们两个还要继续为王室尽责、服务、缴税。

〔一位军官飞奔着从右边下，至舞台中央停步。

军　官　格拉密斯跑啦！

邓　肯　我们以后再细说。

军　官　大人，格拉密斯跑啦。

邓　肯　（对军官）你说什么？

军　官　格拉密斯逃啦，他的一部分军队跟他一起跑啦。

〔班柯停下手中的活儿，走近。其他人惊跳着起身。

班　柯　他怎么会逃跑？他被包围啦。他是一个囚徒呀。有人同谋。

邓　肯　该死！

邓肯夫人　见鬼！

麦克白特　糟了！

邓　肯　（对班柯）不管是您的错还是您部下的错，在没有将格拉密斯抓回来——无论生死都要捆住手脚——之前，您都不再是格拉密斯男爵，也不再拥有他的一半封地。（转向军官）你呢，由于跟我们报告了这样一个灾难性的消息，将被斩首。

军　官　跟我毫不相干啊。

〔一个士兵上来，将军官拖至竖着断头台的舞台后部。军官嚎叫着，头被砍掉。

邓肯下，音乐响起。

侍女也下。

邓肯复上，但不再奏乐。

邓　肯　（对邓肯夫人，她却一边后退一边给麦克白特送飞吻）别拖拉，夫人。

〔他抓住她的衣领，将她带下。

邓肯夫人　我还想看下去呢。

邓肯的声音　（对班柯）明天之前，我要格拉密斯。

〔音乐响起。

班　柯　（朝麦克白特走去）还得从头来过。这可是……多么大的灾难啊！

麦克白特　真是，多么大的灾难啊！

班　柯　真是，多么大的灾难啊！

麦克白特　真是，多么大的灾难啊！

〔风声和暴雨声。

舞台处于黑暗或半明半暗之中。要努力做到让观众只能看清麦克白特和班柯的脸，仅在稍后才可看清女巫甲的脸，接着是女巫乙的脸。

班柯和麦克白特上。

麦克白特 多么厉害的暴风雨呀，班柯！令人心惊肉跳哪。简直可以说树木都要连根一起拔出土地似的。但愿不要掉在我们的头上。

班　柯 最近的客栈离这里有十公里。而我们又没有马。

麦克白特 痴迷步行让我们走得太远了。

班　柯 这不，我们冷不防遭遇上暴风雨啦。

麦克白特 可我们也没工夫随便瞎聊呀。

班　柯 我去看看，会不会路过一辆带雨篷的马车可以捎带我们。

麦克白特 我在这里等您。

〔班柯离开。

女巫甲 你好，麦克白特，康道尔男爵！

麦克白特 吓了我一跳。我不知道有人在这里。只是个老女人。看上去是个巫婆。（对女巫）你怎么已经知道我是康道尔男爵？谣言已经追上了森林风涛？风声和暴雨声难道成了这个消息的回声？

女巫乙 （对麦克白特）敬礼，麦克白特！格拉密斯男爵！

麦克白特 格拉密斯男爵？格拉密斯没有死啊。邓肯把他的爵位和封地许诺给了班柯。（发现是另外一位女巫跟他说话）咦，又来了一个……

女巫甲 格拉密斯死啦。他刚刚连人带马被大水冲走，淹死了。

麦克白特 哪来的这种恶劣玩笑？我要叫人把你们两个的舌头都

给割掉，你们这两个老巫婆，孪生老太婆！

女巫甲　麦克白特骑士，邓肯对班柯很不满意，因为他让格拉密斯逃掉啦。

麦克白特　你们怎么知道的？

女巫乙　他想从这桩过错中获取好处。他把答应给班柯的爵位赠给你，但全部土地都归王权。

麦克白特　邓肯是诚信的。凡是答应的，他都坚持不变。

女巫甲　你将成为大公，这个国家的君王。

麦克白特　你撒谎。我没有野心。或者不如说我有野心，那就是侍候我的君王。

女巫乙　你自己将成为君王。你生来注定为王。我在你的额头上看到了星运。

麦克白特　首先，这是不可能的。邓肯有个儿子，马考尔，他在迦太基念书。他是王位自然的、合法的继承人。

女巫乙　甚至还有另外一个儿子，他在拉古萨就要念完大学，学的是航海经济与科学。他的名字叫多那尔邦。

麦克白特　我从来没有听说过多那尔邦。

女巫甲　（对麦克白特）不用记住他的名字，麦克白特骑士，没有这个必要，以后再也不会谈到他。（对女巫乙）他学的不是航海，而是贸易，其中当然包括海运贸易。

麦克白特　都是废话。（他抽出剑）巫婆，见鬼去吧！（他把剑高举起，挥舞着，向空中刺剑。人们听见女巫们发出笑声，当然声音令人恐惧）魔鬼的造物！（女巫们消失）我真的看见她们了吗？听见她们说话了吗？她们变成了风雨和雷电。变成了树根。

女巫甲的声音　（但这次变成一个美妙的女声）我不是风。我不是梦。麦克白特，漂亮的骑士。我很快就会见到你。你会见识到我的法力和魅力。

麦克白特 这下……这下……（他继续在原地转了两三圈，停住）这是谁的声音，听上去好像很熟悉？噢，声音！你有身体吗？你有脸面吗？你在哪里？

声　音 （悦耳动听）我很近，很近。可也很远。再见，麦克白特。

麦克白特 我在发抖。是因为冷吗？还是雨水浸透了身子？还是害怕？还是恐惧？或者是因为这个声音在我身上唤起的神秘的怀旧之情？我是否已经中邪？（变换语气）可那只不过是些可恶的女巫呀！（再次改变语气）班柯！班柯！可他在哪里，他人呢？你找到马车了吗？你在哪里呀？班柯！班柯！

〔他从右边下。

舞台空了一会儿。暴风雨依旧。

女巫甲 （对女巫乙）班柯来了。

女巫乙 当麦克白特和班柯不在一起时，他们总是轮流出现。要么互相寻找。

〔女巫甲没有离开舞台，而是躲在右边。女巫乙也在左边躲了起来。

班柯在舞台后部出现。

班　柯 麦克白特！麦克白特！（做寻找麦克白特状）麦克白特！我找到马车啦！（对自己）我浑身湿透啦。好在雨下得小了。

〔从远处传来呼叫声：

声　音 班柯！

班　柯 他好像在叫我。他本该在这里等我。他失去了耐心。

声　音 班柯！班柯！

班　柯 我在这儿，麦克白特！你在哪里？

声　音 （更近些，来自右边）班柯！班柯！

班　柯　我来啦，可你人呢？

〔他朝右边奔去。

另一个声音　（改变了，来自左边）班柯！

班　柯　（朝左边急奔过去）你在哪里？告诉我方向！

女巫甲的声音　班柯！

班　柯　这真是麦克白特在叫吗？

女巫乙的声音　班柯！

班　柯　这不是麦克白特的声音。

〔两个女巫鬼头鬼脑地同时从藏身之处出来，走得离班柯十分近，一左一右。

班　柯　这场闹剧是什么意思？

女巫甲　你好，班柯骑士，麦克白特的伙伴！

女巫乙　你好，班柯将军！

班　柯　你们是谁？可恶的造物……你们想要我干什么？如果你们看上去不像女人的话，早就发现你们的头颅掉在自己的脚下了，就在你们的眼前，就因为你们这样跟我开玩笑！

女巫甲　不要发火嘛，班柯将军！

班　柯　你们怎么知道我的名字的？

女巫乙　你好，班柯，你当不成格拉密斯男爵了！

班　柯　你们怎么知道我要成为格拉密斯男爵的？又是怎么知道我会当不成的？谣言已经追上了森林的涛声？风声暴雨声已经成了邓肯讲话的回声？你们如何能够肯定了解他的意图，他又没有跟谁说过？再说我也当不上格拉密斯男爵，因为他还活着。

女巫甲　格拉密斯刚刚被洪水卷走，连人带马淹死啦。

班　柯　哪来的这种恶劣玩笑？我要叫人把你们两个的舌头都割

掉，你们这两个老巫婆，肯定是一对孪生老太婆！

女巫乙　班柯骑士，邓肯对你不满意，因为你让格拉密斯逃掉啦。

班　柯　你们怎么知道的？

女巫乙　他想利用你的过错获得更多的利益。他要把格拉密斯的男爵称号赐给麦克白特，而把全部土地归于王室。

班　柯　光是爵位就使我十分荣幸。邓肯为什么把它给我剥夺了呢？不，邓肯是忠诚的。凡是他答应的，都坚持不变。他为什么要把爵位赐给麦克白特呢？他为什么要惩罚我呢？为什么麦克白特享有所有的恩惠与所有的权利呢？

女巫乙　麦克白特是你的竞争对手，一个幸运的对手。

班　柯　他是我的同伴，我的朋友。他是我的兄弟，他是忠诚的。

两个女巫　（稍微离开一点，跳跃着）他说他是忠诚的，他说他是忠诚的！

〔两人笑。

班　柯　（将剑拔出）我知道你们是谁了，可恶的造物！可耻的老巫婆！你们是我们敬爱的忠诚的邓肯君王的敌人派来的奸细！

〔他举着剑在舞台上东奔西跑，试图刺杀两个女巫。后者逃开了，奔跑着下场。女巫甲从左边下，女巫乙从右边下。

女巫甲　（在消失前）麦克白特将成为君王！他将取代邓肯！

女巫乙　他将登上王位。

〔她们消失。

班柯挥舞着剑，在舞台上左奔右突，试图刺杀她们。

班　柯　你们在哪里，叫花婆子！恶魔的造物！（走到舞台中央，将剑插回鞘）我真的看见她们了吗？听见她们说话了吗？她们变成了风雨和雷电。她们变成了树根。难道只是一场幻觉？麦克白特！麦克白特！

女巫乙的声音 班柯,听我说。听我说。(女巫的声音变得清新悦耳)好好听我说:你不会成为君王。但你会比麦克白特更伟大。比麦克白特更伟大。你会成为一个将要统治我们国家上千年的王室家族的祖先。你会比麦克白特更伟大,你会是一代代国王的父亲、祖父和祖先。

班 柯 这真是……这真是……(他继续在原地转了两三圈,停住)这是谁的声音,听上去好像很熟悉?噢,声音!你有身体吗?你有脸面吗?你在哪里?

声 音 我既很近,又不近。但你会见到我的。你会见识到我的法力和魅力。再见,班柯!

班 柯 我在发抖。是因为冷吗?还是雨水浸透了身子?还是害怕?还是恐惧?或者是因为这个声音在我身上唤起的神秘的怀旧之情?我是否已经中邪?(变换语气)可那只不过是些可恶的女巫呀!一些奸细、阴谋家、谎言家。国王之父,我吗?可我们敬爱的君王有自己的儿子马考尔,他在迦太基念书,王位的自然而合法的继承人。还有刚刚在拉古萨获得高等贸易文凭的多那尔邦呢?这一切都是蠢话。别再去想啦……

〔左边传来麦克白特的声音。

麦克白特的声音 班柯!班柯!

班 柯 这是麦克白特的声音!麦克白特,啊,麦克白特来啦!

麦克白特的声音 班柯!

班 柯 麦克白特!

〔他向左边急奔过去,即传来麦克白特声音的那个方向。

舞台空着一段时间。

灯光渐渐地变化,照亮整个舞台。人们看到,舞台后部有一轮巨大的月亮,极其明亮,被巨星包围着。如果看到的是某种类似一大串葡萄的银河的话，那也很好。

布景随着行动而变得明确和扩大。人们只是一点点地在舞台后部看到出现一座城堡的塔楼，中间可以看到一扇亮着的窗户。人物参与布景与否很重要。

（以下内容可以保留也可以去掉：）

邓肯一言不发地穿过舞台，从右到左。

一旦邓肯从左边下之后，邓肯夫人便上，并从同一方向穿过舞台并消失。

麦克白特穿过舞台，没有说话，方向相反。一位军官一言不发地穿过舞台，从右到左。

班柯一言不发地穿过舞台，依然是从右到左。

一个女人慢慢地穿过舞台，方向相反，一言不发。（我的意思是至少保留这个女人。）

空台片刻。班柯自舞台后部上。

班　柯　事情将不会这样。女巫说得对。她是从哪里得到消息的呢？宫廷里有谁会告诉她？而且这么快？或者说她有超自然能力？至少是非同寻常的能力？难道她有捕获声波振动的能力？难道她发现了某些神话中提到的速道？这种速道能够把说话人与听话人即刻连通起来。难道她发明了反射远方图像与造型的镜子，好像这些图像与造型近在咫尺、就在两米远处跟我们说着话似的？难道她拥有一种望远镜，能够将视线引至几百里甚至几千里之外以捕捉图像并活生生地呈现给我们？难道她拥有能够扩增听力并使其获得不容置疑的精确度的工具？大公的一位军官刚刚给我送来格拉密斯的死讯和我被褫权的消息。麦克白特是否为了获取爵位从事过阴谋活动？这个忠诚的朋友、这位战友其实只是一个骗子？邓肯难道会这么不讲情义，以至于蔑视我为了保卫他所做的一切努力和历险、为了救护他而奋不顾身？我是否应该谁也不信任，甚至怀疑自己的兄弟？怀疑最忠实的狗和我所喝的酒？怀疑我呼吸的空气？不，不。我太了解麦克白特啦，坚信他的忠诚与仁义。邓肯的决定一定是他个人的决定。邓肯的真实面目就此暴露。不过，麦克白特可能还不知道。要是他知道了，他会拒绝的。（他向左边走去，接着又回到舞台中央）这些魔鬼养的可恶女人，她们可是见多识广。她们也许能够预见未来？她们预言我将成为王室家族的祖先。这事真奇怪，而且不可置信。希望女巫们能够给我多说点。也许她们确实知道？我真想再见见她们，却找不到。可是她们刚才还在这儿哪。

〔他从左边下。

麦克白特从右边上。在麦克白特上场之前，先是听到他在喊：

麦克白特　班柯！班柯！（往前走，叫了一两声）班柯！

麦克白特　这个狗东西，藏到哪里去了呢？可是有人说他就在附近呀。我想跟他说话。大公的一个使者召我去王宫。君王告诉我格拉密斯死了，由我继承他的爵位，但没有封地。女巫们跟我说的都应验了。我跟邓肯说我不愿意他把班柯的权利剥夺掉赐给我。我还告诉他我们是太要好的朋友，而且班柯也没有做错什么事，他替君王效劳也尽心尽力。可邓肯什么都不想听。如果我接受了这个爵位的话，我就有可能失去我亲爱的同伴班柯的友谊。如果我拒绝，又会得罪君王。我有不服从他的权利吗？他让我去打仗，我不能抗拒，他犒赏我，我也得服从。否则对他将是一种羞辱。我必须跟班柯解释……说到底，格拉密斯男爵，这只是一个称号，并不带来财富，既然邓肯将其土地划归王室。说实话,我想见见班柯,同时也想等等看。我的处境困难。女巫们是怎么知道这些的?她们预言的其他事情是否会实现呢?我觉得不可能。我很想知道她们预言的依据是什么。她们如何解释将我引向王位的因果关系?我很想知道她们对此怎么说。归根结底,是为了嘲笑她们。

〔他从左边下。

舞台空着一段时间。

捕蝶者从左边上。他手里拿着一只捕蝶网,身穿淡色服装,头戴一顶扁平草帽。他长着一撮黑色小胡子,戴着一副夹鼻眼镜,跟在一两只蝴蝶后面。他一边追着第三只蝴蝶一边从右边下。

班柯从右边上。

班　柯　那些女巫哪里去啦?她们跟我预言格拉密斯要死,这已经应验了。她们预言我要被褫夺理应归我的格拉密斯男爵称号,还预言说我将成为一个王室家族的祖先。这些女巫怎么能够知道这些的?她们那些有关我后代前途的预言能否和其他预言一样应验呢?我很想知道她们预言的依据是什么。她们如何解释会把我的后代引向王位的因果关系?我很想知道她们对此怎么说。归根结底,是为了嘲笑她们。

〔班柯从左边下。

舞台空台了一会儿。麦克白特从左边上。女巫甲(她上场并没有被人看见)藏在右边。

女　巫　(声音沙哑,对麦克白特)麦克白特,你想见我。

〔灯光照亮女巫。她穿着女巫的服装,驼背,声音刺耳。她拄着一根大拐杖。她头发全白,肮脏,凌乱。

向你致意,麦克白特。

麦克白特 （惊跳，本能地用手摁住剑柄）你在这儿，可恶的女人。

女　巫 是你叫我来的。

麦克白特 我从来没有在战场上害怕过。我不畏惧任何一个骑士高手。炮弹曾经落在我的身边。我穿越过燃烧的森林。战舰沉底的时候，我跳进了鲨鱼成群的海水。我一边游，一边向鲨鱼的喉咙刺去，毫无畏惧。可我一看见这个女巫的影子，或听到她跟我说话的声音，我的头发就会竖起来。简直有一种硫磺的气味在弥漫，要是我用手摁住剑的话，那是因为它不只是一把剑，它还是一个十字架。（对女巫）你猜到我想见见你。

〔女巫甲身后跟着女巫乙，她在说以下的台词过程中出现。女巫乙距离女巫甲并不太远，但两人出现的方位之间还是得有一定距离。

因此，女巫乙必须慢慢地从左移到右，直到明亮的舞台中央，跟在女巫甲的身后。

女巫甲的出现应该十分迅速，把灯光打在她的身上使之脱离黑暗。

女巫乙先出现，然后迈出几步向其他人物靠近：人们先是看见她的头，接着是肩、身体其余部分和手杖。她的影子被灯光放大，打在舞台后部的布景上。

女巫甲 （对麦克白特）我听见你说的话了。我能听到别人的想法，就像我能读出来一样。我知道你现在在想什么，知道你刚刚轻声说出的所有想法。你自以为是为了笑话我才坚持要见我。你刚才自己已经坦白你害怕了。见鬼，勇敢些！伟大的将军。你要我告诉你什么？

麦克白特 按照你说的，你应该比我还清楚。

女巫甲 我知道一些，但并非全部。即使是我们，知识也是有限的。

但是足以读懂你的想法，知道刚才你心中不知不觉地萌生了野心。尽管你能够为自己给出许多解释，但这些解释都是错的，只是掩饰而已。

麦克白特　我心中只有一件事，就是为我的君王效劳。

女巫甲　你在跟自己演什么戏呀！

麦克白特　你要我相信我是另外一个自己，你办不到。

女巫甲　如果你对他没有用处的话，他就要你死。

麦克白特　他是我生命的主人。

女巫甲　你只是他的工具。你已经看得很清楚，他是如何让你跟康道尔和格拉密斯打仗的。

麦克白特　他做得对，这些人是叛匪。

女巫甲　他把格拉密斯的所有封地、康道尔的一半封地都拿去了。

麦克白特　一切全都属于君王。君王及其所有一切也都属于我们。他为大家治理。

女巫甲　他让自己的仆从管账。

女巫乙　嘻！嘻！嘻！嘻！

麦克白特　（发现女巫乙）这一个，是从哪里出来的？

女巫甲　他拿不住一把战斧。他不会使镰枪。

麦克白特　你怎么知道的？

女巫甲　他派别人上战场，但他不会打仗。

女巫乙　他会怕得要死的。

女巫甲　但他会睡别人的老婆。

女巫乙　难道她们也属于公共财产，也就是说王公的财产？

女巫甲　他不会侍候别人，但会享受别人的侍候。

麦克白特　我来不是听你们的谎话和诽谤的。

女巫甲　如果我们不知道其他事情的话，那你又为什么要来找我们呢？

麦克白特　我也在问自己。错啦。

女巫甲　那么，走吧，麦克白特……

女巫乙　要是你没兴趣……

女巫甲　我发现你在犹豫，我发现你没走。

女巫乙　要是这让你更方便……

女巫甲　要是这让你更容易……

女巫乙　我们可以消失。

麦克白特　那就留下来吧，撒旦养的，我想了解得再多点。

女巫甲　做你自己的主人吧，但现在你还不是。

女巫乙　他用旧了工具就扔进垃圾堆。你为他效劳够久啦。

女巫甲　他蔑视忠臣。

女巫乙　他视之为懦夫。

女巫甲　或傻瓜。

女巫乙　他看重那些反抗他的人。

麦克白特　他也讨伐他们。他战胜了叛乱的格拉密斯和康道尔。

女巫甲　战胜他们的是麦克白特，而不是他。

女巫乙　格拉密斯和康道尔曾经是他忠诚的侍从和大将，比你还早。

女巫甲　他讨厌他们独霸一方。

女巫乙　他收回了曾经给予他们的一切。

女巫甲　这就是他慷慨的妙例。

女巫甲　格拉密斯和康道尔很骄傲。

女巫甲　而又高贵。邓肯不能忍受这一切。

女巫乙　还勇敢。

麦克白特　我既不会是另一个格拉密斯，也不会是另一个康道尔。

不会有另一个麦克白特来与他们作战了。

女巫甲 你开始开窍啦。

女巫乙 嘻！嘻！嘻！嘻！

女巫甲 如果你不当心的话，他该拖多久就拖多久。然后他再找下一个，麦克白特。

麦克白特 我没有失去过名誉。我服从我的君主。这是来自上天的法则。

女巫乙 但你与同僚作战便是有悖名誉。

女巫甲 不过，他们的死对你有利。

女巫乙 他会利用他们来对付你。

女巫甲 在你和王位之间已经不再存在障碍。

女巫乙 你向往王位，坦白说吧。

麦克白特 不。

女巫甲 不要自我掩饰。你理应掌权治国。

女巫乙 你天生就是统治者，星象上写着呢。

麦克白特 你们所说的更多是一条诱人的邪路。你们是谁？有什么目的？我差点跌入你们的陷阱。我醒悟了过来。后退！

〔两个女巫闪开。

女巫甲 我们在此是为了让你睁开眼睛。

女巫乙 仅仅是为了帮助你。

女巫甲 我们只要你好。

女巫乙 只要伸张正义。

女巫甲 为了伸张名副其实的正义。

麦克白特 让我觉得越来越离奇了。

女巫乙 嘻，嘻，嘻，嘻！

麦克白特 你们真的是为我好吗？你们这么坚持正义吗？你们这

些老丑女，集中了一切邪恶的丑中之丑，阴险歹毒的老太婆，你们会为了我的幸福而牺牲自家性命，是吗？哈，哈，哈！

女巫乙　当然喽！嘻，嘻，嘻！当然喽！

女巫甲　（声音开始改变）因为我们爱你呀，麦克白特！

女巫乙　因为她爱你。（变换声音）也爱国家、爱正义、爱百姓的幸福。

女巫甲　（声音悦耳动听）是为了帮助穷人。是为了给这个多灾多难的国家带来和平。

麦克白特　这个声音听着耳熟。

女巫甲　你认识我们的呀，麦克白特。

麦克白特　（抽出剑来）我最后一次命令你们，告诉我你们是谁，否则我就割破你们的喉咙。

女巫乙　没有这个必要。

女巫甲　你会知道的，麦克白特。

女巫乙　把剑放回去。（麦克白特照办）现在呢，好好看着，麦克白特，好好看着：睁开你的双眼，张开你的双耳。

〔女巫乙绕着女巫甲转，像是在施展魔法。

她在转圈的时候，还跳这么两三下，然后大跃小跳变成了一场优雅的舞蹈，两个女巫的新面目也渐渐显出。接近结束时，舞蹈变慢。

女巫乙　（围绕着女巫甲转）Quis, quid, ubi... quibus auxiliis, cur, quomodo, quando. Felix qui potuit regni cognoscere causas. Fiat lux hicet nunc et fiat voluntas tua. Ad augusta per augusta, ad augusta per augusta.[①]（女巫乙拿过女巫甲的拐杖并向远处扔

---

① 拉丁文，谁，什么，哪里……凭什么，为什么，怎么样，什么时候。能够洞察到王室原因的人何等幸福。让光照亮，此时此地，但愿你的意志得以实现。人们通过窄道通往金光大道。

去）Alter ego surge, alter ego surge.[①]

〔原来驼背的女巫甲挺直了身体。

在这个变换的场面里，女巫甲处在舞台中央，由一盏灯照得很亮。

女巫乙走到女巫甲面前时经过明亮的区域，而在女巫甲身后时则为黑暗区域。

麦克白特，稍为远离，站在暗处或半明半暗处。人们隐隐地发现，随着巫术的进行，他身体颤动。

女巫乙使用拐杖就像在用魔法棒似的。每当她用拐杖去碰女巫甲时，女巫甲就发生一次变化。

当然，整个巫术场面进行时，要有音乐相伴。比较适合的是急促的音乐，至少开始的时候是这样。

女巫乙 （动作同前）Ante, apud, ad, adversus[②]...

〔她用拐杖点了一下女巫甲，女巫甲的大衣掉下，但她身上还有另一件旧大衣。

Circum, circa, citra, cis[③]...

〔她再次用拐杖点了一下女巫甲，女巫甲的第二件大衣掉下。她头颈上还围着一块拖到脚的旧围巾。

Contra, erga, extra, infra[④]...

〔女巫乙自己也挺直了身子。

Inter, intra, juxta, ob[⑤]...

〔女巫乙在走过女巫甲面前时，扯掉她的眼镜，围着她转。

---

① 拉丁文，我的另一个自我，站起身来，我的另一个自我站直喽。
② 拉丁文，之前，之后，朝向，背向。
③ 拉丁文，围绕、绕着、那边、那边。
④ 拉丁文，背着、朝着、之外、之下。
⑤ 拉丁文，之间、之内、之旁、之前。

Penes, pone, post et praeter[①]...

〔她把女巫甲的旧围巾扯掉;围巾下面露出一件非常漂亮的裙子,上面的金银珠宝闪闪发光。

Prope, propter, per, secundum[②]...

〔音乐更连贯、更动听。她扯掉她的假尖下巴。

Supra, versus, ultra, trans[③]...

〔女巫甲哼了几个音符,并唱颤音。

有足够的灯光让人看到女巫甲的脸和正唱歌的嘴。她停下。

女巫乙趁在女巫甲身后的那个时刻,扔掉拐杖。

女巫乙 Video meliora, deteriora sequor[④].

麦克白特 (进入迷狂状态,并跟着动作)Video meliora, deteriora sequor.

〔女巫乙围着女巫甲转。

女巫甲和麦克白特 Video meliora, deteriora sequor.

女巫甲和女巫乙 Video meliora, deteriora sequor.

女巫甲、女巫乙和麦克白特 Video meliora, deteriora sequor. Video meliora, deteriora sequor. Video meliora, deteriora sequor.

〔女巫乙扯掉女巫甲身上剩下的化装,即假尖鼻子以及挽住女巫甲头发的东西。

她一边继续转圈,一边将一支权杖和一只王冠分别放在女巫甲的手中和戴在她的头上。在灯光的作用下,王冠似乎处于光晕之中。

---

① 拉丁文,拥有、自后、之后、沿着。
② 拉丁文,靠近、接近、经过、在后。
③ 拉丁文,之上、朝着、越过、经过。
④ 拉丁文,我明了善,但我倾向恶。

走到她的身后时，她一个动作脱掉了她的旧衣服、拿下了她的面具。以美丽姿色出现的女巫甲现身为邓肯夫人。

女巫乙现身为她的侍女，也很美。

麦克白特 哦，殿下！

〔他跪倒在地。

如果不能由女巫乙，亦即现在起成为邓肯夫人侍女的那位，在邓肯夫人的身后放一张凳子让她站在上面（最好是这样）的话，邓肯夫人可以慢慢地、渐渐地往后退、向右边倒走几步，那儿有一张她可以站上去的凳子。

侍女将为邓肯夫人送上长拖裙，邓肯夫人将一直处在这种神秘光晕之中。

麦克白特将起身，重新扑倒在邓肯夫人脚下。

麦克白特 Mirabile visu①！噢，夫人！

〔侍女一下子扯掉邓肯夫人身上的华丽服装，邓肯夫人穿着闪闪发光的比基尼出现，背上披着一袭黑红相间的斗篷，一只手握着权杖，另一只手攥着一把短剑。权杖与短剑都由侍女递给她。

侍　女 （指着邓肯夫人）In naturalibus②.

麦克白特 我希望成为您的奴隶。

邓肯夫人 （边给麦克白特递短剑，边对他说）我呢，成为你的奴隶全听凭于你。你想吗？这是你实现雄心和你我上升的工具。（用一种蛊惑人心的妖媚腔调）拿着，如果你想这样的话，如果你要我的话。但是行动要果断。帮帮你自己吧，地狱也会助你。看看自己心中的欲望如何强烈地上升、被压抑的雄心如何

---

① 拉丁文，多么壮观哪。

② 拉丁文，在其最精简的衣服之下。

展现并熊熊燃烧。你将用这把短剑杀掉邓肯。你取代他在我身边。我将是你的情妇。你将是我的君主。一滴洗不尽的血将沾在这把剑上,好让你记住所获得的战绩,好让它激励你夺取更宏伟的功名,我俩将在共同的荣耀中功成名就。

〔她把他扶起。

麦克白特 夫人……殿下……或者不如说我的女神……

邓肯夫人 你还在犹豫吗,麦克白特?

侍　女 (对邓肯夫人)让他下定决心。(对麦克白特)下定决心吧。

麦克白特 夫人,我不知道有什么顾虑……我们能不能……

邓肯夫人 (对麦克白特)我知道你是勇者。勇者自身也会有缺点和懦弱。尤其是当他们为罪恶感所痛苦时,这是一种致命的疾病。祛除它。当别人命令你的时候,你从不惧怕屠杀。眼下,惧怕却有可能把你压垮。那就把它释放到我身上吧。我可以让你放心,保证你不会被任何女人所生的男人战胜,你的军队不会被别的任何军队击溃,除非森林变成了兵团,并朝着你行进。

侍　女 这些实际上都是不可能的。(对麦克白特)说好了,我们要保卫国家。你们呢,你们要为我们建设一个更加美好的社会,一个幸福而崭新的世界。

〔舞台逐渐变得黑暗。

麦克白特在邓肯夫人的脚下翻滚。

除了邓肯夫人耀眼的裸体之外,再也看不见什么。传来侍女说话的声音:

侍　女 Omnia vincit amor①.

〔舞台沉没在黑暗之中。

---

① 拉丁文,爱战胜一切。

宫殿的另一间大厅。

一位军官和班柯。

军　官　陛下累啦。陛下不能接见您。

班　柯　君王知道我来的目的吗？

军　官　我都跟他解释了。他说这是既成事实。他已经把格拉密斯男爵的头衔给了麦克白特。他不可能把它收回。一言既出，驷马难追。

班　柯　不过，总是……

军　官　就这样啦。

班　柯　他知道格拉密斯死了？他溺水死啦？

军　官　我已经转告给他了。不过他事先已经知道了。邓肯夫人通过侍女了解到的。

班　柯　那么，他就没有理由啦。他应该兑现承诺过的犒赏。爵位或封地，或者两样都给。

军　官　您要我怎样做？我这边无能为力。

班　柯　（发火并叫道）这是不可能的！他不能这样对待我，我呀！

〔邓肯从右边上。

邓　肯　（对班柯）为什么这么吵吵嚷嚷的？

班　柯　大人……

邓　肯　我不喜欢别人打搅我。您还想要什么呀？

班　柯　您不是跟我说过，一旦格拉密斯被捕，无论是死是活，您都会犒赏我吗？

邓　肯　格拉密斯人呢？活的还是死的？我都没看见呢。

班　柯　您很清楚他溺死啦。

邓　肯　我没有证据。都是传言。把尸首给我送来。

班　柯　尸首膨胀，被水流冲走了，从河里冲到了江里。江水又将他冲进了大海。

邓　肯　快去找呀。坐船去。

班　柯　鲨鱼把它吞掉啦。

邓　肯　拿一把大刀,到鲨鱼肚子里去搜。

班　柯　吃掉他的不止一条鲨鱼。

邓　肯　那就到所有鲨鱼肚子里去搜。

班　柯　为了保卫您,我冒着生命危险与叛匪作战。

邓　肯　您并没有失去生命呀。

班　柯　我杀光了您所有的敌人。

邓　肯　您获得了快乐。

班　柯　我可以放弃这份快乐。

邓　肯　可您没有放弃。

班　柯　可是,大人,瞧瞧……

邓　肯　我什么都没瞧见,我什么都不想瞧见,我没有瞧见格拉密斯,没有 corpus delicti[①]。

班　柯　格拉密斯之死世人皆知。您已经将他的爵位赐给了麦克白特。

邓　肯　您是来跟我算账的吗?

班　柯　这是不公正的。

邓　肯　法官是我。我们还会发现其他可以剥夺爵位的反叛男爵。未来总会给您点什么的。

班　柯　大人,我再也不愿意相信您了。

邓　肯　您怎么胆敢侮辱我?

班　柯　啊,这可是!这下子可……

邓　肯　(对军官)把这位先生送到门口。

---

① 拉丁文,犯罪事实。

〔军官做冲向班柯状，态度粗暴，说道：

军　官　快滚！

邓　肯　（对军官）不要莽撞。班柯是我们的朋友。今天他有点激动。会过去的。他还有机会。

班　柯　（边下边说）这个！这可太过分了！这下子……

邓　肯　（对军官）我不知道怎么啦。我本该封他为男爵的。但他还想要财产。可是财产在法律上归属王室。好啦，就这样。不过，要是他变得危险……就得小心喽。非常小心。

军　官　（手按着剑）大人，我理解您的意思。

邓　肯　（对军官）不，不，没这么急。不要马上下手。以后再说。如果他变得危险的话……你想不想要他的一半领地和爵位？

军　官　（有劲地）是的，大人。听您的吩咐，大人。

邓　肯　你也是，你也是一个小野心家，是吧？你肯定也想我拿下麦克白特的财产和爵位，至少分给你一部分吧？

军　官　（表演同前）是的，大人。听您的吩咐，大人。

邓　肯　麦克白特也变得危险了。十分危险。也许他很想取代我坐在这个宝座上？对付这些人必须小心。都是强盗，跟你说，个个都是强盗。他们满脑子只有金钱、权力、豪华。麦克白特这个家伙，他也想要我的妻子，我并不意外。还不算我的妃子。（对军官）你呢，要不要我把妻子借给你？

军　官　噢，不要，大人。

邓　肯　她一点不讨你喜欢吗？

军　官　她很美，大人。但是我的荣誉和您的名誉超过一切。

邓　肯　你是个老实人。谢谢你。我会犒赏你的。

军　官　听您吩咐，大人。

邓　肯　我身边围着的，都是些贪得无厌的敌人和危险的朋友。没有一个人是大公无私的。他们应该满足于王室的繁荣和寡人的安逸。他们没有雄心壮志。并不完全如此。（对军官）我们会自卫的。

〔军乐和器乐。古代乐曲。

大公宫殿的一间大厅。一些物件、几张椅子以及变化了的背景，这些道具在暗场时布置好。舞台上的暗场不应超过半分钟。

邓肯在音乐声中从右边上，神情激动；后面跟着邓肯夫人，有些费劲。

邓肯突然在舞台中间停下。他转向邓肯夫人。

邓　肯　不，夫人，我不允许这样。

邓肯夫人　那您就活该了。

邓　肯　既然我跟您说了，我不允许这样。

邓肯夫人　为什么呢，又是为了什么呢？

邓　肯　请允许我坦率地跟您讲，以我一贯的坦率。

邓肯夫人　坦率不坦率，还不一样。

邓　肯　跟我有关系吗？

邓肯夫人　这事您跟我说过，别出尔反尔。

邓　肯　如果我想说。也许吧。

邓肯夫人　我呢，嗯？我怎么说呢？

邓　肯　想到什么就说什么。

邓肯夫人　我不是想到什么就说什么的人。

邓　肯　那您那些事又从何而来，要不是您想到的话？

邓肯夫人　您昨天说过的是一件事，您眼下说的是另一件事，明天又将是第三件事了。

邓　肯　月光下出来散步一无用处！

邓肯夫人　我的裙子不是用来干这事的。

邓　肯　并非全部的真理都存在于不同意见之中。

邓肯夫人　您用金眼把您的废话串在了一起。

邓　肯　怪您自己吧。

邓肯夫人　您在哪里找到这堆破烂的？

邓　肯　夫人，夫人，夫人！

邓肯夫人　您真是冥顽不化！所有的男人都是自私鬼。

邓　肯　回到正题上去。

邓肯夫人　您是白发火了，而这也让我恼火，但最为紧迫的已经完成。您自以为比旁人更了不起。可是已经没有出路了。而这是您的错。

邓　肯　夫人，别说大话了。也不要说小话。笑得好的将是马上笑的那个。

邓肯夫人　啊，哈哈，您那些顽固念头，您那些固定思维……

邓　肯　到此为止。

邓肯夫人　先生，您总不会想要？……

邓　肯　您会后悔的。

邓肯夫人　所有的鸡蛋最后只成为同一个，同一个炒蛋。

邓　肯　您会知道代价有多么大。

邓肯夫人　您威胁我吗？

邓　肯　我受够了您的头痛。

邓肯夫人　他还在威胁我……

邓　肯　您会知道什么叫无可救药。

邓肯夫人　他一直在威胁我。

邓　肯　我绝对不能接受，您会发现那些花是否老在同一家店里。

您会听见我将跟西班牙人说些什么，我又是怎样把这个东西塞进他鼻孔里的。

〔邓肯下，邓肯夫人跟在后面，说：

邓肯夫人 我将捷足先登，邓肯，当您发觉之后，已经为时太晚。

〔邓肯从左边下，依然情绪激动，跟在他身后的邓肯夫人说这句台词时几乎在奔跑。

上面的场面表演时应该像是一场激烈的争吵。

麦克白特和班柯从右边上。麦克白特看上去心事重重，神色凝重。

麦克白特 不，我要毫不隐瞒地跟您说。我曾认为邓肯夫人是个轻浮女人。我看错人了。她有深层的激情。是个主动的、强劲的女人。真的。她是个哲学家。她对人类的未来有着十分宽广的视野，却又没有陷入毫不实际的乌托邦之中。

班　柯 这是可能的。我相信您。人是不轻易暴露自己的。但一旦他们向您打开心扉的话……（指着麦克白特的腰带）您这把短剑可真漂亮。

麦克白特 是她送给我的礼物。无论如何，我很高兴能够跟您交谈，这段时间我俩老是互相找来找去，就好像狗追咬自己的尾巴，或者说鬼追着自己的影子一样。

班　柯 说得好。

麦克白特 她的婚姻并不太幸福。邓肯很强硬，待她粗暴，令她非常痛苦。她是那么地优雅。而他呢，愁眉苦脸，牢骚满腹。邓肯夫人很有童趣，喜欢游戏、娱乐、欢笑……并非我想要掺和跟我无关的事情中去。

班　柯 当然。

麦克白特 我根本就没有侮辱我们的君王或说他坏话的意思。

班　柯　我理解您。

麦克白特　大公人很好、很忠诚也……很慷慨。您知道我和他的情谊有多么深厚。

班　柯　那我呢？

麦克白特　总之，他是一个完美无缺的君王。

班　柯　几乎完美无缺。

麦克白特　当然，是在这个世界完美所能达到的范围之内。这种完美并不排斥某些缺点。

班　柯　有缺点的完美，也还是完美。

麦克白特　就个人而言，我对他毫无怨言。问题不可能出自我这个人。除非有可能涉及国家。噢，他是个好君主。但是，他应该听从毫无私心的顾问们的意见，比如您。

班　柯　或者您。

麦克白特　您和我……

班　柯　肯定的。

麦克白特　他有点专制。

班　柯　十分专制。

麦克白特　他是个专制的君主。专制主义在我们这个时代并不是最好的治国制度。而且这也是邓肯夫人的观点，她可是一个既十分稚气又意志坚强的女人。这两样东西很难调和，可是在她身上实现了。

班　柯　罕见。

麦克白特　她可以给他提建议，有意思的建议，至于用什么方法让我们的君主理解，有些……有些治国原则，她会无私地告诉我们。无私嘛，我们自己都同样地大公无私。

班　柯　不过，总得生活，挣钱过日子。

麦克白特　这个嘛,邓肯非常明白。

班　柯　亲爱的朋友,他对您是非常明白。他给足了您。

麦克白特　我什么也没有要。他给我报酬,很好的报酬,或多或少算好的报酬。就我对他的效劳而言,他的报酬还不算太差。效劳他本是我应该的,既然他是我们的君主。

班　柯　可我呢,他什么也没给。就像您知道的那样。他拿走了土地,又把格拉密斯的爵位赐给了您。

麦克白特　我知道您影射的是什么。邓肯这样做让我吃惊。这不太让我吃惊,这让我有点吃惊。有的时候,他会变得这样心不在焉。无论如何,我向您保证,我可没做手脚。

班　柯　这是事实,我同意。这不是您的错。

麦克白特　这不是我的错。听好:我们也许可以为您做点什么。我们可以……邓肯夫人和我,我们可以向他建议……比如说,聘请您为他的顾问。

班　柯　邓肯夫人听说这件事啦?

麦克白特　她为您想了好多。她对大公的固执感到遗憾。她愿意把此事摆平,并犒赏您。我告诉您,她已经在陛下面前替您作了辩护。是我向她暗示的。她也早有心这么做。我们两人都介入了。

班　柯　如果你们帮我的努力已经白费,为什么还要再试呢?

麦克白特　我们要摆出其他理由。更有说服力的。他也许会听的。否则……我们再作尝试。摆出更有说服力的理由。

班　柯　邓肯很固执。

麦克白特　非常固执。固执……(左顾右盼地)像驴一样固执。但是不管什么样的固执总是可以被克服的,如果竭力想做到的话。

班　柯　是的，竭力想。

麦克白特　当然，他赐给过我土地。但是他保留了在我的领地上行猎的权利。听说是为了国家的储备。

班　柯　他说的。

麦克白特　他就是国家。

班　柯　他并没有增加我的领地，却每年从中掠去一万只禽，连带它们下的蛋。

麦克白特　无法接受。

班　柯　您知道的，我率领个人的军队，为他出生入死。他却想把这支队伍并吞进他的军队。他就可以指挥我的人马，来跟我本人作战。

麦克白特　也跟我本人作战。

班　柯　从来没有见过这种事。

麦克白特　从来没有，自打我祖先起……

班　柯　自打我祖先起也一样。

麦克白特　他身边的那些人无不大肆搜刮。

班　柯　他们靠我们额头上的汗水养肥了自己。

麦克白特　靠我们的肥鸡嫩鸭。

班　柯　靠我们的肥羊。

麦克白特　靠我们的壮猪。

班　柯　猪猡！

麦克白特　靠我们的面包。

班　柯　靠我们为他洒下的鲜血……

麦克白特　靠我们在他的战场上冒险卖命……

班　柯　一万只鸡鸭，一万匹马，一万名小伙子……他要这些干吗呀？他又不能全部吃掉。剩下的全都烂掉。

麦克白特　还有一千名姑娘。

班　柯　我们很清楚他怎么对待她们。

麦克白特　他什么都靠我们。

班　柯　比这些还要多。

麦克白特　还不算其他的。

班　柯　我的荣誉……

麦克白特　我的名声……

班　柯　我祖先的权利……

麦克白特　我的财产……

班　柯　我们增加财富的权利。

麦克白特　自治。

班　柯　我的领地的唯一主人。

麦克白特　必须把他赶出去。

班　柯　必须使之无处藏身。打倒邓肯！

麦克白特　打倒邓肯！

班　柯　必须把他除掉。

麦克白特　我刚想跟您提议……我们两个分享他的国土。各有其份，我来掌权。我将是您的君王。您将是我的大臣。

班　柯　您之后的首位。

麦克白特　第三位。因为我们要干的事并不容易。会有人帮助我们。我们的计划当中有第三个人：邓肯夫人。

班　柯　是这样呀……这样子啊……同意！真幸运。

麦克白特　她不可或缺。

〔邓肯夫人从舞台深处上。

班　柯　夫人！……多么惊喜！

麦克白特　（对班柯）她是我的未婚妻。

班　柯　未来的麦克白特夫人？这可是……（对他俩）衷心祝贺！

〔他吻邓肯夫人的手。

邓肯夫人　不是生！就是死！

〔三人各自抽出一把短剑，举起，相互交叉碰剑。

三　人　我们发誓杀掉暴君！

麦克白特　杀掉篡权者！

班　柯　打倒独裁者！

邓肯夫人　打倒专制者。

麦克白特　他只是一个异端分子。

班　柯　一个吃人魔鬼。

邓肯夫人　一头蠢驴。

麦克白特　一只呆鹅。

班　柯　一只跳蚤。

邓肯夫人　我们发誓要消灭他。

三　人　（异口同声）我们发誓消灭他！

〔军乐声。三个发誓人很快从左边消失。

大公从右边上。在这一场里，至少在前半场，邓肯应该器宇轩昂。

军官从舞台后部上。

军　官　大人，和每个月的第一天一样，今天所有瘰疬病人、蜂窝组织炎病人、肺结核病人、歇斯底里病人等来求您，以您从上帝那里获得的天赋和恩宠来治愈他们。

〔一位僧人从右边上。

僧　人　（行礼）向您致敬，大人。

邓　肯　向你致敬，僧人。

僧　人　但愿上帝与您同在。

邓　肯　但愿上帝与你同在。

僧　人　上帝保佑您。

〔他为俯下身子的邓肯祝福。

手中捧着君王的紫袍、王冠和权杖的军官走向僧人。

僧人先是为王冠祝福，然后从军官手里接过王冠。他向邓肯走去，邓肯跪下。僧人将王冠戴在邓肯头上。

我以无比强大的上帝的名义，确认您的一切君主权力。

邓　肯　但愿上帝使我与之相配。

〔军官将紫袍交给僧人，后者为邓肯穿上袍子。

僧　人　但愿上帝佑护您，但愿只要这件袍子在身，任何东西都侵犯不了您。

〔一个仆人上，带来了圣餐礼用的圣体盒。他将圣体盒交给僧人，僧人将圣餐施给邓肯。

邓　肯　Domine non sum dignus①.

僧　人　Corpus Christi②.

邓　肯　阿门。

〔僧人将圣体盒交给仆人，仆人下。

军官将权杖交到僧人手中。

僧　人　吾主上帝由我，其卑微的仆人，将治病的天赋转赐予您。但愿上帝治愈我们的灵魂就像他治愈我们可怜的肉体一样。但愿他能治愈我们的嫉妒、骄傲、奢侈、肮脏的权力欲望等疾病，但愿他能使我们睁开眼睛，明白尘世之物本为虚幻。

邓　肯　上帝，倾听我们吧。

军　官　（跪下）倾听我们吧，上帝。

---

① 拉丁文，主啊，敝人领受不起。
② 拉丁文，基督圣体。

僧　人　上帝，倾听我们吧。但愿仇恨和愤怒消散，如同烟云消散在风中一样，但愿人类的秩序推翻那些痛苦和毁灭之神肆虐破坏的自然秩序。但愿爱及和平从锁链中解脱出来，但愿破坏力量能被锁住，但愿快乐在天国的光明中传播，但愿光明沐浴我们，令我们浸透其间。阿门。

邓肯和军官　阿门。

僧　人　（对邓肯）这是给您的权杖，我祝福它，您将用它碰触病人。

〔邓肯起身，军官随后，僧人朝邓肯跪下。邓肯登上通往宝座的台阶，坐上王位。军官在邓肯左边站立。这个场面应该演得庄严。

邓　肯　让病人们进来！

〔僧人起身，站在邓肯右边。

第一位病人从舞台后部左边上。他躬着腰，拄着一根拐杖，走得十分吃力。他头上戴着一只风帽，身上披着斗篷。人们见到他的脸，乃是一张被损毁的面具脸，犹如麻风病人。

邓　肯　（对病人甲）走近点。再近点。别害怕。

〔病人向其走近，并跪在宝座最下面的一级台阶上。他背对着观众。

病人甲　谢陛下隆恩。我来自远方。住在海洋之外的一个国家。之后，有陆地，之后要穿过七个国家，之后又是大海，之后有山。我住在另一边的山脚下，一个又阴暗又潮湿的山谷里。湿气侵蚀了我的骨头，我身上到处都是疬子、瘤子和四下流淌的脓包。我整个身子就是一个活伤口。我浑身发臭。我的孩子、我的妻子把我赶了出来。救救我吧，大人。治好我的病吧。

邓　肯　我会治好你的。相信我。要有希望。（他用王杖点触病人的头部）以上帝给予我们每个人的恩宠、以我今天获得的天赋与力量,我消除你所犯下的罪恶,正是罪恶玷污了你的灵魂和身体。但愿你的灵魂像清澈的水一样纯净,犹如创世初日的天空一样。

〔病人甲站起,转向观众,再次挺直全身,把拐杖扔在地上,双手伸向天空。

他笑容满面,充满朝气。他发出一声快乐的叫喊,朝左边奔下。

病人乙上。他从右边上,走近王座。

邓　肯　你有什么病?

病人乙　大人,我既不能活,也不能死。我既不能坐,也不能躺。我既不能站立不动,也不能奔跑。我从头顶到脚底都是烧伤,浑身瘙痒。我既不能容忍屋子,又不能容忍马路。宇宙对我来说,就是一座监狱或一个苦役所。看着这个世界让我难受。我不能忍受光明,也不能忍受黑暗。我仇恨人类,但我害怕孤独。我转过脸不愿看树木、看山羊、看狗、看草、看星星、看石头。我没有一刻是幸福的。大人,我希望能够痛哭、品尝快乐。

〔他一边说,一边走近王座,上了几级台阶。

邓　肯　忘掉你的存在。记着你的所在。

〔停顿。根据人们从背后看到病人耸动的肩膀,可以感到病人对这条建议无所适从。

我命令你这么做。必须服从。

〔病人乙通过背和肩的表演让人觉得他已经从原本的痉挛变得轻松和安静。他慢慢地站起身来,双臂向两侧伸展,转过身来。观众可以看到他那张痉挛的脸变得松弛并大放光彩。

然后人们看到他以一种轻快的步姿,几乎是跳舞般地向左边走去。

军　官　下一个！

〔病人丙走近君王，邓肯以同样的方法将其治愈。

如此表演越来越快：人们看到病人丁、病人戊、病人己……病人癸、病人子从右边上，从左边下，从舞台后部右边下，从舞台后部右边上，在被邓肯的王杖点触之后从左边下。

每个病人上台之前都有军官宣告："下一个！"

有些病人上场时可以或者拄着双拐，或者坐在轮椅里，有的有人陪，有的无人陪。

在演到这一系列动作的一半时，上述指示部分应该有音乐调节、支撑，且节奏越来越快。

与此同时，僧人慢慢地、渐渐地倒下，最好是坐在地上，胜过跪下，好似蜷缩。

病人子之后，节奏慢了下来，同时音乐也渐渐远去。

最后两位病人上场，一位从左边上，一位从右边上。这两人也披着长斗篷，戴着风帽，脸被遮住。

一直重复叫喊"下一个"的军官没有看到最后一位，但这一位却来到了他的背后。

突然，音乐停住。与此同时，僧人脱下风帽或面具，人们看见班柯的那张脸。他抽出一把长剑。

邓　肯　（对班柯）是你？

〔就在此时，邓肯夫人也马上卸下伪装，在背后刺杀军官，军官倒下。

对正在行刺的邓肯夫人：

夫人，是您？

〔倒数第二位病人——麦克白特也抽出一把剑。

杀人犯！

班　柯　(对邓肯)杀人犯!

麦克白特　(对邓肯)杀人犯!

邓肯夫人　(对邓肯)杀人犯!

〔邓肯从班柯那里逃脱,路上撞到麦克白特,向左边走去,但邓肯夫人在那儿拦住他的路。邓肯夫人伸出双手,一手拿剑。

邓肯夫人　(对邓肯)杀人犯!

邓　肯　(对邓肯夫人)杀人犯!

〔他向左边奔去,遇上麦克白特。

麦克白特　杀人犯!

邓　肯　杀人犯!

〔他向右边奔去,班柯截住了他。

班　柯　(对邓肯)杀人犯!

邓　肯　(对班柯)杀人犯!

〔邓肯朝着王位后退,其余三人把他围住,慢慢地往前逼近并收紧包围圈。

邓　肯　(对其他三人)杀人犯!

三　人　(对邓肯)杀人犯!

〔当邓肯退到王位的第一级台阶时,邓肯夫人一把扯下他的大衣。邓肯后退着上台阶,企图用双臂护住身体,因为没了大衣他觉得自己赤身裸体、无依无靠。

由于其他人紧追不放,他只上了几级台阶,权杖倒在一旁,王冠掉在另一边,麦克白特将其击倒。

邓　肯　杀人犯!

〔他滚倒在地。班柯向他捅了第一刀,叫道:

班　柯　杀人犯!

麦克白特　（向他捅了第二刀，叫道）杀人犯！

邓肯夫人　（向他捅了第三刀，叫道）杀人犯！

〔三人站起身来，依然围着邓肯。

邓　肯　杀人犯！（较弱地）杀人犯！（微弱地）杀人犯！

〔三人相互闪开，邓肯夫人留在邓肯尸体旁，凝视着。

邓肯夫人　他毕竟是我的丈夫。他死的样子像我父亲。可我不喜欢我的父亲。

〔舞台上暗场。

宫殿的某个厅内。远处传来人群的叫喊声："麦克白特万岁！未婚妻万岁！麦克白特万岁！未婚妻万岁！"

从舞台后部上来两个仆人，一人一边；两人在舞台中央前方会合。仆人可以由两个男人扮演，也可以一男一女，必要时也可由两个女人扮演。

两仆人　（对视）他们来啦！

〔他们将藏在舞台后部。此时邓肯夫人从左边上，即未来的麦克白特夫人，身后跟着麦克白特。两人还没有穿戴上君主服饰。

只听见人群发出更响亮的"乌拉"和"麦克白特夫妇万岁"的喊声。

他们一直走到舞台左边的出口。

麦克白特　夫人……

邓肯遗孀　我感谢您一直送我到房间。经过这么多辛苦、这么多劳累之后，现在我要休息了。

麦克白特　夫人，请安心休息，您应该休息。明天十点我来接您去举办婚礼。登基典礼将在中午举行。下午五点，将有盛宴，真正的婚礼。我们的婚礼。

邓肯遗孀 （将手伸给麦克白特行吻手礼）那就明天见，麦克白特。

〔她下。麦克白特穿过舞台，从右边下。还能听见一些欢呼声。

两个躲藏着的仆人重新出现在舞台中央的前方。

仆人甲 仪式和宴会，一切都已经准备妥当。

仆人乙 会有意大利和萨摩斯的葡萄酒。

仆人甲 会有几十瓶几十瓶的啤酒不停地被送来。

仆人乙 还有杜松子酒。

仆人甲 还有牛。

仆人乙 还有成群的鹿。

仆人甲 还有狍子，将串起来烧烤。

仆人乙 那是从法国打猎来的，在阿尔登森林。

仆人甲 还有渔夫冒着生命危险捕来的鲨鱼，客人们将吃到鱼翅。

仆人乙 沙拉和冷盘将拌上鲸鱼油，渔夫在波涛中成功地抓到一头鲸。

仆人甲 还有马赛的茴香酒。

仆人乙 乌拉尔河的伏特加。

仆人甲 还会有一张巨型蛋饼，由十三万只鸡蛋做成。

仆人乙 还从中国运来了烙饼。

仆人甲 还从非洲运来了西班牙甜瓜。

仆人乙 将是一个前所未有的盛大节日。

仆人甲 还有维也纳糕点。

仆人乙 葡萄酒将像阴沟水流在马路上一样地流淌。

仆人甲 还将听到十几场茨冈人的音乐会。

仆人乙 比圣诞节还热闹。

仆人甲 上千倍地好。

仆人乙 每个居民将有二百四十七根猪血香肠。

仆人甲 一桶芥末。

仆人乙 还有法兰克福香肠。

仆人甲 还有腌酸菜。

仆人乙 还有啤酒。

仆人甲 还有葡萄酒。

仆人乙 还有杜松子酒。

仆人甲 光想到这些,我就已经醉啦。

仆人乙 光想到这些,我已经感到胃都爆啦。

仆人甲 我的肝扩张啦。

〔他们互相搂住脖子,两人好像都已经喝醉了似的,摇晃着下,一边叫道:

两仆人 麦克白特万岁!夫人万岁!

〔班柯从右边上。

他一直走到舞台中央才止步,面朝观众。他好像思考了一会儿。

舞台后部,略左,麦克白特出现。

麦克白特 咦,班柯来了。他一个人到这里来干什么?躲一躲。听听他说些什么。

〔做拉上无形幕布状。

班　柯 这样一来,麦克白特将当上国王。康道尔男爵、格拉密斯男爵,然后就是从明天起的君王。女巫们的预言就此依照顺序一个个实现了。她们没有预言我也参与了杀害邓肯。可是,要是邓肯不死或者不宣布禅位给麦克白特的话,麦克白特又怎么能够成为这个国家的元首呢?这在法理上是不可能的。王位是靠武力夺取的。另一件她们没有预言的事是,邓肯夫人将成为麦克白特夫人。这样一来，麦克白特全都有了，而我却一无所获。多么不同寻常的人生啊：财富、荣耀、权力、女人！……他到顶啦。我杀了邓肯，因为我恨他。但这又如何能够提升我个人的功名呢？是的，麦克白特向我许诺过。他承诺我当他的大臣。可是他会遵守他的诺言吗？我怀疑。他不是也向邓肯承诺过忠贞不贰吗？可他杀了邓肯。他也会说我将像他一样行事。我不会否认这一点。我忘不了。我有悔意。我没有麦克白特的成功和荣耀来阻止悔意。女巫们宣布过，我既不会是大公，也不会当国王。但是她们预言说，我将是一个亲王、国王、共和国主席、独裁者家族的祖先。我还有这点安慰。她们如此预言过，是的，她们如此预言过。她们的英明远见已经得到证实。从前，即在遇见女巫之前，除了效忠我的君主之外，我没有欲望没有野心。而现在呢，我欲火中烧、妒火难耐。她们掀开了野心之匣的盖子。我现在被一股无法控制、渴望无比、贪婪至极、难以满足的力量所占据，不能自已。我将是十多个君主的父亲。已经有了这个。可是我既无女儿，又无儿子。我连婚都没有结过。跟谁结婚呢？邓肯夫人的侍女蛮讨我喜欢。我这就去向她求婚。她有点巫气。再好不过。她将会预见威胁我们的灾难，这样我们就可以避免。我一旦结婚、成为父亲、当上大臣之后，就要努力阻止麦克白特随心所欲的统治，我将是他的幕后操纵者。谁知道，也许女巫们会重新考虑她们的预言呢？也许我还能活着作为国王来统治？

〔他从右边下。

麦克白特　（走到舞台口）我都听见啦，叛徒。你就是这样回报我对你的诺言吗？我承诺把你提升到公国大臣的位置。我不知道我妻子及其侍女跟他预言过他将成为一大帮国王的父亲。这事蹊跷，她们对我只字不提。她们对我隐瞒这件事，令人担忧。她们想玩弄谁呢？班柯还是我？什么目的？班柯，一个王室家族的父亲！难道我杀了邓肯，我的君主，就是为了光耀他的家族？我陷入了一场阴森可怕的计谋之中。啊！事情不可能这样发生！咱们瞧吧，看我的自由和主动能不能让我逃过魔鬼为我指定的命运陷阱！将班柯后代毁灭在萌芽中，也就是毁灭他本人。（他走向右边，喊道）班柯！班柯！

班柯的声音　我来啦，麦克白特，我在这里！

〔班柯出现。

班　柯　麦克白特，你要我干什么？

麦克白特　懦夫，难道你就这样回报我打算赐给你的犒赏吗？

〔他将剑刺进班柯的心脏。

班　柯　（垮掉）啊！我的上帝！原谅我！

麦克白特　这些国王全都在哪里呀？他们将跟你一起腐烂，烂在你身上！我毁掉了他们的未来。他们已经冻僵在你的种子里。明天，我就要加冕！

〔他下。

暗场。

传来喊声："麦克白特万岁！麦克白特夫人万岁！我们敬爱的国王万岁！新娘万岁！"

麦克白特和夫人从左边上。他们穿着君主服装。他们头顶王冠，身披紫袍。

麦克白特手持权杖。他在舞台中央停下，与此同时人们听见民众整齐一致的热烈欢呼声，钟声也快乐地敲响起来。麦克白特夫妇庄严地入场之后，背对着观众，向想象中的人群致意，时而向右，时而向左。

只听见人群叫喊："乌拉！大公万岁！大公夫人万岁！"

麦克白特夫妇转过身来，用手势向大厅里的观众致意，同时向他们飞吻。然后麦克白特和麦克白特夫人面对着面。

麦克白特 我们以后再谈这个问题，夫人。

麦克白特夫人 （极其冷静）亲爱的，我会跟你说清楚的。

麦克白特 我阻断了您的预言在未来实现。我把它消灭在萌芽中。您不是最强大的。我了解了一切，阻止了一切。

麦克白特夫人 亲爱的，我什么都不想瞒着你。我说过的，我会跟你解释的。但不是当着大家的面。

麦克白特 我们以后再说吧。

〔麦克白特重新握住麦克白特夫人的手。他们一边对着想象中的人群微笑，一边从右边下，而欢呼声持续不断。

舞台空台一段时间。在侍女的陪同下，穿着同样服装的麦克白特夫人上。

侍　女 您年轻新娘的扮相很美。这些人掌声如雷！您是如此优雅！如此庄重！而他也一样举止优雅。变得十分年轻。真是美满的一对。

麦克白特夫人 他现在在睡觉。教堂出来之后，他喝酒啦。喝得太多。可今天晚上，他还有盛大的婚宴。咱们要利用他睡觉的机会。你抓紧。

侍　女 马上。

〔她把右侧后台的箱子提起，带到台上。

麦克白特夫人 让这顶神圣而且受到神祝福的王冠喂狗去吧！（她扔掉王冠。拿下胸前带有十字架的项链）这根项链，可烫死我了！我胸脯上都有一道烫伤啦。但我要在上面施以魔法。（与此同时，侍女打开箱子，从中取出女巫的旧衣服并给她穿上）两种力量，一种来自上面，一种来自下面，注入十字架。哪种力量更为强大？这是怎样的一种战场啊，如此之小，却凝聚了宇宙之战！帮我一把吧！解开我的白裙，那可笑的贞洁之象征！快把它脱掉，因为它也在我身上燃烧。我把卡住的圣餐饼吐出来，幸好它卡在我的喉咙口！它是荆棘，是炭火。把葫芦给我，它里面装满了辛辣和有魔法的伏特加。这种九十度的烈酒对我来说犹如最清凉的水。面对别人叫我看和触碰的偶像，我有两次差点晕倒。但我挺住了。我吻了其中一个，哇！真恶心哪！（与此同时，侍女为她脱去衣服）我听到声音了。你快点！

侍　女　马上就好，亲爱的，马上就好。

麦克白特夫人或女巫甲　快！快！快！把我的旧衣服拿来！（她身上只剩下一件脏衬衫）还有我那件有跳蚤的旧袍子。还有那件被呕吐过的围裙。还有那双沾满泥浆的靴子，快！快脱掉这顶假发！把假下巴递给我！拿走我的假牙！把我的尖鼻子还是像先前那样给我装好，还有我那尖尖上涂毒的铁棒。

〔侍女拿起一位朝圣者留在舞台上的棒子。

随着女巫甲或麦克白特夫人呼叫："帮帮我！解开我的白裙！"等，侍女按照女巫甲的吩咐行动。

正如剧本中所写的那样，她将递给她有跳蚤的旧袍、被呕吐过的围裙、那肮脏的旧头套，替她拿掉牙齿并将其示人，替她装上尖鼻子，等等。

女巫甲　快点！再快点！

女巫乙　马上，马上，亲爱的。

女巫甲　其他地方还有人等着我们哪。

〔女巫乙从箱子里拿出一条又长又旧的围巾。她一下子就给她围上，同时给她戴好灰色的脏头套。

两个女巫弯着腰，脸上带着嘲笑。

我这身穿戴之后感觉好多了。

两个女巫 嘻，嘻，嘻，嘻！

〔她关上箱子。两个人都骑在箱子上。

女巫甲 我们在这里已经没事可干啦。

女巫乙 我们干得漂亮。

女巫甲 我们什么都安排好了，什么都弄得乱糟糟的。

女巫乙 嘻，嘻，嘻，嘻！ 麦克白特跑不了啦。

女巫甲 头儿将会高兴啦。

女巫乙 我们全都告诉他。

女巫甲 他等着我们要分配新任务呢。

女巫乙 开溜啦！ 箱子，飞吧！

女巫甲 箱子，飞吧！ 箱子，飞吧！

〔坐在前面的女巫甲做转方向盘的动作，发动机很响。女巫乙双手向两边伸直，模仿翅膀。

舞台上暗场。箱子被追光灯照着，在舞台上空飞。

〔王宫大厅。舞台后部摆着王位。对面略左，一张桌子和几张凳子。四位客人已经就座。

四五个大木偶同样已经摆放好，代表其他客人。舞台后部可以看到其他桌子和客人，在透明的王位后面的左右两侧。

麦克白特从右边上。

麦克白特 请坐下，朋友们。

客人甲 大公万岁！

客人乙 我们的君王万岁！

客人丙　麦克白特万岁！

客人丁　我们的导师万岁！我们伟大的舵手万岁！我们的麦克白特万岁！

麦克白特　谢谢，我的朋友们。

客人甲　光荣、名誉和健康属于我们敬爱的麦克白特君主夫人！

客人丁　她的美丽和优雅使之与您门当户对。我们祝愿你们健康长寿、繁荣昌盛，祝愿国运亨通，祝愿您在麦克白特夫人的优雅陪伴下审慎而有力地治理国家。

麦克白特　我和夫人一起感谢各位。她本该在场的。

客人乙　夫人殿下一向准时。

麦克白特　我刚刚离开她。她该跟侍女一起来。

客人丙　夫人殿下是否身体不适？我是医生。

麦克白特　她回房间去涂口红、搽脂粉、换项链。各位边等边继续喝酒吧。我跟大家一起干杯。（一个仆人上）酒不够。给我们拿酒来！

仆　人　我去拿，大人。

〔他去拿酒，回来后斟酒。

麦克白特　祝各位健康，朋友们！跟各位在一起多么快乐！我感到自己被诸位的热情所包围。要知道，诸位的友情对我来说不可或缺，就如同水之于植物、酒之于男人一样。有诸位在我的周围，就让我宁静、让我欣慰、让我安心。啊，要是诸位知道的话……可我们还是不说的好。知心话，下一次再说。我们想要做的事情，却没有做。我们做过的其他事，却并非我们原先想做的。历史是不可捉摸的。一切都背离了我们。我们无法掌控自己主动开始的事情。而是事物反过来对付你。所有正在发生的事情都与你原先想要达到的目的相反。统治，统治，实际是事情统治人,而不是人统治事情。在效忠于邓肯的时候,我是幸福的。我无忧无愁。(仆人上。朝仆人转过身去对他说)快去,我们都渴死啦!(看着一幅男子肖像画,也可以是一只空画框)谁用邓肯的肖像代替了我的啦?(伸出手指)谁想出这个阴暗的闹剧的?

仆　人　我不知道,大人。我看不见,大人。

麦克白特　(对仆人)无耻小人。

〔他抓住他的脖子,然后放了他。他过去把肖像拿下来,可以是看不见的,也可以是一只画框。

客人甲　可这是您的肖像哪,大人!

客人乙　不是邓肯的肖像取代了您的肖像,而是您的肖像取代了邓肯的肖像!

麦克白特　但是,他像邓肯啊。

客人丙　大人,您看走眼啦。

客人丁　(对客人甲)权力上升会引起近视吗?

客人甲　(对客人丁)这不是一个必要条件。

客人乙　但这常常发生。

〔仆人在麦克白特松开他的脖子后就立即从右边逃下。

麦克白特　也许我看错了。(对其他人,他们与他同时起身)朋友们,请坐。喝一点酒可以使我们的精神更清明。不管他像邓肯还是像我,都要把这一幅画砸掉。我们呢,坐下喝酒。(坐下,饮酒)你们这样看着我干什么?我说啦,你们请坐,喝酒。(他起身,用拳头击打桌子)请坐!(客人们重新坐下。麦克白特接着也坐下)喝酒,先生们!请喝酒吧!邓肯并不是个比我好的君王。

客人丙　大人,我们同意您的说法。

麦克白特　国家需要一个更年轻、更有活力和更英勇的君主。你们什么也没有失去。

客人丁　大人，这正是我们的看法。

麦克白特　你们在邓肯时代是怎么看待邓肯的？是否对他说过你们对他的看法？你们是否说他是最英勇的？说他是最有活力的统帅？或者对他说我该取代他，告诉他这个王位对我比对他更合适？

客人甲　大人……

麦克白特　我自己当时认为他是最配的。你们是否也这样想？或者另有想法？告诉我！

客人乙　大人……

麦克白特　大人，大人，大人……然后呢？我要知道的是后面的话。你们都变成哑巴啦。哪位胆敢认为我不是以往、当今、未来所有君王当中最好的，站起来告诉我。你们不敢吗？（停顿）你们不敢。最公正，最伟大？你们这些可怜的东西，好啦，喝你们的酒去吧！

〔舞台后部的灯光熄灭。已经看不到那里的桌子，之前这些桌子可以是透明的或者通过镜子看得见。

班柯突然出现。他开口说话时，人在右边的门口。之后他将走进来。

班　柯　我，麦克白特，我敢！

麦克白特　班柯！

班　柯　我呢，我敢说你是一个叛徒、一个骗子、一个凶手。

麦克白特　（面对前进的班柯往后退）这么说你没有死！（四位客人起立，麦克白特继续后退）班柯！（他把剑抽出了一半）班柯！

客人甲　大人，他不是班柯！

麦克白特　是他,我向你们发誓!

客人乙　这不是有血有肉的班柯,这只是他的鬼魂。

麦克白特　他的鬼魂?(笑)确实,这只是一个鬼魂。我的手可以穿过去,还看得到他的背后。所以,你是真的死了。我不怕你。但愿我能杀你第二次。这里没有你的位置。

客人丙　他来自地狱。

麦克白特　你来自地狱。你应该回到地狱去。你得到批准了吗?给我看看撒旦亲手给你的批文。你一直到半夜都是自由的吗?坐到这张桌子的贵宾席去。不幸的人啊!你既不能喝,又不能吃。来吧,坐到我这些英雄的身边。(客人们害怕,纷纷闪开)你们怕他什么?上去把他围住。让他幻想自己还活着。等他回到黑暗的、烈火炎炎或潮湿难耐的住所后就会更加绝望。

班　柯　无赖!可惜啊,我除了诅咒你之外做不了任何事。

麦克白特　你不可能让我后悔。如果我不把你给杀了,你就会杀了我,就像你对待邓肯那样。难道不是你第一个举剑刺向他的心脏的吗?我想让你当重臣,可你想的是坐上我的王位。

班　柯　就像你坐上了邓肯的王位,他可两次封你当男爵。

麦克白特　你们其他人,别怕得发抖。你们怎么啦?我可是在胆小鬼当中挑选了你们这些将军喽!

班　柯　我信任过你、追随过你,还有,是你和你的女巫们让我着了魔。

麦克白特　你想让你的后代取代我的后代。你真够快的。你的儿子,你的孙子,你的曾孙都在出生之前死在你的种子里了。你为什么要叫我"无赖"?我抢在了前头,出手更快。

班　柯　你会吃惊的,麦克白特。你预计不到。你会付出代价的。

麦克白特　他让我发笑。我说"他",因为实际上,这些是他从前那个人的一些残余、一些废物而已……渣子，一个木偶。

〔班柯消失。

就在这时，邓肯出现在王座旁边，并坐上王座。

客人丁 大公！看哪，看哪，大公！

客人乙 大公。

麦克白特 这里只有我才是大公！你们是在跟我说话，可你们的眼睛却转向别的地方。

客人丙 大公。

〔他伸手指去。

麦克白特 （转过身来）他们都约好了来这里？

〔客人们小心谨慎地走近邓肯，离开一定的距离停下。客人甲和客人乙在王座旁边跪下，一左一右。另外两位，更远一点，依然保持一定距离，身处麦克白特左右。

后三位背对观众，其中前两位侧面对着观众。邓肯坐在王位上，面对观众。

客人甲和客人丙 （对大公）大人……

麦克白特 你们原不相信班柯是真实的。但你们看上去相信邓肯还活着，并且相信他就坐在这个王座上。是不是因为他曾经是君王，你们养成了在他面前下跪并且惧怕他的习惯？现在由我来告诉你们：这只是个鬼魂。（对邓肯）就这么回事。我夺了你的王位。娶了你的妻子。我可是好好地为你效过忠，你却怀疑我。（对客人们）坐回你们的座位。（他抽出剑来）赶快坐回各自的座位，这里除了我没有其他君王。现在开始，你们应该在我面前低头哈腰。（客人们害怕地后退）要称我陛下。说呀……

四位客人 （一起弯腰）陛下，我们服从您。我们的幸福就是顺从您。

客人丁 我们最大的幸福就是服从您。

麦克白特 我看你们已经明白了。(对邓肯)在得到我以你的名义杀掉的成千上万的士兵宽恕之前,在这些士兵自己得到被他们强暴的成千上万的妇女宽恕之前,在得到被他们杀害的成千上万的儿童和善良的农夫原谅之前,别再来了。

邓　肯 我自己杀了、还让别人杀了成千上万的男人和女人、士兵和平民。我让人放火烧了无以计数的农舍。这是真的。千真万确。但是在你说的真事当中有一件是假的:你并没有娶我的妻子。

〔嘲笑声。

麦克白特 你疯啦?(对四位客人)他的死让他失去了理智。是不是,各位?

客人们 (一个接着一个地)对,大人。

麦克白特 (对邓肯)去你的,给我滚,蠢鬼!

〔邓肯在王位后消失。他刚刚起身,准备出去。

女　仆 大人,大人!殿下不见啦!

麦克白特 哪位殿下?

女　仆 大人,就是您那位尊贵的妻子,麦克白特夫人。

麦克白特 你说什么?

女　仆 我进了她的房间。房间空着,她的行李都不在了,侍女也不见了。

麦克白特 给我去找她并把她给我带过来。她有头疼病。她该是到花园里呼吸新鲜空气然后再来赴我们的晚宴。

女　仆 我们找过她了,喊过她了。只听见回声。

麦克白特 (对四位客人)到森林里去搜!到乡村去搜!把她给我带来!(对女仆)你呢,到宫殿的仓库里、到地牢里、到地窖里去找她。也许有人把她关在里面了？快去，别磨蹭。（女仆下）你们呢？也别磨蹭，带上你们的警犬，搜查每一家农舍，下令封锁边境。下令我们所有的海上巡逻舰到海上搜索，越过边界搜索。让灯塔用刺目的灯光在海浪里搜索。跟邻国联系，如果她在那里的话，就驱逐她。把她交给我们。如果有哪个国家提出避难权或回答说跟我国没有签过引渡条约的话，就跟哪个国家宣战。每一刻钟，都要派使者来跟我汇报你们搜查的结果。抓住任何看似女巫的老妇人，到所有山洞里去找。

〔女仆从舞台后部上。

四位客人正在紧张地把挂在墙上的腰带和剑拿下穿戴起来，相互拿错腰带和剑。他们突然停下手上的动作，转向女仆。

女　仆　麦克白特夫人到！

〔麦克白特夫人上。

她从地下来，走楼梯上来的。

〔女仆下。

麦克白特夫人出现。麦克白特夫人，不如说是邓肯夫人，与先前看到的有点不同。亦即她不戴王冠。穿的裙子有点发皱。

客人甲与客人乙　（同时）麦克白特夫人！

客人丙与客人丁　（同时）麦克白特夫人！

客人丁　麦克白特夫人！

麦克白特　夫人，您迟到得太久啦。我发动了全国来找您。您这段时间在哪里？您待会儿再跟我解释。（对四位客人）先生们，重新坐下。婚宴可以开始啦。吃呀喝呀！（对麦克白特夫人）我忘掉可能在我们之间发生过的误会；请您原谅我，我也原谅您。亲爱的，您人来啦，这是最要紧的。庆祝吧，跟我们的朋友一起享受愉快吧，他们和我一样喜爱您，一起在等您。

〔舞台后部再一次出现刚才所见到的桌子和客人，通过透明手法或镜子手法。

客人甲与客人乙 麦克白特夫人万岁！

客人丙与客人丁 麦克白特夫人万岁！

麦克白特 （对麦克白特夫人）请您坐主桌。

客人丁 我们敬爱的君主麦克白特夫人万岁！

麦克白特夫人或邓肯夫人 敬爱不敬爱，我都是你们的君主。但我不是麦克白特夫人。我是邓肯夫人，不幸的遗孀，但忠实于我们的合法君王——邓肯大公。

麦克白特 （对邓肯夫人）您疯啦？

〔歌剧腔，唱[①]。

客人甲 她疯啦。

客人乙 她疯了吗？

客人丙 她失去了理智。

客人丁 她不再知道自己在干什么。

〔歌唱段落结束。

客人甲 我们参加过她的婚礼！

麦克白特 （对邓肯夫人）您是我的妻子。难道您忘掉啦？他们都参加过我们的婚礼。

邓肯夫人 你们参加的不是我的婚礼。你们参加的是麦克白特和女巫的婚礼。那是一个扮成我的相貌、我的身材和我的声音的女巫。她把我推进了这座王宫里的囚室，并用锁链锁住了我的手脚。今天，神奇地，锁链断了，牢门开了。麦克白特，我跟你

---

① 或者说，由导演决定。如果是说的话，正如首演时那样，就仅有马考尔在最后唱。——原注

没有任何关系。我不是你的同谋,你是杀害君主和朋友的凶手,是篡位者和大骗子!

麦克白特 可您是怎么知道所发生的一切的?

客人甲 (唱)就是,她怎么知道这些的!

客人乙 (唱)既然她被关起来了,她就不可能知道。

客人丙 (唱)她不可能知道。

客人丁 (唱)她不可能知道。

邓肯夫人 (说)我是通过囚犯发送的电报了解到一切的。我隔壁牢房的囚犯在墙上敲击。敲击声是加密的。我什么都知道。快去找她呀,你那美丽的新娘子,一个老巫婆!

麦克白特 (唱)坏啦!坏啦!坏啦!这一次,在我面前出现的不是一个鬼魂。这一次,在我面前出现的不是一个鬼魂。(歌唱部分结束)是的,那个老巫婆,我很想找到她。她借用了您的脸和身材,而且弄得更加漂亮。她说话的嗓音也更动听。而这一切都是冲着我来的。到哪里找她去?她肯定消失在迷雾里或空气中。我们没有飞行器好去找她,也没有探测不明物体的遥控仪器。

四位客人 (齐声歌唱)麦克白特万岁,打倒麦克白特!麦克白特万岁,打倒麦克白特!邓肯夫人万岁,打倒邓肯夫人!邓肯夫人万岁,打倒邓肯夫人!

邓肯夫人 (对麦克白特)你的那个巫婆,她不想再帮你啦。她把你抛弃在不幸之中。

麦克白特 什么不幸?当这个国家的君主,难道是一种不幸吗?我不需要任何人帮助我统治。(对客人们)滚出去,奴才!

〔众人下。

邓肯夫人 你对付不了。你统治不了。马考尔,邓肯的儿子,刚刚从迦太基上船。他召集了一支强大而且人数众多的军队。整个国家都反对你。你再也没有朋友了,麦克白特。

〔传来喊声:"打倒麦克白特!马考尔万岁!打倒麦克白特,马考尔万岁!"邓肯夫人消失。

麦克白特 (明晃晃的剑指向看不见的呼喊着口号的人群,向右)我不需要任何人!(向左)我谁也不怕!(对观众席)我不怕任何人!不管是谁!

〔军乐。马考尔从舞台后部上。

马考尔 (对转过身来的麦克白特)好啊,我终于找到你了!人渣,可怜虫,无耻之徒,可恶的造物!可恶的穷鬼!人类中的烂泥!愚蠢的凶手!白痴混蛋!流涎的毒蛇!瘰鳞蛇!长角的蝰蛇!无耻的巨蟾蜍!疥疮人的臭屎!

麦克白特 你吓不倒我!你这只小蠢猪,一心想报仇的小流氓!彻头彻尾的傻瓜!可笑的白痴!大胆的笨伯!自以为是的蠢货!荒唐的愚人!牡蛎,小驽马!

马考尔 我要杀了你,垃圾!之后再把不洁的剑扔掉!

麦克白特 可怜的小混蛋!滚到一边去。我杀了你那臭老爸,想饶你一死。你没有办法对付我。任何女人生的人注定都不可能打败我。

马考尔 麦克白特,你上当啦!你被耍啦!(瓦格纳式的歌唱或念白)我不是邓肯的儿子,我只是他的养子。我是班柯和一个被女巫变成女人的小羚羊所生。班柯并不知道她怀孕,因为她在生我之前又变回了小羚羊。邓肯夫人在我出生之前秘密地离开了宫殿,好让人不知道她并没有怀孕。她回宫廷时带上了我。别人把我看作她和邓肯的儿子,邓肯需要一个继承人。(说)我要开始用班柯的姓,我要建立一个新王朝,它将世代统治下去。班柯王朝。我将成为班柯二世。以下将是我的继承人名单：班柯三世（人们看见相继出现漫画人头[①]，先是费洛夏尔）、班柯四世（里波但格的头像）、班柯五世（格劳基诺尔头像）、班柯六世（本剧作者的头像，笑脸，嘴巴张得很大）……还有其他几十位。

麦克白特 从来没有过，自从俄狄浦斯以来，命运从来没有如此嘲笑过一个人，也从来没有嘲笑得这么厉害。噢！疯狂的世界，最好的人比最坏的人更恶劣。

马考尔 我同时替我的养父和生父报仇，我不能不认自己的父亲。（拔出剑，对麦克白特）赶快把我们的账了结了。不能让你的臭气再多毒害宇宙一秒钟。

麦克白特 笨蛋，既然你想死，那就成全你。只有当森林变成军队并朝我进发的时候，我才可能被打败。

〔男男女女朝着麦克白特和马考尔所处的舞台中央走去。每个人手上或者拿着一块画着树的牌子，或者拿着树枝。这两种解决方法只有在舞台装置手段不可能时才考虑。实际上，应该是整个布景沉重地朝着麦克白特包围过去。

马考尔 转过身去，看看正在行走的森林！

〔麦克白特转身。

麦克白特 妈的！

〔马考尔一剑朝麦克白特背上刺去。麦克白特倒地。

马考尔 把这具烂尸抬走！

〔看不见的人群呼喊："马考尔万岁！马考尔万岁！暴君死啦！我们敬爱的君王马考尔万岁！马考尔万岁！"

马考尔 把王座搬来！

① 下文中出现的 Filochard（机灵鬼）、Ribouldingue（逍遥王）和 Croquignol（搞笑人）均为著名的漫画人物。

〔两个客人将麦克白特抬下，同时有人抬来王座。

客　人　您请坐，大人。

〔其他客人上。有些人在舞台上摆放标语牌，上面用英文写着："Macol is always right[1]."

客人们　马考尔万岁！班柯王朝万岁！大人万岁！

〔传来敲钟声。

马考尔站在王座旁。主教或僧人从右边上。

马考尔　（对主教）是来加冕的吗？

主　教　是的，陛下！

〔一位平民妇女从左边上。

妇人甲　祝愿王运昌隆！

妇人乙　（一边从右边上）但愿您善待穷人！

男子甲　（从右边上）但愿不再出现不公现象！

男子乙　仇恨毁灭了我们的住所。仇恨毒害了我们的心灵！

男子乙　但愿您的统治充满安详、和谐团结！

妇人甲　但愿您的王朝圣洁。

妇人乙　但愿您的统治充满快乐。

一男子　它将是爱的王朝。

另一男子　兄弟们，让我们互相拥抱吧。

主　教　相互拥抱吧，我祝福你们。

马考尔　（站着，就在王座之前）安静！

妇人甲　他要对我们发表讲话！

男子甲　大人要对我们发表讲话。

妇人乙　大家聆听他要对我们讲什么吧。

男子乙　大人，我们聆听着呢，我们会把您的话当作美酒喝下。

---

① 英文，马考尔总是有理。

另一男子　但愿上帝保佑您。

主　教　但愿上帝保佑您。

马考尔　安静，我说，你们不要同时开口！我要向你们发表一项声明。谁也不许动！谁也不许呼吸。你们好好记住下面的话[①]：我们的祖国在桎梏下沉沦。每过一天便是在其伤痕上增添一道新伤。是的，我砍下了暴君的头并将其置于我的剑尖。

〔一男子上，将戳在一根长矛上的麦克白特的头颅示众。

男子丙　你活该。

妇人乙　他活该。

男子丁　但愿上天永远不宽恕他。

妇人甲　但愿他下地狱，ad aeternam[②]！

男子甲　但愿他在地狱里受煎熬！

男子乙　但愿他受折磨！

男子丙　但愿不让他有丝毫的休息。

男子丁　但愿他在烈焰中皈依天主，但愿上帝拒绝他的皈依。

妇人甲　但愿挖出他的舌头，舌头长出来，又再被挖出来，每天二十次。

男人乙　但愿他被烧烤！但愿他被做成标本！让他见证我们的快乐。但愿我们的笑声穿破他的耳朵！

女人乙　这是我的毛衣针，但愿人们拿去戳瞎他的眼睛！

〔标语牌。

马考尔　如果你们还不立刻闭嘴，我就让我的士兵和狗扑向你们！

〔舞台后部连连不断用断头台砍下头颅，如同第一场。

既然眼下暴君已经死掉并诅咒生下他的母亲，我要跟你们

---

① 马考尔的独白借用自莎士比亚原剧(马尔康对麦克德夫所说的台词)。——原注

② 拉丁文，永永远远。

说的是:我那不幸的祖国将被更多的邪恶统治,甚于从前。在我的统治下,她将更加痛苦而且受苦的花样百出。

〔随着马考尔的讲话,人们听见低声的抗议、失望和惊愕。在其声明的最后,马考尔身边已经空无一人。

我明白,所有恶行是如此强烈地根植于我身上,以至于当它们释放之时,麦克白特的行为与本人无以计数的恶行相比,黑暗的他便洁白如雪,而我们的国家也会把他当作一只羔羊。麦克白特曾经是个血腥、淫荡、吝啬、虚伪、欺诈、狂暴、狡猾的人,浑身上下充满了所有叫得出名字的邪恶。可是,我身上的淫欲将深不可测。你们的妻子、女儿,你们的妇人、处女都难以填满我的欲壑,而我的激情将冲破一切与我的意志作对的束缚。宁愿要麦克白特,也不要一个我这样的君主。除此之外,在我那由最恶劣的本能组成的天性之中,还存在着一种如此难以满足的吝啬,以至于在我的统治期间,我将砍掉所有贵族的头颅,为的是夺取他们的封地。我需要这个人的金银珠宝、那个人的房屋,而每一次获得的新财富于我都只是令我更加贪婪的源泉。我将向最善良、最忠诚的人寻衅,并将他们毁灭,为的是剥夺他们的财产。我身上不具备任何一种君主应有的道德,什么正义、诚实、节制、镇定、慷慨、远见、怜悯、仁慈、孝顺、忍耐、勇敢、坚强,我甚至连一点兴趣都没有。可是,我身上充斥着各种犯罪倾向并会通过一切手段加以满足。

〔唯一还待在马考尔身边的主教变得沮丧,从右边下。

是的,既然我现在掌握了权力,我就要往地狱里倾倒和谐的甘乳。我要扰乱宇宙的宁静,我将毁掉地球上的一切整体[①]。让我们从这个大公国开始,首先建设一个王国,我将成为国王。

① 从莎士比亚《麦克白》剧中借用的段落至此为止。——原注

建设一个帝国,我将是皇帝。超级陛下、超级王爷、超级皇上、所有皇帝的皇帝。

〔他消失在雾气之中。

雾气散尽。捕蝶者穿过舞台。

全剧终

这个乱七八糟的世界

桂裕芳　译

人物表

主人公	雅克·莫克莱
吕西安娜、阿涅斯及其女儿	热纳维耶芙·丰塔内尔
产业主，伤者的母亲	埃莱奥诺尔·伊尔特
牵小狗的妇人，老妇	奥迪勒·马莱
女看门人及其女儿	莫尼克·莫克莱
女出纳（雅妮）、女反叛者、伤者、主人公的母亲	罗西纳·法韦
老板、酒馆老板、牵小狗的妇人的丈夫、饭馆老板	安德烈·托伦
雅克·杜蓬、反叛者、警察、杜蓬之子、反叛者之子	伊夫·比罗
彼埃尔·朗布尔、拄拐杖的男人、老先生、让-保尔·西兹夫	让-保罗·西西夫
年轻工人、警察、年轻人及其子	詹尼·科列里
饭馆的客人	吉勒·托马

该剧于一九七三年十一月十四日在现代剧院首演，雅克·莫克莱担任导演，雅克·诺埃尔担任布景和服装，弗朗西斯科·森普伦和米歇尔·克里斯托杜里代为该剧配乐。

第一场

布　景

办公室

老　板　这可不够意思。

雅　克　坏招。

彼埃尔　他这人就是这个德性。

吕西安娜　他继承了遗产,当然有权离开,如果不再需要工作的话。

彼埃尔　(对吕西安娜)您一直喜欢他,该结束了。

吕西安娜　呵!

老　板　他当初需要我们时……我们帮助了他。而现在,他走了,就这样走了。他跑掉了,只是提前三天通知我们。我会要求他付预先通知费的。找人来替代他也不容易。

彼埃尔　可他原先也不是什么好职工。

雅　克　这还用您说!他很懒。走了也不是了不起的损失。我和他面对面工作了十五年。

彼埃尔　他会怎样处理那些钱呢?

老　板　他完全可以投到我的生意里去。

彼埃尔　他这人会给您惹麻烦的。

雅　克　我可高兴再不用看见他那张叫人讨厌的脸了，我厌恶透了，天天如此。

彼埃尔　但您高兴和他一起去小酒馆。下午他一看您的文件就睡着了。（对雅克·杜蓬）这是您告诉我的。

老　板　我不是傻瓜。我很清楚。

彼埃尔　（对吕西安娜）你不为他的走感到难过？

吕西安娜　毕竟我认识他很久了。

彼埃尔　（对吕西安娜）他当过你的情人。这样的情人……

吕西安娜　我觉得你比他好，所以我为你离开了他。

彼埃尔　他穿得像个流浪汉。

老　板　我没有把他赶出去已经够慈悲为怀了，没有朝他屁股踢几脚。而现在他明明可以出钱帮助我们，他却毫不感恩。至少是不讲道义。公司正需要资金哩。

雅　克　我有过一些政治理想。他可是反动分子。

老　板　呵，不，不。他比谁都左。

彼埃尔　再说他的政治理想一文不值。其实他对一切都没有任何理想。

雅　克　他常对我说什么事都无道理可言。

彼埃尔　他才没有道理呢。

雅　克　（对彼埃尔）那您呢，您有吗？

彼埃尔　（对雅克）那您呢？

雅　克　我可是相信……

彼埃尔　我很清楚您以为自己相信什么。您每天都对我们说，但毫无改变。这是您的强迫性顽念。

老　板　现在不是你们吵架的时候。

雅　克　等他来时，我们告诉他对他的看法。

彼埃尔 我们要板起面孔。

老　板 这还不够。我要训斥他。

吕西安娜 可是他对你们做了什么错事？他现在有钱了。他想怎么花就怎么花吧。

老　板 不该这样抛弃帮助过自己的人。此外，他很傻。如果他肯将钱投进我们公司，我们早就做成大生意了。你们知道公司有亏空。

雅　克 呵，您这个老板，您这样说是为了关店门，其实您的钱箱是满满的。

老　板 你们要是愿意，可以来检查嘛。我没有什么可隐瞒的。

彼埃尔 不该由杜蓬来检查，该由我来！我是职工代表。

老　板 （对彼埃尔）您刚到我公司时有很大的志向。您有很多想法，目光远大。这些想法都到哪里去了？现在是当一天和尚敲一天钟。您很快就泄气了，亲爱的。

彼埃尔 我们谈的是他，不是我。我可是尽了力。

老　板 收效不大。

雅　克 我一直认为他只是一个叫人厌恶的资产者。

彼埃尔 流浪汉资产者。

老　板 流浪汉是碌碌无为的资产者。

雅　克 他来上班，甚至连胡子也不刮。浑身是烧酒的臭味。你们以为这叫人愉快吗！

吕西安娜 他并不总是这样的。

彼埃尔 （对吕西安娜）你不会说这是我的错吧。你是因为我才离开他的吧。

吕西安娜 我没有责怪你的意思，从来没有这个意思。是我自愿离开他的。

雅　克　他说自己穿着不好是因为没有钱买套装。等他来时,你们现在再看看他。他肯定穿上了著名服装店的衣服。他会瞧不起我们的。

吕西安娜　这不是他的风格。

雅　克　那时他令人生厌。

老　板　他不喜欢工作。其实工作就是幸福。我会要求他偿还他的道义债务,大概有好几百万。

雅　克　坏蛋!

彼埃尔　傻瓜!

雅　克　美国居然还有些叔父伯父不善于挑选继承人。

老　板　他没有说过他有位美国叔叔。

吕西安娜　他本人也不知道。他忘记了。那是他父亲的兄弟。他甚至没有见过他父亲。

老　板　他母亲为他而死。她曾求我雇用他。她说他会感恩的。果真如此吗?

彼埃尔　像他这样的人是不知感恩的。我们还疼爱过他哩。

雅　克　他不是人。

老　板　我本该先下手,及时辞退他。总之我本该把他赶出门。

雅　克　太迟了。是他先下了手。

彼埃尔　您心肠太好了,老板。

老　板　我喜欢行善。这是我的偏爱,改不了。

彼埃尔　您的心肠太好了。您还会这么做的。

老　板　我的心肠太好。这是本性。将来还会是这样。

雅　克　那个坏蛋!

彼埃尔　那个傻瓜!

老　板　那个忘恩负义的人!

女出纳 他并没有那么坏。

吕西安娜 （对女出纳）他没有那么坏，对吧？

彼埃尔 他是无耻之徒。

〔主人公从右边上场，神色谦和，衣着朴素。

彼埃尔 （与其他人一同朝他转过身去）您来了，亲爱的朋友。

雅　克 您真好，回来看看老朋友。

老　板 （与他握手）您真走运。我祝贺您。

吕西安娜 我十分高兴见到您。

彼埃尔 我们都高兴见到您。

雅　克 我们为您感到高兴。

彼埃尔 而且是诚心诚意，毫不嫉妒。

老　板 现在您富有了，您离开我们。我们不怨您，这很正常。不，不，相信我，您完全有理。这里的工作也许对您不完全合适。我原本想给您一个更重要的职位。可惜呀，在我这个小公司里没有职位配得上您。我原本想扩大这个公司，但那得注入资本。您知道，我有些想法。我们原本可以大干一番，一起做几笔大买卖。

〔主人公沉默不语。人们等待片刻，看他作何反应。

雅　克 我对您已经习惯了，老朋友。面对面地在一起这么多年，整个青年时代。我们像兄弟一样。

老　板 对我来说，您仿佛是我的儿子。

彼埃尔 您现在怎样安排您的生活呢？

〔主人公沉默无语。

吕西安娜 他还不知道哩。

女出纳 让他想想。

吕西安娜 他首先要休息。

老　板　您是否要结婚呢？

雅　克　我希望他不会干这种蠢事。

彼埃尔　眼下他会享用他的财富。他还年轻。他有机会的。

老　板　您不怕浪费了您的资金？您最好去投资。盈利的投资。至少一部分。

〔沉默。

呵，我不希望您认为我这番话是想让您投资到我们公司。不过那会对您有利。

雅　克　老板考虑的只是您的利益。

彼埃尔　（沉默片刻之后）我也在生意上投了资。亏了。时机不好。

老　板　（对彼埃尔）您也稍稍赚了一点。

彼埃尔　没有全部收回。

老　板　新的投资……（瞧了主人公一眼，主人公仍然沉默不语）新的投资能使您多赚十倍的钱。谁如果投资会多赚二十倍呢！当时是危机时刻。现在是繁荣期。我的伙伴们是很厉害的。

〔沉默。

吕西安娜　您会记得我们的。您不会完全忘记我们吧？

彼埃尔　（对吕西安娜）他来正是为了这个，让我们知道他不会忘记我们……他不会忘记你。不可能忘记你。

老　板　对，他有金子般的心。

雅　克　不错，不错，他有金子般的心。

老　板　（对主人公）无论如何，我要谢谢您……是的，是的，感谢您对我们的帮助，感谢您肯在公司里待了这么久。时间就是金钱。好，马上就是午饭时间了，我请喝开胃酒。就在如意酒馆。你们别客气。这很正常。呵，你们熟悉如意酒馆吧。

雅　克　（对主人公）我们曾在那里度过愉快的时光。

老　板　（对主人公）去吧，请吧。去吧，您先走。（对吕西安娜和女出纳）去吧，请吧。

〔吕西安娜、女出纳和主人公下。

彼埃尔　（对老板）这是个坏蛋。

雅　克　我早就对你们说过。卑鄙的资产者。

老　板　他可真不够意思。忘恩负义。（对彼埃尔和雅克）你们先走，你们先走。

〔他们下。

第二场

布　景

一家小酒馆。瞬间搭建起的布景。例如将第一场中的桌子挪个位置。霓虹灯。椅子也挪了位置。桌子变成了吧台，吧台后是酒馆老板，他可以由公司老板来扮演，他系上围裙，戴上小胡子，摘去眼镜。这一切都在观众眼前进行。吧台后面露出酒瓶，一排排的酒瓶。酒馆老板也可以由另一位演员来演，视演出经费的多少而定。

〔主人公、彼埃尔·朗布尔、雅克·杜蓬、女出纳、吕西安娜上场。

雅　妮　（女出纳面朝右方，即与吧台相反的方向，其他人则围着吧台坐着，面前是空酒杯）您请我们喝过一杯了，不想再喝吗，先生？

雅　克　我们再待一会儿吧。

彼埃尔　他表示要去工作。他没有多少事呀。

吕西安娜　他有点不高兴。

彼埃尔　（对主人公）他有点埋怨您这么快就走。您知道，我们互相吵架，互相赌气，可终归我们是相互爱护的，毕竟一块儿工作了这么多年。

雅　克　整整一辈子。(对主人公)对吧?

彼埃尔　每人再来一杯吧,然后回去找老板。

雅　克　有的是时间。我们两点钟再走!总得吃顿告别饭吧!(对主人公)不,您别太客气。这次该我请喝酒了。您将来回来看我们,请我们喝香槟。

酒馆老板　这次的酒钱我来付。

女出纳　我来付。

酒馆老板　女士们是客人。我们对女人彬彬有礼。来点贝尔诺酒吧,好吗?

彼埃尔　这种酒最没有坏处。

雅　克　喝了不发昏,反而清醒。

〔酒馆老板倒酒,众人一饮而尽。

女出纳　现在该我请喝酒了。

雅　克　呵,不,您不能挥霍公司的款项,出纳员夫人。

雅　妮　不是夫人,是小姐。(对主人公)有一阵我想结婚。现在我不结婚了。

彼埃尔　(对雅妮)您也许为他浪费了一生(指着主人公)?说说而已,然后就忘了。

雅　妮　我不是说说。我有过一次经验,这就够了。

雅　克　(指着主人公)我们这位朋友会感到别扭的。

雅　妮　我也该走了。出纳处多半有顾客了。

〔她起身,朝主人公走去,后者也站起身来。

雅　妮　我来亲亲您。

〔她吻抱他。后者站起来,又坐下来。

对主人公:

雅　妮　您会回来的。呵，我不太相信。

〔她下。

雅　克　（对主人公）您很腼腆、衣着随便、外貌一般、举止也不洒脱，却有好女人爱上您。

彼埃尔　他是穷苦女子的唐璜。再来一杯。（对作出手势的主人公说）不，不，待会儿轮到您，……这次是我请客。（对吕西安娜）你也会想他的。

〔众人将新上的酒一饮而尽。

彼埃尔　我走了。（对吕西安娜）哦，你，你可以继续待着。你向他告别。（使劲拍了一下主人公的后背）该死的诱惑女人的家伙，算您行，连胡子都不刮。您该买一套漂亮的衣服。（低声对吕西安娜）现在他有钱了，你不会去追他吧？有钱并不表示他变聪明，变好看了。我知道，我没有满足别人对我的期望。不过这不能算理由。（高声地）好，我走了。你们好好乐乐。我去工作，去尽职。

〔他下。

吕西安娜　（对主人公）您听我说。

雅　克　再来一杯吧。您也来，老板。

吕西安娜　（对主人公）听我说。

雅　克　（对这两人）如果你们有话要私下说，别因为我而感到拘束。必要时我像坟墓一样又聋又哑。我和大家一样知道你们两人之间有过的事。当然啰……朗布尔进公司时似乎前途无量，那是……那是……

主人公　五年零一个月以前。

雅　克　五年零一个月……他不该把钱投进公司。（对主人公）您不投钱是对的，我赞成。您做得对。这明智得多。

吕西安娜 （对主人公）一个月以后我离开了您。

雅　克 我们可以为你们五年的婚姻庆祝庆祝。

吕西安娜 （对主人公）你听我说。您听我说。我很想告诉您……我很想告诉你……

〔她把他拖向那张小桌子，两人坐下。

酒馆老板 （对这两人）我把你们的酒杯拿来。

雅　克 （对主人公和吕西安娜）你们别拘束，我和老板去吧台旁边喝酒。等你们（指指主人公）讲完了要讲的话，我就和他最后吃一次土豆猪血香肠。

酒馆老板 这是这家酒馆的拿手菜。（对主人公）您上哪里都吃不到这么美味的猪血香肠。

〔酒馆老板给坐在桌旁的吕西安娜和主人公端去两杯酒，然后回到吧台后，面朝雅克。

再来一杯，这次我请客。

吕西安娜 （对主人公）既然无论如何您要走……你要走……现在我可以什么都告诉你。我曾经莫明其妙地对待你。不，我不是要你回心转意。那也不完全怪我，你知道。

〔主人公点头同意。

雅　克 （对酒馆老板）您知道那个新闻了吗？在今天的报纸上？您是怎么看的？我可并不吃惊。

吕西安娜 （对主人公）那时我不知道自己是怎么回事，你更不知道自己是怎么回事。我看不清楚，对我们的爱情看不清楚。现在，我想，我想……

酒馆老板 （对雅克）有人想毁灭小商贩、手工业者。我们应该做点什么。

吕西安娜 （对主人公）我想那时我们是相爱的。我毕竟是爱你的。

但是从来不知道你在想什么。你是那么含糊，那么不明确。你本该解释一下……

雅　克　（对酒馆老板）您千万别盲从。人们昨天晚上还在开会讨论呢。

吕西安娜　（对主人公）但你没有那个胆量。你下不了决心。你这人真是一个谜。是的，朗布尔，当然，你怨我，因为朗布尔。那时我真是不知所措，不知道该怎么办。他来到公司，看上去那么精神，那么充满活力、大有作为的样子，他带我去舞会，去看过两次戏，还去过有音乐伴奏的、欢快的高级饭店。后来，他厌倦了娱乐。我明白他比你强不了多少。他许诺一切，这是他的缺点，你不作任何许诺，这是你的缺点。然而，毕竟，至少在一段时期内，他让我看到美好的生活，不久以后，他的钱就亏了。你别把钱投到公司里。它永远成不了大公司。我说这话完全是为你着想，不是想让你与我和好。这也许是我的错。我当时很失望，因为没有让你爱上生活，没有让你产生激情和希望。我认为你并不真正爱我。如果你是真正爱我……你知道爱情能移山。爱情能粉碎钢铁。爱情能摧毁桎梏。爱情所向无敌。这点我们都清楚。至少，人们是这样说的。我们的平庸使我们放弃爱情。伟大的爱情是不会屈从的。谁知道呢？在别的情况下，也许它能成功。也许有团烈火潜伏在我们的身体里。唉，在灰色的内心空间里只有瓦砾，一层又一层的瓦砾。从前可能有过殿堂。明亮的石柱，辉煌的祭坛……这只是假设。也许什么也没有，只有混乱一团。也许是由于没有钱，我们才丧失了热情，也许是由于我们当时那种卑微和单调的工作。我们可以再试试。并不是因为你现在有钱，不，也许正因为你现在有钱了，你会更自由，你会让我也分享你的自由，你重获的自由。我们会去旅行，参观美丽的地方，乘飞机越过大洋，走得远远的，去到海岛上。你瞧，我有两根白发了……可是如果你在岛上也感到厌烦呢……你叫我难过。我能再喝一杯吗？（对酒馆老板）给我们来两杯酒。对，跟刚才的一样。

〔酒馆老板给吕西安娜和主人公送上两杯酒。

酒馆老板　孩子们，给你们。

雅　克　（盯着酒馆老板走过去，看了一眼暂时沉默的吕西安娜和主人公）给我再来一杯。由他付钱。多一杯酒，对他来说算不了什么。

〔酒馆老板回到吧台，给雅克和自己倒酒，此时吕西安娜和主人公没有说话，慢慢地喝酒。另外两人瞧着他们。

雅克和酒馆老板将酒一饮而尽，转身相互对视，眨眨眼睛。

吕西安娜　（对主人公）你以为一切都完了？你这样想？我不该对你说刚才那番话。写信会更好。写信时想得更清楚，把事情说得更明白。你现在会找到一位很年轻的姑娘。有钱什么都能找到。也许你谁也找不到，因为你不去找。说话呀。不过我担保你在听我讲。我担保你并不感到厌烦。我没有把握不使你厌烦。我肯定使你厌烦。你这人真古怪。呵，也许你连古怪都谈不上。我从来就不知道你是什么人。

〔沉默。

吕西安娜　我从来就不知道你是什么人。我从来就不知道你想要什么。你从不多言。不过你时不时地说几句话。你说天气好，你对我说你爱我。你还爱我吗？你还记得吗？你总不能说什么事也没有发生过吧。如果在你看来什么事也没有发生，那多么可惜呀。但这不是真的。你说过我的腿很漂亮，身体漂亮，眼睛漂亮。我的腿仍然漂亮。我的眼睛仍然炯炯有神。听着，你认为你能给我希望吗？不是现在，再过几天，再过几个月，我能等待。和朗布尔的关系是一场灾难。我知道。他很肤浅。他信口胡言，他爱吹嘘。他比厌烦本身还招人厌烦，他比你更招人厌烦。你会回来看我吗？或者给我写信。你要我信箱的号码吗？说呀。说话呀。

〔主人公仍然沉默。

吕西安娜　这是你的决定？我的两次生活都将是白过了。你也一样。你也不快乐。呵不，你连不快乐都谈不上。是这样吧？

〔主人公仍然沉默。

吕西安娜　这的确是你的决定？

〔主人公仍然沉默。

吕西安娜　我很伤心，但是不怨你。我想我是弄错了，原以为你与众不同。

〔沉默。

吕西安娜　好吧，或者不如说，唉，我走了，亲你一下吧。

〔她亲吻他的额头。

吕西安娜　你不亲吻我？作为永别或告别。

〔主人公站了起来，用嘴唇碰了一下吕西安娜。

主人公　我……我……

吕西安娜　你总是这样。给我写信吧。我相信你会给我写信的。呵，我并不真正相信。（她喝完剩下的酒，站起身来，对雅克和酒馆老板说）再见。（对主人公）再见，你记住，我在这里。

〔她下。

主人公坐了下来。

第三场

除吕西安娜外，人物同前。

雅　克　（朝主人公一直坐在那里的桌子走去）这么说，这个蠢女人走了。我不想打扰你们。你们大概有私房话说。我无意听。我知道别打听别人的隐私。（但他和酒馆老板一样，一直在偷听）我知道别偷听，但我什么都知道。（举起手中的酒杯）我举起酒杯与你共饮，行吗？不会打扰你吧？什么我都知道。（他坐在吕西安娜的座位上）我能坐下吗？呵，啦，啦……在一起十五年，这可不短！所以我什么都知道。这个蠢女人……呵，你不喜欢我这样叫她……好，吕西安娜，她嫁给朗布尔可是打错了算盘，但是你毕竟大大地占了便宜。那时我并不嫉妒，我有我的女友们，再说我还有老婆，我并不寂寞，你没有做错，但我纳闷她到底喜欢你什么，我说这话不是要惹你不高兴。你总是阴沉沉的，皱着眉头，不，皱着眉头这话不准确，你满面愁容，仿佛每时每刻都是刚从葬礼上回来的。但你没有家庭。你没有朋友，至少你没说你有朋友。你是个怪人。但我仍然喜欢你，我对你说过我们像是兄弟。再来一杯？老板！再来两杯酒，您自己也来一杯。

〔沉默片刻。

雅　克　哦，你瞎说什么？你怎么花你的钱？你不会让我们的头头发财吧？他的作为我们已经看得一清二楚了。他是条鲨鱼，但不露声色，看上去和蔼可亲。但是……客观上，他是鲨鱼。实实在在的鲨鱼。我们的阶级敌人。你和我，我们本来可以做点什么事。在公司里创立一个小团体。和你一起，这是不可能的。你才不关心这种事哩。你为人懒散、胆小，讨厌做这种事。你也不相信。十三年，不，十五年，不，十三年，十三年还是十五年？时间过得多快！生活，嗯，生活也过去了，一事无成……而你，你没有阶级觉悟！呵，我从前很喜欢你，现在也很喜欢你，我们像兄弟……在一起十五年……或者十三年……在一起十五年……十五年还是十三年？

主人公　算十四年吧。

雅　克　对，就算十四年吧。当人们缺乏理想时，怎样享用生命呢？应该为一个理想献身。（对酒馆老板）再来两杯！

〔酒馆老板送上两杯酒。

雅　克　不然人就感到厌烦，毫无用处，一钱不值。

〔酒馆老板端来酒，放在桌上。

雅　克　一杯酒给您。（对主人公）我尝试过把你拉出污泥。但是毫无办法。你根本不动。那些不公平的事，你根本不闻不问。因此我怨你。我怨你但我很喜欢你。我们像是兄弟。在一起工作了十五年。面对面。或者十三年。

主人公　十四年。

雅　克　你意识不到像你这种人负有多么重大的责任。（他狠狠地盯着对方，用食指指着对方）你该负责。我们的社会和体制所产生的一切弊端，你都有责任，你掩饰一切，为一切辩解。我跟你说吧，体制就是你。这是你的错。对，自我们一同工作时起！

十五年还是十三年，都差不多。如果你不想去改变这些，那我们如何能改变它呢？不过现在你有钱了，你可以做点什么，可以帮助我们。不应该把钱给穷人。他们必须在苦难中越陷越深，从而奋起反抗。应该把钱给工会。付钱给干部、新闻记者、积极分子、那些工作的人。不过你呀，你是不会明白的。你自私。（对酒馆老板）再来两杯，老板。嗯，只要一杯，他不喝了。或者还是两杯吧，一杯给您。（对主人公）如果我请你资助我当积极分子，你会以为我是拿你的钱去喝酒。算了，我不要你的钱。你是个坏蛋。

酒馆老板　（给雅克拿来一杯酒，站着将自己那杯酒一饮而尽）雅克先生，不该对他这样说。大家都是坏蛋。

雅　克　（也将酒一饮而尽）多多少少吧。但我们都是客观条件的受害者。

酒馆老板　您知道，我呀，我苦干了一辈子，甚至连小学文凭都没有弄到……我先在理发店当伙计，后来在饭馆当伙计，我苦干，后来我用了不少手腕才弄到了这个铺子，这个酒馆，我成了老板。我可是看重钱财的。我不会把钱给任何人。每个人都靠自己吧。这就是社会。

雅　克　那就是弱肉强食了。您是资本家。您是人民的敌人。

酒馆老板　（对雅克）那您呢，您做的梦从来没有实现过。一醒过来梦就飞走了。不享受生活还不如自杀哩。我嘛，我享受生活。

雅　克　（对酒馆老板）您也不在享受。您说过，您从早干到晚，从清晨干到午夜以后。您也一样被拴住了。

酒馆老板　不是这样的。我引以为乐。我和客人们一起喝酒，所有的客人都是我的朋友。（对主人公）是吧，先生？十三年或十五年以来，您每天在我这里用餐，我没有好好地招待您吗？

雅　克　（对主人公）我还是很喜欢您的。（对酒馆老板）我也很喜欢您。拿三杯酒来，我们一起喝。我们是民主派。（对主人公）不，我有点紧张。你不跟我在一起了，我必须适应另一个人。我像兄弟一样爱你。你总是伤风感冒，总是用脏手绢擤鼻涕。我已经习惯了。现在我必须习惯另一位的脏手绢，习惯另一位的擤鼻涕。也许他是一个不坏的家伙，但是不像你。他会有些怪癖，掏耳朵啦，挖鼻孔啦，随地吐痰啦。这可仍然不是新社会。（指指主人公对酒馆老板说）他还想喝。再来三杯酒。呵，我才不理会公司的头头哩。并不是每天都过节。既然我们庆祝你离职，我，我也愿意庆祝另一个人，将要来的那家伙的离职。如果我还得再待上十五年，那时我就该退休了。退休以后我会有时间积极活动，社会就会改变。你们将看到它改变。现在我们可以吃饭了。由他付钱。来两份，来三份勃艮第牛肉。再上葡萄酒，不要低级红酒，不要给无产者喝的那种低级红酒，要高级酒，博若莱酒。

酒馆老板　我有比这更好的酒，夏托纳夫酒，它更好喝。我有勃艮第酒，它与勃艮第牛肉更相配。（仿佛说了一句俏皮话）呵，呵，呵，你们瞧在生活里也可以过得痛快。勃艮第酒是为勃艮第人准备的，真正的勃艮第人和入籍的勃艮第人。

雅　克　我要申请勃艮第户籍了。

酒馆老板　这倒用不着。巴黎的勃艮第酒比在勃艮第本地的酒还好。这酒销往外地。

雅　克　拿一瓶来吧。

酒馆老板　我再拿些好吃的。

雅　克　（对主人公）你瞧，老朋友，正义必须……

〔酒馆老板送上食物。

雅　克　……您坐下和我们一起喝吧，老板，拿把椅子来。（酒馆老板照办了。雅克对主人公说）你瞧，小伙子……

酒馆老板　（坐着）呵，勃艮第酒！

雅　克　这是最重要的……甚至是最根本的。（对主人公）你瞧，小伙子……

〔酒馆老板拿着酒杯又回来，倒酒。这三个人碰杯。

雅　克　好，祝你们健康。

酒馆老板　祝你们健康。

雅　克　你瞧，小伙子……在一起工作了十五年，嘿，这可不短……我怎样和另一个人共事呢……（对酒馆老板和主人公）祝你们健康，祝你们健康……共事了十五年，或者十三年，在一个人的生命中这可不短。谁爱说什么随他说去，反正这不是无足轻重的事。（对酒馆老板和主人公）祝你们健康，祝你们健康……因为，正如刚才我对你说的，而且你得相信我，噫，酒瓶里没酒了。

酒馆老板　再去拿一瓶。

雅　克　呵不，别喝过头了。

酒馆老板　只来三杯，我请客。

〔酒馆老板很快去取来三杯酒。

雅　克　好吧，头头爱怎么说就让他说去，我不去上班了。这是我们最后一天见面，这不是小事。不过这不是最后一次，你会回来看我们的。

酒馆老板　（对主人公）不管您愿不愿意我都周到地招待了您，先生，您会回来看我们的，先生，只有在我这里您才受到如此殷勤的款待。

雅　克　祝你们健康。

酒馆老板　祝你们健康。

〔他们将酒一饮而尽。

酒馆老板不断地，越来越快地去取酒。

雅　克　（对主人公）你得回来看我们，老朋友……别忘了老伙伴。我们并不总是喜欢对方……何况，对你，我总在责怪你……总之，由你自己作决定吧。我敢肯定你会改变看法的，呵，不是要去做弥撒，而是来参加运动。

酒馆老板和雅克　（碰杯）祝您健康，祝您健康。现在是我请客……

主人公　不，我请客。

〔酒馆老板去拿盛得满满的新酒杯。

雅　克　（对主人公）我们共事十三年，不，十五年。

酒馆老板　（一直反复去拿酒）你们从来吃不到这么美味的勃艮第牛肉，这是我的拿手菜，我为此自豪。还有我的夏托纳夫酒，也和烩鹅相配。

雅　克　（对主人公）可能已经有人接替你了。呵，我真想看看那人的嘴脸。呵，最好还是别看，你这副嘴脸已经让我受够了，在一起待了十五年，嗯……（对酒馆老板和主人公）祝你们健康。

酒馆老板　祝你们健康。在全巴黎也见不到这样好的烩鹅。我母亲是图卢兹人。我这里没有苹果酒（又去取酒）也没有啤酒。啤酒是德国佬喝的。

雅　克　（对主人公）我这样说不是要惹你不高兴。

酒馆老板　（又拿来三杯酒）你们还记得吗……战争？德国佬凶狠但举止还规矩。当上了兵，谁都是那样的。

雅克和酒馆老板　（与主人公碰杯）祝你们健康。

酒馆老板　（对主人公）祝你健康。我可以以“你”相称吧。十五年以来你都在我这里用餐。

雅　克　我们在一起工作了十五年。每天在一起，嗯？一天接一天。幸亏有夜晚。

酒馆老板 （拿来酒，对雅克）夜里你可以弥补嘛，坏蛋（指着主人公），他可不行。

雅　克 呵，您不了解他。他有过他的吕西安娜，有过他的雅妮。是真的，你别惊讶，看他那个神气，你不会相信的。

雅克、酒馆老板和主人公 祝你健康，祝你健康，祝你健康。

〔酒馆老板来来回回。雅克重复地说。

雅　克 在同一家公司待上十五年。我才不理会头头哩。再说你吧，你那副嘴脸我也受够了。但是毕竟我们还是喜欢对方的。

〔酒馆老板又端上酒。

雅克、酒馆老板与主人公 祝你健康，祝你健康，祝你健康。

〔雅克和老板相互吻抱。他们也吻抱主人公，主人公试图站得稍远，但无可奈何地被他们吻抱。

第四场

主人公

老妇

舞台是空的。在舞台前部,在观众的左前方只有一把椅子。主人公站在一个坐着的妇人前,他的穿着如前,即灰色大衣,灰色帽子,黑色皮鞋。他脱下大衣时,露出当然也是灰色的套装,系着黑色领带。

老　妇　(这是位小资产者。一根大别针别住她头上的帽子。衣服当然也是深色的)您别担心,先生。您很容易就能给这套房子配上家具。您可以像我一样,去中央商场,什么都能买到。商场很近,不过四百米远。那里总有由灵巧和诚实的手工业者成批制作的精美商品。如果缺货,他们可以从仓库调过来。其实它只是在城中心区的中央商场的分店。他们可以随意调来商品。您别以为郊区什么都缺。它什么都不缺。现在既然您买下了这套房间,我可以对您说您做得对。眼下到处都在盖房子,人们将图纸上的房子卖给您。我不知道您是不是和我一样。先生,我对他们展示的设计图纸可是一窍不通。再说,现代样式的房屋盖得飞快,地产商这样做好多赚钱,这些房屋撑不过二十年,他们故意这么做好再盖房子,好在二十年后再赚钱。最好是看现房,看它的真实模样。图纸是骗人的。在新盖的房子里,隔墙很薄。邻居在隔壁咳嗽,有人在厕所抽水,你都听得见。你能听见他们在说什么,听见他们在吐痰,你能听见一切,一切,一切。我不再多说了,您明白我的意思。应该将钱投在石头上,这是当然,我也是这样做的,但它应该是好石头,真正的石头,而不是空心的砖和纸浆。先生,我什么都试过,还是石头最保险。您把钱借给公证人,他们作出承诺,说要付您8%、9%、10%、11%、12%的利息,然后就没有下文了,他们带上资金溜走了。公证人是小偷。您会对我说,今天谁不是小偷呢!有人说从来就是这样,但是我不相信。从前人们诚实得多。那时还有一些认真的手工业者,他们认真对待自己的手艺,喜欢干活出色。而现在,谁都满不在乎!当然,您也应该谨慎地稍稍借出一点钱,因为您必须靠收入生活,也必须安安心心地享用您的房子。我愿意把钱存进农业银行,但我不想这样劝您!对我来说,农业银行更保险,因为它的基础是小麦。石头就是石头,小麦就是小麦,这些是最牢靠不过的了。麦子是少不了的东西吧,嗯,先生!不然就不会有面包、面条,而缺了面包,我们就没有吃的,麦子,先生,它不是证券,它不是股票,而在我们眼前的经济危机时期,证券和股票是不牢靠的!所以,先生,您在这里会很好的。这房子既不老又不新。您在四楼,在近郊,离中心区不远,您要是想去城中心,有公共汽车,无轨电车没有了,但是如果急的话可以乘出租车。这座房子有一百年了,先生。不过您没有必要乘出租车,您退休了,每天去巴黎干什么?当然,这套房子的门口光线太暗。

〔主人公顺着老妇的手势看去,她在解释房间的细节。

老　妇　不过人们只从门口过一过，不会待在那里的。只是为了进来和出去，所以称作“门口”。那儿，在门旁，靠左边是卫生间，这您看得见。设备很结实，我换了新的。您拉链子的话，不会拉断的。您瞧瞧这墙。当然，得粉刷一下就好了。这里是玻璃门，通到我们来到的这个大房间。您瞧，先生，这里有三扇窗户，房间很大，很明亮，您可以将它用作客厅兼饭厅，还有，在小房间附近有厨房，这您看得见，还有两间朝庭院的房间。您可以把一间房作为睡房，另一间呢，哦呀，您还相当年轻，您会结婚的，会有孩子，您可以将它作为小家伙们的睡房。男人最好别在衰老时孤身一人。孤独可不总是高兴的事。不过，我不掺和这事，不想劝您。这是我的想法，不强加给您。有了孩子，也有麻烦。孩子忘恩负义，不是所有的孩子，有好的，也有不好的。总之，应该看生活里好的一面。如果您坚决不结婚，那就把儿童间用作储藏室……放您的箱子、衣服。在这间房里，先生，您看（她用手指观众），这扇窗开向那条小街，靠左边呢（主人公观看），另一扇窗外的尽头是通往夏蒂荣的街。那里有卡车，有公共汽车，有点嘈杂，这我得承认，但离得远。对我来说，好比是白噪音，让我得到休息，助我睡觉。不过，并非人人都像我。有些人讨厌噪声。但愿您像我一样。再说，在另外那扇窗子外面，正如我刚才讲的，有那条小街。那又是一番风景。一边是大城市，另一边是外省。这一边很安静，先生。您在房间里两步就跨越了几百公里。这边安静得很。像是墓地，不过可以说是活跃的墓地。有许多退休的老人，不是像您这样退休的年轻人，是老人，真正的老人。有一位白俄，先生，很有教养的人。他是位公爵，先生，是被革命驱逐出来的。您能想象吗！把这么懂礼貌，这么有教养的人就这样驱逐出来。他出门总是带着他那条狗。一条可爱的，十分可爱的狗，像它主人一样有礼貌、有教养的狗。什么样的主人就有什么样的仆人。三楼的那位夫人也有一条鬈毛狗。它可没有教养。它的女主人也不和气。有一次它咬了我的鞋。还有，在这条小街上，您看，先生，那些小木屋和小院子，还有那些树，在那里，在正对面，有两位老人，先生，两位老人，就像情人一样。他们一同出门，总是在一起。这个人扶着那个人，那个人倚在拐杖上。他们相互吻抱。真可爱，先生。每次我看到他们都不免热泪盈眶。还有，在这座房子的右边，您看到另一座小房子。那里有一位老人，您会看到的，先生。他每天都出门，除非生了病。他可不大快乐，所以，我刚才才对您说，先生，您可别像他，您应该结婚。在那座小木屋的左手，有另一座小木屋，就在那里，您看见那里有一位胖奶奶。她更不快活。她每天傍晚来到门口等她的儿子，等了二十年。不知道他是去打仗还是去了美国。她也不知道，那是很久以前的事了！但她每天傍晚都来到门口，下雨天就撑着一把伞，天气好就在门口放一把椅子坐在那里。她朝右边看，总是朝右边，总是那个方向。她等待，等待……不说话。几年以前她还哭泣，诉苦，泪流满面地回到屋里。现在她平静多了。甚至也不自言自语了。她一直待到天黑，然后搬起椅子回家。不过，先生，除此以外，这地方叫人高兴。在春天，所有的花园里都有美丽的花，大朵大朵的花，真是很大的花，这在市中心是见不到的。而且五颜六色。花朵比在城里长得好，也比在北郊长得好。在我们这里，在南郊，气候自然更暖和。特别是星期天，广阔的天空一片澄蓝，特别是在星期天。一般说来，从星期四起，天空就开始变蓝。比起市中心或北郊来，我们离赤道更近，所以这里的太阳更大得多，也近得多。白天也更长，夜里的星星也多得多。有时我失眠或者从电影院回来我就看星星。我是和丈夫一同从电影院回来的。他死了,先生。所以我把房子卖给您。没有他我不能生活在这里。呵,您不知道,先生,我丈夫。您不可能知道当寡妇是什么滋味。呵,先生,但愿您不会有这种体验。我和他从未分开过。四十年了。他干过各种行业。商人、生意人、承包商、技术员、剧场的布景工、提台词的人,他甚至还有过一家自动洗衣店,离这里不远,两百米远,他把它让给了合伙人。对了,您可以拿衣服去洗。最后他当了火车站站长。他想当警察,他对这一行感兴趣。呵,先生,他可真是博学,读过所有的侦探小说,藏有整套丛书。他是突然死去的。那天晚上我们在闲聊。当天他不太高兴。他和他的小贩有点纠葛,而且他有点烦躁,而且我们拌了几句嘴。当他和他的小贩有麻烦时,他总是和我拌嘴。然后我们在炉火前和好,就在那里,您看见那里是壁炉。原先还有两把面对面的红色安乐椅。我坐在他对面织毛线活,他呢,他在看书或者看报纸上报导罪行的那一页。但他是好心人,先生,您不知道,先生,他是多么好。也许他在想象中得到宽慰。后来,他用手捂着心,站起身来,我吓了一跳,对他说:“让,你怎么了?”他整个身子倒了下来,先生,直直地倒下。他很高,有两米高。我瞧着躺在地上的他,觉得他有四米长,就像一根倒下的柱子。我叫来了医生,叫来了本堂神甫,我简直疯了,先生。我从来没想到会发生这种事。我从来没想到这个。我傻傻地以为我们会永远活着。我依在本堂神甫的怀里哭泣。神甫对我说,应该想到这一点,它总是要来的。晚一点,早一点,但总是要来的。仁慈的天主将他召回去了。仁慈的天主,这他不相信。我呢,我相信,我信教。我将在一座鲜花盛开的花园里,在一棵树下再见到他。医生告诉我他的心脏停止了跳动,所以死了。我问道:“心脏怎么停跳?”他说:“心脏停止运作人就死了。”他可是身强力壮的,先生,像土耳其人。他可以一拳把您打趴下。我们相处得很好。有一次他醉了,给了我一耳光,我的鼻子流血,牙也打掉了一颗,但是他向我道歉。呵,他是上流社会的人。没有他我不会生活在这房子里。我要搬去一位单身的侄女家,她住在普罗旺斯,在海边。她有两个小房间,这对我们两人就够了。她想带上那份小小的退休金退休,我再带去一点钱,卖这套房子的钱和一点现金,可以维持我们两人简单的生活。我们没有什么需求。但是我们可以无忧无虑地活得相当长,也许十几年,或者十五年,或者甚至二十年。现在我知道死亡是什么,我不想活得更久了。我知道人是会死的。我知道生命有终点,而以前我没有想过。就这样,我现在要去和侄女住了,我不会孤单单地死去。我不会成为她的负担,因为我给她带钱去。我不愿成为别人的负担,先生,因为当一个人再也做不了什么,还必须由别人照料,那么,先生,别人会希望他死去好得以解脱。就说我自己吧,我照料过我姥姥,因为我母亲年轻时就去世了,而当我姥姥去世时,我松了一大口气,得到了解脱,然而我是爱她的,先生,我爱她,您无法想象我多么爱她。后来我结婚了。所以我现在必须为一切作准备。我老了。我的侄女也不太年轻,所以必须考虑一切,准备应付一切,我也想到我死后她的未来的生活,她可以卖掉海边的小套间,卖给美国人,用那笔钱去一家上等的养老院找一个床位,是的,要上等的,因为我见过悲惨的养老院。但是在好养老院里,老人受到很好的照料,在不知不觉间就去世了。他们变瘦了,越来越瘦,男男女女拄着手杖在花园里散步,散步,越缩越小,然后人们只看见他们的影子,既然有影子人们以为他们还在那里，其实他们已经不在了，只剩下影子，接着影子也慢慢隐去了，好比是云层遮住太阳擦掉了一切。在其他的养老院，不好的养老院，老人受到虐待，先生，听说他们甚至被打针致死，他们被谋杀，因为他们是多余的人，他们没有钱，所以被屠杀。呵啦啦……要是知道一切。不过我对您讲的都是真话。好了，先生，您按您的意思安置家具吧。（站起身）按照您的喜好，我呢，我走了，我走了。

主人公 告诉我，夫人，这里的小酒馆离这里远吗？

老　妇 呵不远。在这条街和夏蒂荣大街相交的拐角上。在小街的街口。那里什么都有。从前有时我和丈夫一同去，回来时两人都浑身打战，哆嗦。（高雅地）这是一家绝好的酒馆，有最好的葡萄酒，最纯，味道最厚，纯厚……我出去旅行了，先生，请允许我走了。（她朝门走去，又回过身来说）我忘了，您别说出去，您得提防点看门人。

〔她下。

第五场

〔牵小狗的妇人从右边上。

妇　人　您好,先生,我不打扰您吧?我不会弄乱任何东西,既然您这里还没有收拾好!这里有一把椅子。我可以坐下吗?我正好住在您楼下,三楼,楼梯右边。您来看房子的时候,我已经瞧见过您。您买这套房子是对的,先生,石头是最保险的了。卖房的那位老妇人十分和气。她肯定告诉您了她是寡妇,对您谈过她的丈夫。她总是讲她的经历。话来得多,有点啰嗦,因为年纪大了。我和她可不一样。除此以外,她人很好。我们会怀念她的。现在已经怀念她了。您知道,我很喜欢结识这幢楼里的人。您玩桥牌吗?我很喜欢请人到我家聚聚,请这楼里我认识的人。可以快活些。不应该孤僻。不然独自一人待着会烦闷的。听说您从商界退了下来,您不想再工作了?您继承了遗产。您瞧,人们已经什么都知道了。有什么不知道的?我并没有提问题,是别人向我讲述了一切。就是女看门人。她什么都说,先生,您得提防点,但她心眼不坏。有点多嘴。她常常说别人的坏话,但不是恶意的。您知道女看门人是怎样一种人,多嘴多舌。这是职业造成的。她只是嘴巴坏,其他方面我们相处得还好。她替人家帮忙,人家可以给她一点小费,呵小费不多,不能让她养成习惯。应该叫您结婚,先生。您当然自己会结婚的。应该结婚。婚姻是很好的事。不过我却受罪。我不是一直住在郊区的。所以我有社交的习惯。您喜欢社交聚会吗?我家的聚会并不完全是社交性的。而是家庭式的。我们大家是一个大家庭。这楼里的住户,邻居们,是一个大家庭,对吧?不过您别认为我邀请所有的人。例如您吧,我会立刻邀请您。看得出您是正派人,是位先生。我这条小狗很好。以前我有七条狗,先生。那可是苦差事,必须像照料孩子一样照料它们。因为我没有孩子,并不是我不想要,这得怪我丈夫。不过我这人讲分寸,详情就不说了。您知道,我丈夫很粗暴。婚姻有时是地狱。他和我不一样。我整天要照料他,看护他,您可以想象……那时我有七条小狗和我丈夫,我真正成了奴隶。可爱倒是可爱,但我成了奴隶。他哩,人也很好,但总是在抱怨,在嘀咕,他需要这个,需要那个。那时他不愿意再见任何人。您可别像他,先生,现在他感到后悔,但是太晚了。有时我们真想搬家,但是中心区的房子大涨价了。我丈夫有证券,我们有储蓄,他有股票,但是您知道如今股票成了什么,有价证券没有了价值,至少价值降低了。一切都在降。生活费用却涨。本该涨的却在降,本该降的却在涨。有时我真受不了。总是同样的房子,同样的事情,同样的问题,我腻透了。有一次我出走了。溜掉了。后来又回来了。我不能抛下房子和我丈夫,他容易激动,需要别人照料。您不会相信我的。我看上去很快乐,我还年轻,也不太难看,至少别人是这样对我说的,他们恭维我,我走在街上,男人们都回头看我,不过我在外面从来不待很长时间。我想到丈夫在那里什么都不做,只是哼哼唧唧。他想要的一切他都有,但他还总在抱怨。他没有耐心,容易激动,他不会看生活里好的一面。应该看到生活中好的一面,先生,要不然我们怎么办?那就没法活了!我们能过真正的生活吗?人们想享受生活,却不能享受生活,而是丧失生活。人们总是弄错了。彷徨、迷茫。就像刚才我对您说的,我回来了,回家了。疲惫地回了家。我很高兴又见到我的那位先生,我安定下来,组织一些聚会。然后就是每天的常规。过多久就是多久吧。但是后来我受不了。我透不过气来,先生,透不过气来。于是我又出走,然后回来,然后又出走,又回来,又出走,又回来。一直是这样。去哪里呢,先生,把自己放在哪里呢?我想要一切,但我一无所有,或者说我所拥有的一切,在我看来一文不值。呵,如果能重新开始那多好!我会知道该怎么做!您相信我会知道该怎么做吗?肯定会干别的蠢事!生活是愚蠢的,嗯!有人比我们更不幸,不应该忧虑。人们忧虑得太多。怎么做才能不忧虑?这是腻烦,先生。我在说疯话,有点疯,不是太疯,但还是应该当心。不能疯得过度。人们就白白地活着?似乎不是这样。似乎就是这样。总之,没有人知道。哪个聪明人能回答这一点。这就是问题。应该做到时时往下看。决不朝上看。朝上看时会看到有人比我们幸福。朝下看时会看到有人比我们更不幸,那会宽慰你,你心想还有比你更糟的。不过,我问您,能够满足于不太糟吗?人真能满足于不太糟吗?呵,这个卑劣的世界可真无趣。原谅我这么坦率地和您说话,我刚见到您就对您产生了信任感。我什么都说,我很直率。我喜欢直来直去。即使对我丈夫,我也什么都说。他哩,不太满意。他不喜欢听我讲心里话。没有办法。人们还想要什么呢?人们还想向您要什么呢?他们想占有您。他们想夺去您的一切,而我在这里,仿佛赤裸裸地在这里。所以我不能再给予。似乎有人在给予,似乎他们越给予就越富有。您相信这点吗,先生?这是哲学。但是,正如刚才我说的,他也不快乐。他感到厌烦,他也觉得不满足。人从来就不会满足的,人想要一切。什么一切?他们甚至不知道什么是一切。什么一切?我问您……生命……呵,生命!呵,我不再打扰您了。我说了许多。有人曾经这样和您说话吗?呵,要是您知道。我丈夫什么都不喜欢。什么都不喜欢。说到头,我也什么都不喜欢。大家都一样。据说有一位仁慈的天主。再说时时想到有人比您更不幸,您会得到少许安慰,然而看到所有这些不幸的人,想到这么多的不幸,您会稍稍感到沮丧。看久了会头晕,会跌下去。呵,我可不愿意这样,我承受不了不幸。但是,但是……有蓝色的天空,有灰色的天空,再说,还有这一切。还有报纸,还有政治。我可不再觉得报纸好玩,政治也一样,不再好玩。有些人拥有的太多,另一些人拥有的不足。我哩,我拥有的不足。您瞧这就叫朝上看,最好还是朝下看。我告诉您,一切都毫无价值。人们感到厌烦,厌烦……厌烦极了。您来参加我们的聚会,对吧?您将受到款待。我们会好好接待的。再见了,先生。(她朝门口走去)回头见。(她快走到门口,转过身来)别忘了,要提防女看门人。

〔她下。

第六场

〔牵小狗的妇人的丈夫从观众右前方上。

在此以前，主人公将帽子和外套扔到房间一角。他在椅子上坐下，但不到喘一口气的工夫又突然站了起来。

先　生　您好，先生。我也许打扰您了，我知道我这是打扰您。呵，您很客气，您不会说我打扰您。也许我没有打扰您？我妻子刚从您这里出去。她肯定向您瞎吹了一通。我来不是为了这个。我来是想和您认识。应该相互认识，相互帮助。我并不想把隐私告诉您。她疯了。她能对您胡说些什么呢？呵，我可是懂分寸的，我什么也不会对您说。您知道，先生，这个女人不喜欢生活。总是不满意。她说是别人不满意。胡说。她不知道干什么好。和这种女人生活太可怕了。她不愿意要孩子。我可真想要。她想出各种办法不要孩子。我对她说如果有了孩子，她就不会那么烦闷了。她说好，但是首先要在狗身上试试。于是她弄来整整一窝狗。我不喜欢动物，更喜欢孩子，但是我也不讨厌动物。她把狗毒死了，先生。幸亏我们没有孩子。她也可能做同样的事！那么现在就在监牢里了。我对她说：你逃过了监牢不高兴吗？你总还是在家里呀。这对你该是一种安慰了。她仍然烦闷。我尽管有勇气，尽管是男人，有时也受不了。对于不讲道理的人必须想法迁就。她在家里组织聚会。邻居和本区的朋友们来了。她总想赢。她打牌不是为了赢钱,但她总想赢。呵,不过她也爱钱。拿钱做什么呢?放进家里的储蓄罐。她什么都摔碎,盘子碟子,她撕窗帘,拿些东西放在地板上好弄脏地板。甚至当着她请来参加社交聚会的客人们这样做。她骂他们,他们觉得有点好笑,然后感到厌烦,于是就不再来了。她又请其他人。她来看您多半是为了这事。她寻找其他人,不久就会把区里的人都找遍了。没有人肯来时,她就出门,她有些情人,我不知道她是怎样找到的,她有点丑,我对这倒不在乎,我有准备。她每次找到一个男人,就认为不会再烦闷了。但她仍然烦闷,先生,而且最终使所有人都腻烦。有时,我刚才的话也不完全对,有时她笑开了,一种歇斯底里的欢乐。这逗人笑,但是我可不喜欢。她发怒时摔盘子,当她疯狂地快活时,她也摔盘子,好使自己更快活。您想我该领她去看医生。我也想过多次。她看过医生。其中一位医生受不了她。她跳过去搂着他的脖子。他自杀了。他染上了她的疯病。不过这是一位精神科医生。既然是治疗疯子的,他本人也是疯子。给疯子看病可不是乐趣。它像病毒一样有传染性。我说这些话不是要您不去她的聚会,去玩桥牌。您将看到这些聚会是怎么一回事。我哩,我寻找伙伴。我很喜欢去咖啡馆喝上一杯酒。我会带您去。我认识本区几家很好的咖啡馆。但是说到她,我不知道她是怎么回事,不知道她是怎么回事。也许只需要少许东西就能使她痊愈。也许只需要一个字。一个字。哪个字?但是您别让她把您弄昏了头。我这话不是出于嫉妒。我说过我不在乎。我这是为您着想,留心点。她会使您受不了的。您看上去是个聪明人,镇定、精神状态良好、有判断力。她会使您惊慌失措。她发病的时候,都能让埃菲尔铁塔倒塌。房屋也会变得神经衰弱！石头！咖啡馆的伙计！我们可以去稍远的咖啡馆。我有一辆车。我们去喝酒,但别喝太多。我不喜欢喝酒,但这毕竟是种乐趣。您说怎么样？嗯,您说怎么样？呵,不过我不想烦您。我走了。我在烦您。这是我妻子的厌烦通过我传到了您这里。您来看我们吧。我们可以乐一乐。好,再见了。回头见。我私下告诉您,您得当心女看门人。(这位先生走了。一秒钟后又回来)我妻子是很蹩脚的厨师。人们会说这得怪男人。

〔先生真的走了。

主人公在椅子上坐下。

又有人进来。

主人公又猛地站起身来。

第七场

〔一位先生从那扇门走进来，最好是高个子，白发，跛足，拄着一根拐杖。

先　生　请原谅我突然来访。我看您有一把椅子。请原谅我坐下。我不能老站着。我来是想认识您。我们应该彼此认识。人们应该相互认识，相互欣赏。一旦认识了某人，我们便可以开始喜欢他或者对他有好感。我已经对您有好感了。我很喜欢与人们合得来。如果我们不能相互合得来那怎么办呢？人们打仗是因为彼此不够了解，或者说是因为彼此根本不了解。战争，我可见得多了。您瞧，我瘸腿，我是在战争中受伤的。人们与自己不了解的人打仗，人们也不可能了解他们，因为他们说的是另一种语言。如果我们学习过他们的语言，如果他们学习过我们的语言，如果我们早先相遇过，我们多半就不会互相打仗了。简单说吧，我不想更多地打扰您，我成了一个终身残废的人。这很悲惨，先生，很悲惨。我不再看报，报纸使我很不舒服。您可以瞧一眼报纸，我是不再看报了，报上通篇是杀戮、屠杀、瘟疫、水灾、鼠疫、地震、种族灭绝、火灾、暴政。为什么他们相互仇恨？他们解释说是因为人剥削人、社会不公平、经济上的匮乏。我觉得这一切都不足以解释普遍的屠杀。意识形态、种种要求也说明不了一切,而且与所引起的灾难相比,毫不相称。暴力超过了意识形态。意识形态只是暴力的借口,是一个谜。一切都是谜。一切也都是暴力。人们说“你们要相互友爱”,其实应该说“你们要相互吞食”。这也正是“你们要相互友爱”的本意。吞食你所爱的东西。世界是乱七八糟的。创世者失败了。我们不得不吞吃,我们生活在孤立的经济环境中。没有任何东西来自外部,为了生活我们不得不吃,吃自己。您可以看看显微镜,看细胞里发生什么,微生物相互吞食。因为谁都想生存下去。不过,为什么我们身上也有这种生存的欲望?因为创造这个倒霉世界的创世者愿意让他的作品继续存在下去。所以他往我们身上放进了求生的欲望和这种相互吞食、相互撕杀的欲望,既然,正如我刚才所说,我们生活在孤立的经济环境中。如果人们可以不希望生存,那世界就完蛋了,而创世者不愿意世界完蛋。所以他就这样控制我们,让我们活着,幸存着,让我们的欲望爆发。我尝试过消灭我身上的欲望。对一切的欲望,对任何东西的欲望,对虚无的欲望。对虚无的欲望仍然是欲望。您不认为我们生活在地狱里吗?不认为地狱就在这里吗?我们都是干渴、挨饿、有欲望的人,而当我们吃饱了、喝足了、实现了欲望以后,会出现另一些欲望、另一些饥饿、另一些干渴。创世者具有丰富的想象力。这个机灵鬼会任意地发明别的欲望。不应该任他摆布。我们是奴隶,我们相互依赖,我们总是要求别人满足我们的欲望。如果说我能阻止自己喝水和吃面包,这不难做到的话。但我尝试过在三天里根本不吃不喝,后来就顶不住了。本该自杀,但这并不容易。因为创世者也赋予了我们求生的本能和对死亡的恐惧。他不顾我们的意愿保护我们。他发明了恐惧。说实话,我的确对什么都害怕。您不感觉受到威胁了吗？如果没有危险，我就特别害怕。我在猜测别人在搞什么阴谋。在寂静中，在喘息中，有什么事正在进行。我觉得墙壁在摇晃，一次地震正在酝酿之中。我觉得物体被另一些物体取代，它们看上去一样，其实是不一样的。多半每日每刻都在发生调换。此刻我坐的椅子和我刚来时坐的椅子就不一样。它时时在变化。它处处在开裂。有时我听见爆裂的声音，有时我又听不见了，但是爆裂始终是有的，暗中的移动也是有的。这很奇怪。为什么会这样呢？它每时每刻都可能裂开，都可能一分为二。令我惊奇的是这事还没有发生。我一直在等待。您别以为我不明智，相反，我是一位智者，智者。但我无法适应这一切。谁更明智呢？是接受一切的人还是坚决不接受一切的人？妥协是明智吗？有时我真愿意相信明智是另一种形式的疯狂。如果人们至少能让我们知道实情那多好。我们什么也不可能知道，我们一无所知。我们被剥夺了设想这个世界的可能性，因为我们既无力设想有限，也无力设想无限以及既非前者也非后者的是什么。我们生活在木盒式的牢狱中。这个盒子被关在另一个盒子里，那个盒子又被关在另一个盒子里，后者又被关在另一个盒子里，后者又被关在另一个盒子里，如此这般，直到无限。我对您说无限，其实它是无法设想的。一切都无法设想。大学者也不知道。至少无法想象全部宇宙，也就是人们能称作的全部宇宙，因为宇宙也许是无边的。至少无法设想无边。我们生来就是无知者。我只知道一件事，唯一一件事，那就是我不知道，我什么也不知道。我可不能接受这一点。我接受不接受，这对他无关紧要，因为他就是这样创造我们的，他让我们生来就无知。这是有意的。而人们建造，先生，人们建造，先生，人们建设，制造飞机，制造大炮和炮弹,制造电,天文器械,去到太空。人们可以修修弄弄。人们可以在无法理解之中干些小活。在无法理解之中一团混乱！好,我们会再见面的,先生,但愿吧,我走了。我们将来再谈谈这一切。我对您有信任感,您给我带来了智慧。(他站起身往外走)再见,先生。还有一句话:当心我们的女看门人。

〔他下。

第八场

〔主人公走去在椅子上坐下来，一动不动地在那里待了很久。过了些时候，他抬起头来看看天花板，然后看地板，看四周。他慢慢朝右边走，鞋子在地板上喀喀地响。他似乎有点惊慌。他弯腰摸摸地板和鞋子。他踮起脚轻轻地用手紧贴着右边的墙好看它是否结实。他耸耸肩，那神气仿佛在说“很结实”。他朝舞台后部的墙走去，重复同样的动作。他也朝左边的墙走去，轻轻碰它，然后用劲，然后用全身的力气推它。他朝后退，又退了几步。他等了一会儿，耸耸肩。

主人公 它很结实。

〔他站在间中央朝天花板看。

他又耸耸肩，但看上去仍然有点担心。他突然朝墙角走去。他曾把大衣扔在那里，他在大衣口袋里搜寻，掏出了一包香烟，然后他谨慎小心地踮起脚朝椅子走去。他想坐下来。他在犹豫。他摸摸椅子很结实，不会倒下。他坐了下来，坐定了。他点着了一支香烟，坐着待了一会儿。他抽烟。

片刻的寂静。

他朝四下看看，好扔烟头。最后他决定将烟头扔到地上，用脚踩灭，又抬头看天花板。

他看着天花板。

他又拿出放进口袋里的那盒香烟，取出一支，又将香烟放回盒里，将盒放回衣袋。

他站了起来，面对观众一动不动地待了一会儿。他突然跳起来，然后停住了。

他仍然一动不动地待了一会儿，然后快步朝左边面向观众的墙角走去。那里有一扇虚拟的窗户。他假装拉窗帘，朝观众方向看，也就是往街上看。

寂静。

主人公 这地方有生气。

〔他离开窗户，背着手在这套房子里转了一圈，接着又是好几圈。他在仔细观察这地方。有一刻他从舞台后部走了出去。可以听见他在其他房间里走动，然后他又重新出现。他离开舞台的时间应该相当长，也许有一两分钟。他又坐在椅子上，拿出那盒烟，掏出一支，将那盒烟放进口袋，慢慢地点上烟，茫然地看着空中，时间相当长，面无表情。

女看门人进来。这是一位看上去很温和的四十多岁的女人。她从舞台后部上场。进门以前，她先说话。

女看门人 您好，先生。我是看门人。

〔主人公突然转身，显出几分惊恐。女看门人出现时，他背对观众。女看门人的神气毫无恶意。

女看门人 您好，先生。您的家具在楼下，过一会儿有人给您送来。您的家具真不少。您一定会结识本区的人。不应该孤僻地生活。您可以对您的地位感到满意了。应该保持愉快的心情，心中保持一点阳光，那样一来，即使天空阴沉，一切也会变得欢乐和充满朝气。我正是这样做的。生活是美的。我会给您找一位女仆来管家。您大概连吸尘器也不会使用吧！您知道，先生，一切都令人吃惊。我，我经常听人们谈话，我喜欢听明白他们在讲什么，这是我的职业，我不是看门人吗？有什么办法呢？我很好奇。即使他们讲蠢话也是聪明的，他们的话里总有一些有趣的事。什么都有。各人的世界里又有自己的小世界。有大事件，有悲剧，有喜剧，每人都有过不凡的经历。老人们死去了。就是这样，凋落了就又开花。

〔传来声响。

女看门人出去片刻，带来一个木箱。

女看门人　您的酒已经来了。不，不，先生，我不喝酒。

〔她将箱子放下，稍后主人公见餐具橱被搬进来，便将那箱酒放进橱里。

女看门人　我走了，先生，我要去照料我的狗和汤。您讨厌这些？您不知道汤和小狗是多么讨人喜欢。我扯得太多了，我是看门人，我真的走了。呵，最后一件事，我只告诉您一个人，要当心牵狗的那位夫人，您不知道她心眼多么坏，不折不扣的刁妇，她丈夫也好不了多少，还有来看您的那个俄国人，听说他是间谍。也确实像。我可是相信。您要当心那些假装很喜欢您的人。他们想吸引您，用他们的魔爪抓住您，宰您，杀您。但您别担心，先生，除此以外，他们还是很和气的。如果您愿意，如果您和善，我还会告诉您别的事。不，不，先生，我跟您说，我不喝白兰地酒，我不要。我从不喝酒，只有茴香酒除外。

〔她下。

第九场

从舞台后部传来声响。主人公站起身朝声响走去。出现了一个金黄色的大餐具橱。主人公朝装着轮子的餐具橱走去。他将餐具橱推去靠着舞台右侧的墙壁。他退后几步,长久地端详餐具橱,显得很满意。他打开餐具橱,拿出一瓶白兰地酒,一只玻璃杯,自斟自饮。他将酒杯放回餐具橱,又改变了主意,再倒上一杯酒喝了。然后他将酒瓶和酒杯放回原处。

又是一阵声响,从舞台后部出现了一张圆桌,下面也装着轮子。主人公将桌子一直推到舞台中央,满意地又看看桌子,用手拂拂它仿佛要擦拭它的灰尘,其实桌子干净得发亮。接着,从舞台后部一一出现了六把椅子,主人公将它们安置在桌子周围,慢慢地,不慌不忙地。他退后几步,端详桌子、椅子和餐具橱。在此以前,他将戏开场时那第一把椅子挪到旁边,挪到左边的墙角。接着,还是从舞台后部出现了一张浅红色的圆地毯,他先把地毯放在桌子上,然后费劲地将桌子和椅子一一抬起来,将地毯放在下面。从舞台后部又出现了另外四把椅子,他将它们分别放在餐具橱的两侧。从左面,即观众的右前方,先后出现了两把安乐椅,分别为蓝色和紫色。安乐椅当然也有轮子。他让它们面朝观众,即观众的右前方,在假装的窗户前。他要试一试,在一张安乐椅上坐下,然后又在另一张安乐椅上坐下,坐的时间稍稍更长。他显得很安逸,就这样待了一会儿,站了起来，将桌子四周的六把椅子一一试试，然后将它们放回。从舞台后部出现了一卷画布，他将画布展开，挂在舞台后部的墙上。画布必须很大，好让观众看清这幅画的主题：西班牙种猎犬，狗爸爸，狗妈妈和小狗。从舞台后部出现了第一张独脚小圆桌。主人公抓住它，用目光搜索舞台上哪里放它合适。他找到了，将它放在两张安乐椅中间。又出现另一张独脚小圆桌，他将它放在舞台中央。出现了一只货箱，他从里面先后拿出三个花瓶，一个放在饭桌上，另外两个分别放在两个独脚小圆桌上。舞台后部出现了一个很大的绿色长沙发。他将它放在安乐椅后面。接着又改变主意，将安乐椅放在长沙发后面，然后又放在长沙发两侧。另一只货箱又出现了，他从里面取出一个带橘红色灯罩的台灯。他开灯，端详，然后关掉，然后又开灯，然后再次关掉。有黑叶花饰的红色双层窗帘掉了下来，他做出挂上去的姿势。舞台后部出现了一座挂钟，他将它安置在大餐具橱旁边。他将腾空的两三只货箱踢到台底。他端详这一切物体，一个又一个，在长沙发上坐下，然后躺下，两手枕着后颈，吹起了口哨。他不吹了，闭上眼，两臂直直地贴着身体。他闭上眼，就这样一动不动地待了一会儿。接着他猛地站起来，朝餐具橱走去，又拿出一瓶白兰地酒，自斟自饮，一杯又一杯，将酒瓶放回橱里，跳跃着从一件家具到另一件家具，从虚拟的窗户往外看，从舞台后部下。在相当长的时间里，堆满了东西的舞台上没有人。听见他在后台的脚步声，嘴里哼着歌。他手里拿着抹布又在舞台后部出现，他开始擦地板，地毯下，椅子下，还有空的地方。他从裤子的后口袋里掏出一个扁平的白兰地酒瓶，对着嘴喝了一口，将酒瓶放回裤袋，又擦起地板来。幕落。

［第九场结束］

帷幕可以在这场戏结束时落下，也可以仅仅使舞台转黑。如果决定在此时插入幕间戏的话可以落下帷幕。总之,如果台上转黑,可以在此刻换布景和道具,观众立刻会听到下面的声音。如果有幕间戏,那么在幕启前的黑暗里观众将听见同样的声音。

有公共汽车的声音、摩托车的声音、咕噜噜的招呼声:喂—喂、怎么样—怎么样、口哨声,一个男人和一个女人吵架的交杂喊叫声、喊叫声、笑声、喊叫声、喇叭声、嘈杂的脚步声,还有一些真实的或臆想的声音,等等。

第十场

一对年龄稍大的夫妇

两个男人

女侍

老板

主人公

可以象征其他人物的假人

布　景

郊区的一个小饭馆,几乎是外省模样的小饭馆。舞台后部是吧台。老板在吧台后。一个男人独自坐在一张桌子旁。一些假人坐在另外两三张桌子周围以代表顾客(在没有足够的演员的情况下)。一面大镜子可能使人产生饭店里顾客很多的印象。近景中有一张空着的小桌。在相当长的时间里,人们默默地吃饭。女侍也默默地从舞台后部右方进进出出,将送来的菜放在客人的桌子上。街上驶过的车发出微弱而低沉的声音。吧台上的男人喝开胃酒,然后朝另一张桌子走去,坐了下来。有几声模糊的低语声,然后又是沉闷的安静。

〔主人公从左方,即观众的右前方上。开门声很轻。他一直来到舞台中央，向四周看看。女侍迎了上去，她相当年轻、讨人喜欢、身材匀称，但神气显得有些疲累。

主人公进来了。

老　板　先生。

〔其他人物对主人公毫不注意。

女　侍　您是吃午饭？

〔主人公点点头，然后指着台前的那张小桌子。

女　侍　可以，您愿意的话可以坐在那里。

〔主人公仍然点点头以示谢意，走去坐下。然后他又站起来将大衣和帽子挂在衣架上。他又坐下来，此时女侍给他拿来了餐具及菜单。

〔主人公接过菜单。

这一切都在沉默中进行。

女　侍　您要开胃酒吗？

〔主人公点点头。

女　侍　您在这里喝还是去吧台喝？

主人公　去吧台。（他朝吧台看了一眼）不，在这里。

女　侍　茴香酒？我们这里有很新鲜的。还是冈帕里酒？

女　侍　茴香酒还是冈帕里酒？冈帕里酒也很新鲜。

主人公　冈帕里酒。

女　侍　要冰块和吸管？

主人公　都要。

女　侍　然后呢？

〔沉默。主人公看菜单，犹豫不决。

女　侍　我推荐您要油腌沙丁鱼。好吗？好，一份油腌沙丁鱼。然后呢？

〔主人公犹豫不决。

女　侍　牛排？还是勃艮第牛肉？

主人公　牛排！不要勃艮第牛肉！不，烤老一点的牛排。

女　侍　薯条？好的，要薯条。

主人公　还要卡芒贝尔干酪。

女　侍　还不如来布里干酪。它更好，做得很好。

女　侍　您要甜点吗？好，待会儿再看。您喝点什么吗？我推荐博若莱酒。这是老板的藏酒。

女　侍　我立刻送上冈帕里酒。

〔她立刻端来酒。他一饮而尽。

女　侍　呵！已经喝完了！

主人公　我渴。谢谢。来一满瓶博若莱酒，不要半瓶。

〔女侍去取饭菜时，主人公两手托着脸，手肘枕在桌上。他一口气喝完了酒。

主人公　再来一瓶！

女　侍　您别喝得这么猛，先生，这对您不好。

〔冈帕里酒似乎没使主人公有什么不舒服。他突然轻松了。面部表情有点呆滞。他微笑着看看四周，特别是朝着观众，原则上那里应该有一条虚构的街，他透过玻璃橱窗看街上。老板仍然独自在吧台上喝酒。

在此期间，女侍默默地给客人上菜，时而是真正的客人，时而是假人，如果有假人的话。人们静静地吃饭。只传来街上的声音。接着，动作变得不真实，女侍走路的姿势也不真实，仿佛在隐隐约约地跳舞。过了一会儿，街上的声音几乎具有音乐性，更加重了不真实的氛围。

主人公向女侍指着空酒杯。

女　侍　马上来。

〔主人公向四周看看。

主人公　所有这些人……

老　人　（他坐在老年夫妇的那一桌，对老妇说）你喜欢这熟肉酱吗？

主人公　（再次瞧着观众）动起来了。

老　人　（对老妇说）我们会怎么样？统治我们的是一群笨蛋。受这样的人领导，是走不远的……

男人甲　（独坐在桌前）相反会走得太远。有一天会看到的！等他们看到结果时不会满意的！

〔那一对老夫妇看看这个男人后又低头吃饭。

老　妇　（在饭桌边）我不知道该怎么做。你做过了？

男人乙　（对男人甲）呵，就是那样。

〔女侍端着装满饭菜的托盘走来，将托盘放在桌上。

女　侍　这是您的冈帕里酒，您的博若莱酒，您的牛排，您的奶酪。

〔她和气地将菜和餐具摆好。

主人公拿起那杯冈帕里酒，一饮而尽。

女　侍　您的胃口太大了，先生，酒喝得太多。这要伤身体的。

主人公　呵，不会的。

女　侍　您知道，我们的葡萄酒很好，开胃酒也好。我们这里一切都是新鲜的。这是本区最好的饭馆。老板娘是大厨。不过也不要说得过火。所有客人都吃得津津有味。这是本区最好的饭馆。还有一家小餐馆，它想做得漂亮，但是没有客人。

主人公　（喝完酒后）我想每天都来。您能为我留这个座位吗？

女　侍　看来您喜欢保持习惯。在小饭馆里是不给客人预留位置的。不过您如果愿意，我可以问问老板。

〔她朝老板走去，小声地与他商量。老板点点头，此刻主人公又倒了一杯酒，喝了下去。

其他人埋头吃饭。

女侍朝主人公走了过来。

女　侍　好的，先生，老板同意了。每天中午十二点半。好，说定了。

主人公　谢谢。您叫什么名字？

女　侍　我叫阿涅斯，是老板的弟媳妇。我的一位表亲也在这里工作。进货由老板负责。

主人公　您认为可以无限地这样继续下去吗？

阿涅斯　等我们都不在了，饭馆还会继续下去的。您不用担心。放心吧。

〔桌布突然被照亮，这是从上面射下的光线。

主人公　呵，真奇怪。

阿涅斯　只是一束光线。

主人公　（每句话后都停顿）这改变了一切。这很奇怪。奇怪，新颖（兴奋地）。

阿涅斯　对不起，先生。我有工作。呵不，不，我不离开您，我会回来的。

〔她四处走动。

饭馆的气氛仿佛改变了。光线漫开在各处。老板坐下，起来，又坐下，又起来。

某个男人　（在桌前呼叫女侍）小姐，请上我的蘑菇。

〔众人的声音和动作都有几分偏移，最平凡的点菜声几乎是唱出来的，动作像舞蹈。

老　人　（站起又坐下）请上我们的猪肉香肠。

另一个男人　（在桌前）我的油煎土豆。

〔女侍听从他们的要求。

主人公　土豆（狂喜）。刀叉盘子。

〔餐具发出悦耳的声音。

老　板　（一直在喝）土豆漂亮。土豆好吃。好吃的东西是好东西。

主人公　呵，博若莱酒！

老　板　（一直在喝）葡萄酒是酒瓶里的太阳。

女　侍　（来来去去，半舞半喝）我来了，请耐心点，一切都会来的。

〔光线越来越强。

老　妇　（在桌前）一切都会来的。多么好呀！

男人甲　（对老板）老板，我请您喝一杯。

〔他走向吧台与老板喝了一杯酒。

男人甲　我要回去工作，但我还有时间。

〔主人公向女侍示意酒瓶空了。

女　侍　您还要酒？您不认为太多了吗？

老　人　（仍然在喝）我退休有十五年了。

女　侍　这是您的酒。

老　妇　可我们活得不错呀。

主人公　还要咖啡。

男人乙　呵，每天都是星期天那该多好。

老　人　从来不是同一回事。

老　板　（对男人甲）再来一杯，我请客。

〔女侍端来博若莱酒、咖啡，然后几乎跳着舞走开。

男人甲　我接受，谢谢。

老　人　由三得九。

〔他站起来。

男人甲 （对女侍）您不和我们喝一杯？

女　侍 不行，先生，您瞧，我手臂上全端着盘子。得给客人上菜。待会儿我再喝。

男人甲 （朝大厅转过身，环顾四周，显得很惬意）在这个季节太阳可是少见的。

老　妇 （也起身）很难说。

〔他们都站起来朝大厅里看。光线逐渐但相当快地消失了，一切又变得灰暗。老夫妇与其他人转身又坐下。那人回到座位上。舞蹈式的动作分解了。主人公也坐下。吟唱又变成低语，然后是沉默。所有的人都沉默。人物又变得毫无生气。

主人公突然站起身，又坐下。

餐具的声音不再悦耳。

人们惊奇地瞧着主人公，然后又继续吃饭。

主人公 （对女侍）熄灭了。

女　侍 您在说什么？一切如常。您看上去不太舒服。我给您拿一杯白兰地酒。

〔所有人都仿佛心不在焉，沉默不语，似乎没有发生过任何事。

他们静静地吃饭。

女侍走近他，毫无反应地瞧了他一秒钟然后走开了。

主人公 （在窗口朝外望，即朝观众望）动起来了，动起来了。（他站了起来）

〔饭馆里没有反应。

主人公 你们听不见吗？

〔他又坐下来。人们继续安静地吃饭，只听见餐具发出的声音。一切又变得沉重或平淡。

突然从外面传来摩托车的吵闹声音。如有可能，可以让骑摩托的人影从舞台后部驶过。声音停止时，一些激动的人走了进来，吵吵嚷嚷，大声喊叫。

从舞台后部进来一个头上绑着纱布的人，接着是第二个人。一个人斜挎着卡宾枪，大步朝吧台走去。重新吃饭的客人几乎不抬头看，只顾吃饭。

反叛者 （军人口气）来杯茴香酒！我刚从战斗中下来，热得很。

〔进来一个神经质的、肤色微黑的小个子女人。她也朝吧台走去。

女　人 茴香酒！

〔客人们从椅子上转过头来，看着反叛者。

反叛者 人们在大广场上战斗。

〔客人们逐渐注意听，然后一一站起身去围着反叛者及其女伴。

老　人 从来没有见过这种事。

女反叛者 你们听不见爆炸声吗？

〔所有人都竖起耳朵，侧过身去。从远处的确传来战斗的声音，声音仍很微弱。

女　人 的确有声音。

老　人 不错，它来自大广场。我每个星期天去那里散步。上个星期天那里还很安静。到下星期天这声音该结束了。

女　人 当然这是暂时的。

老　板 的确不错，真的有声音。好，又开始了。那是很久以前的事了。

女反叛者 它不会在星期天结束的！

老　人　那我就不再有我的星期天了。

女反叛者　过不久每天都是星期天。我们战斗正是为了这个。

老　人　可是在此以前我不再有星期天了。

男人甲　如果打斗起来,那已经是星期天了。

男人乙　这次是真的打起来了?

老　人　也在市中心。

女　侍　只是在我们这个郊区。

反叛者　我们才不管是不是市中心哩,我们才不管是不是有钱人呢。

女反叛者　眼前我们只管自己的事,事情已经不少了,各人自扫门前雪吧。

〔随着剧情的发展,战斗的声音逐渐增强,同时舞台后部闪过武装的人,这些形象取代了平民和不参与者的形象,最后完全取而代之。声音越来越大,在窗外也闪过血迹斑斑的人。我们也看到警察举着警棍在追逐起义者。稍后也传来歌声和喧闹的喝彩声。但这只是逐渐发展的,强烈的效果出现在最后一刻,即本场戏的高潮。

男人乙　我可理解这些。

女　侍　什么样的生活!

女反叛者　(蔑视地环顾四周)幸亏还有男子汉!(她拍拍反叛者的肩头)要是没有像你们这样的男人那就没意思了。有了你们,我们会战胜他们的。

反叛者　必须这样。

老　板　(对反叛者)再来一杯,我请您。

老　人　我也干过革命,那时我年轻,在撒丁岛。

女　人　我丈夫从前是无政府主义者。

男人甲　我理解你们。但愿别停留在这一步。

老　板　我也理解你们。这是社会。

〔本场戏快结束时，这两个男人、老人和女人也都变成了革命者。结尾时，在他们下场那一刻他们将改换服装，拿着卡宾枪，腰间挂着手枪，戴上胡须和假发。老妇也将改换装束，成为革命者。

老　人　在我那个时候，在我那个时候，那是在四七年，但是现在，我愿意安安静静地死在我这个小地方。

女　人　这不会妨碍我们睡觉的。

男人乙　我们是法国人。

女　侍　（对主人公）呵您，您知道。

老　板　法国是革命的国家，就像墨西哥。

反叛者　（对主人公）我们完全可以不要您。

老　板　有过八九年。

女反叛者　（对主人公）我们见过您这种人。我们不会和您一起发财的。

女　侍　（对主人公）这一切都不是为了您。

男人甲　（瞧着主人公）您是怎样的人，这很清楚。

老　板　八九年以后有三七年、四七年、五七年、六七年、七七年、八七年，还有八九年。

老　人　完事大吉。

女反叛者　永远不会完。你们这些混蛋！

〔当人们聚在反叛者周围时，只有主人公没有离开座位。

反叛者　这是千载难逢的机会。

女反叛者　我们会让他们明白的。

女　侍　我们肯定会让他们明白。

工人甲　必须改变现状。

老　板　如果这样的话，我请所有人喝酒。

工人乙　太好了！

女　人　太好了，同意。

女　侍　（对主人公）您别动，我把您的酒送过来。

女　人　您也给他送酒！

女　侍　他是主顾。

〔她将酒送给他然后又回到那群人中间。

反叛者　现状不能再继续下去了。

女　人　有像您这样的男子汉……

老　人　必须干到底。呵，要是我像你们这样年轻！

反叛者　懒汉的国家！不健康的社会。

女　人　我们受够了。

众　人　呵，是的！

男人甲　他们只配受蔑视。

男人乙　蔑视还不够。

女反叛者　应该结束了。我们需要血、痛快和死亡。

反叛者　他们将被消灭。这对所有人都好。

老　板　不错。

反叛者　我们将是公正的。

女反叛者　正义是严酷的，他们会看到的。

女　人　所有那些大吃大喝、不讲公道的人。

女　人　红场上的屠夫。

女　侍　嘴里咬着屠刀。

男人甲　那些有钱人！

男人乙　那些穷苦人！

老　板　无产者！

女反叛者　初级的反革命主义。

反叛者　专政，对，但是在自由下的专政。

女　人　但愿是自愿赞成的。

老　板　会是这样。

老　人　歌唱的明天。

女反叛者　将为它付出血的代价，在鲜血里实现。

女　侍　那些腐败的人是自找的。

男人甲　那些该死的有产者。

女　人　工人穷是因为他们喝酒，都在酗酒。

男人乙　还有吸毒。

老　板　消费性社会。

女　人　集体主义、个人主义！

女　侍　我们这个消费性社会。

男人甲　吸人民血汗的人。

男人乙　都是些无耻的家伙！

反叛者　（在吧台上重重敲了一拳，几只杯子被震落下来摔碎了。用可怕的声音说）还有博爱！不应该忘记博爱！

〔片刻的寂静，人们有几分畏惧的神气，片刻间停止了吃饭，一动不动。

老　板　（对女侍）把这些给我捡起来。

〔女侍捡碎片。讨论又开始。

女反叛者　我们要用拳头，用刀，把这些塞进他们的喉咙里。我们要将他们开膛破肚。

女　人　真是受不了了。

老　人　他刚才说的话有道理，不应该忘记博爱。

女　侍　不应该忘记博爱。

男人甲　不应该忘记博爱。

男人乙　对,不应该忘记博爱。

老　板　博爱。

女反叛者　鲜血！裂开的肚皮！我愿意看到肠子从肚子里流出来。

女　侍　人都是一样的。

男人甲　只有年轻人有足够的热情。

老　板　年轻人是笨蛋。

男人甲　老年人是笨蛋。

男人乙　有年轻的笨蛋和年老的笨蛋。是笨蛋就得当一辈子。

女　侍　真受不了了,你们瞧,地铁、工作、孩子。

女反叛者　(咬着牙,神情阴森)革命是乐事。

〔人们已转换成其他人,几乎全部。但人名仍然保留以避免混乱。

女　人　为了乐趣。

〔除了女侍,其他所有人都换了衣服,如果演员人数有限,只有老板和主人公换衣服。

男人甲　(挥动匕首)为了乐趣。

反叛者　你们瞧这是过节,我们都要过节,永远生活在欢乐中。

〔他们都挥动武器,然后是沉默,在沉默中他们保持挥动武器的姿势不变。

反叛者　这一切让人感到饥饿。我的肚皮饿扁了。

老　板　我请你们大家吃午饭。

反叛者　我很乐意,但我妻子在等我吃午饭,不过如果您想请我们快快地喝酒,我们很愿意,加上三明治。

〔老板倒酒。他们喝酒,并都举起酒杯喊道:

众　人　打倒警察！

女反叛者　我们要把警察头子打成肉浆。

反叛者　（对女侍）快一点。快点弄三明治，现在你必须服从我，你这个婊子，不能再像从前了。

女反叛者　一切都变了，不再像从前了。

女　侍　（对反叛者）我在尽力做。您不讲礼貌，您该走了。

女　人　礼貌是资产者的。

反叛者　（对女侍和老板）你们是商人。总之，你们也只能是剥削者。

女　侍　我是劳动者，靠劳动挣饭吃，而你们，你们只是在夸夸其谈。

反叛者　婊子！

女　侍　呵！

主人公　（从座位上站起来，对反叛者）先生，您不感到可耻吗？

反叛者　该死的小资产者。走过来让我瞧瞧。

〔主人公走近他。

反叛者　混蛋！

〔他朝主人公脸上打了一拳，让他回到座位上去。

女反叛者　干得好！

老　板　算了，他是我的主顾。

〔女侍狠狠地扇了反叛者两个耳光。反叛者倒在地上，又站起来，摸摸自己的下巴。众人大笑，然后除了女侍和老板以外，都转头看着主人公，他已跌坐在椅子上，挥动拳头。

众　人　这个混蛋！

〔反叛者一动不动，保持向主人公挥动拳头的姿势，此时女侍朝主人公走去，从他的衣袋里掏出手绢，然后替他擦拭脸上的血。

女　侍　这一切不是因为您。

〔外面的嘈杂声越来越响，爆裂声、呼叫声，显然战斗不限于大广场。

人们听见机关枪的声音和呼喊声，在舞台后部的街上走过一些背着卡宾枪、举着旗帜的人。

女反叛者　更近了，这是在我们这个区里，我们去吧，但愿有更多的枪声、爆炸声和鲜血吧。

〔她展开一面旗帜。

反叛者　旗帜万岁！

女　人　《死亡万岁！》[①]

男人甲　街上在闹革命。

〔此时主人公在喝他的烧酒，用手绢捂着受伤的那只眼睛。

老　板　你们付了账再走。

女　侍　付账，付账。

男人乙　你们找革命委员会要账去。

女反叛者　付什么屁账！

老　板　真他妈的！

女　侍　真他妈的！

主人公　我能做点什么吗？

老　板　做什么？

主人公　帮你们收拾这一切。

女　侍　我们自己能解决。安心地待着吧。

主人公　请来一杯白兰地。

女　侍　（与老板一同清理）这就端来。

---

①　西班牙导演费尔南多·阿拉巴尔执导的一部电影的片名。

第十一场

老　板　我已经干过革命，本该当头头的。

女　侍　您现在太累了，您年龄太大了。

老　板　不是因为这个，是因为这些人不是革命者，他们是反动派。

女　侍　那他们的对手呢？

老　板　也是反动派。一派是被拉蓬人[①]豢养的，另一派是由土耳其人豢养的。

女　侍　您看清了他们刚才那副土耳其人的嘴脸。

老　板　呵，可别当种族主义者。

女　侍　是的，我是种族主义者，因为我赞成所有的种族，我不是反种族主义者。

---

① 指欧洲最北部地区（如瑞典、芬兰、挪威、俄国）的居民。

第十二场

〔进来一位惊慌失措的老妇人。

伤者的母亲 老天爷，我的孩子，请扶扶他。

〔一位头上裹着纱布的年轻伤员上场，老板和女侍奔过去扶他。伤员倒在地上。

母　亲 我早就叫他乖乖地待着。

女　侍 我们看到了什么怪事？这种年月……

老　板 他是这位太太的儿子，她住在附近，去年死了丈夫，是寡妇。今天的年轻人不知道什么叫危险。

母　亲 我可怜的孩子，我可怜的孩子！

老　妇 从来没有见过这种事。什么年月，不过我们这个郊区以前是很平静的。

母　亲 （俯在儿子身上）他们都对他干了什么？他那么温顺，那么和气。

老　妇 我们工作了一辈子，退休了，以为会平平静静的。但现在哪里都平静不了。

老　板 这就是生活。人都是要死的。

老　板 （对一直在呜咽的伤者母亲）他也许会好起来。

老　妇 年轻人的生命力很强。

女　侍　眼下他昏过去了。

老　妇　你们看,他还在动。

老　板　的确还在动,颤动。

女　侍　你们走开一点,让他呼吸空气。

老　板　他确实在呼吸吗?

老　妇　他的腿的确在抽动,乱动……像青蛙。

母　亲　医生,叫一位医生来。

女　侍　也许该给医院打电话,让他们把他接过去。

老　板　救护车过不来。到处都是街垒。

女　侍　到处都堵车,交通瘫痪了。

老　妇　(对母亲)这得怪他。他本不该参与这些事的。

老　板　那谁会参与呢?

母　亲　我告诉过你,亲爱的,多次告诉过你,这一切都是你的伙伴惹出来的。我叫你别跟他们去。

老　板　他的伙伴是谁?

老　妇　我们这个区里的二流子……勒内和米歇尔。

老　板　他们在哪里?

老　妇　当然在街垒上,他们不工作,专干这个。

老　板　我也一样,年轻时也去街垒,但我没有被打伤。

母　亲　米歇尔和勒内也死了!

老　妇　他们也死了!再没有年轻人了。

女　侍　他想跟随他们去死。

老　妇　这叫忠诚。

母　亲　叫医生,打电话叫医生。

老　板　(对女侍)还是打电话叫救护车吧,也许他们能来。

女　侍　我试试吧。

〔她去打电话。

老　板　我们试试让他喝一小杯烧酒,也许能帮他醒过来。

〔老板和老妇试着掰开他的嘴,好给他灌酒。

女　侍　没有办法打电话,电线被切断了。总之,都关门了,今天是节日。

母　亲　我把他抬回家吧。帮帮我。我住得不远,帮帮我。我会把他放在床上,他儿时的床上。我会叫医生的。他小时候那位医生已经救过他两次命。

女　侍　的确,她住得不远。

〔两位警察和一个男人上场。

警察甲　出什么事了?

警察乙　走开。

老　板　这是我们的地盘。

警察乙　住口。

母　亲　救救他吧,警察先生。送他去医院。

警察甲　又是一个反叛者。

警察乙　让开。

警察甲　这是怎么回事?

老　板　不知道。他进来了,他倒在地上,现在他躺在一摊血里。

警察甲　这的确是他的血。

母　亲　这不是他的错,警察先生。他原本是个温顺、和气的孩子。他让人拽了进去。他相信了别人的话。

老　妇　从来不是任何人的错,人们总是这样说。可他小时候就已经偷我的鸡了。

警察甲　您,您住口。

警察乙　(对母亲)我们没有办法医治他,您瞧,他快死了,他死了。

警察甲 他已经死了。

母　亲 别这么说,我可怜的孩子,我可怜的孩子!他喜欢玩木马。

警察甲 (对母亲)您是谁?

女　侍 她是他的母亲呀,这再清楚不过了。

警察甲 我问她是什么人,她的姓名,她的身份。

警察乙 (对母亲)您的证件。(对其他人)你们的证件。

〔所有人都出示证件。

老　板 我,我是老板。

女　侍 我是女侍。

警察甲 (对主人公)您呢,您在这里干什么,游手好闲?

女　侍 他是客人。

警察甲 客人,客人……

警察乙 您的客人原先在做什么?

女　侍 他每天中午来吃饭。

警察甲 (对主人公)您的证件?

警察乙 刚才发生暴动时,他在做什么?

警察甲 他与他们串通一气?

女　侍 他不是坏人。

老　板 他是个傻瓜。

警察甲 没有问您的意见。您有客房出租吗?

老　板 我不再出租了。

女　侍 (对警察)你们上去看看,没有床。

母　亲 (对警察)送他去医院吧,求求你们,他的血要流干了。

男　人 她不愿意相信。他的血已经流干了。

母　亲 这不是真的。他还可以治好。

女　人 他死了,夫人,他死了。

男　人　多么不幸呀，一个安安静静的街区！我们这些安静的退休者。我们干了一辈子，而现在发生革命。

女　人　多么喧闹。

老　板　他们把我的东西都砸了。

警察甲　我们送他去停尸间。

警察乙　让你们解脱这个家伙。

母　亲　别让我和孩子分开。

警察甲　（对母亲）您，您有嫌疑。

女　侍　可这是为什么，先生？

警察乙　您无权提问题。

警察甲　你们大家都注意了，否则把你们全带走。

老　板　（对警察）你们走以前不想喝一杯吗？

女　侍　什么都被砸了，我们什么也没有。

警察甲　这么说你们是在嘲弄我们？

老　板　对了我还有一瓶絮兹酒。

警察甲　您瞧，诚心诚意总会有办法的。

〔老板给两位警察倒酒，他们一饮而尽。他们去吧台边喝酒。

母　亲　你们管管我的孩子。

警察乙　这个女人让我们扫兴。我们也会管您的。您别担心。

女　人　她是在发愁，警察先生，这很正常。

〔两位警察抬起垂死者，要带他出去。

警察乙　（对母亲）还有您，跟我们走。

母　亲　别把我和孩子分开。

警察甲　（对老板和男人）你们抓住这个女人，将她塞进囚车。

〔老板和男人将母亲强行拉走。母亲在呼叫。伤员也被警察抬出去了。

女　人　我得想办法回家。

女　侍　您要当心。街上还在开枪。

老　妇　我还得去喂猫。

男　人　我和您一起走,夫人。我也该喂猫了。

〔他们两人下。[1]

外面的枪声和嘈杂声更响。

老　板　他们走出门就被打死了。

〔传来刚刚出去的那个女人和男人的呼号声。

女　侍　(在一个更强烈的爆炸声后)救护车被炸掉了。囚车和警察也被炸掉了。

老　板　我对他们说过别走。[2]

〔子弹呼呼地穿过玻璃窗。玻璃碎了。一个酒瓶倒下碎了。

老　板　他们总不会炸碎我最后几个酒瓶吧?

女　侍　现在他们好像就在外面。瞧瞧,他们在齐步走,他们在唱歌。

〔的确传来反叛者的歌声。

女　侍　瞧(对主人公)一颗子弹打穿了您在衣帽架上的帽子。

老　板　放下铁帘吧,快一点,见鬼!

〔老板和女侍放下铁帘。主人公作势要去帮他们。

女　侍　(对主人公)不麻烦您了。喝您的白兰地吧。

〔主人公又坐下喝酒。此时女侍和老板最后下完了铁帘。

女　侍　喔唷!行了!

---

① 整个第十二场,从开始到这里都可以根据导演的品位或取消,或保留,或压缩。——原注

② 最后两句对话可以取消或保留,根据前一场戏而定。——原注

老　板　现在我们可安全了。让那些坏蛋自相残杀吧。他们打碎了我的酒瓶！

主人公　没有白兰地了？

老　板　我去找找。地窖里还剩一些。我从上次革命以后就储存下来的。

主人公　哪次革命？四〇年的那次？

老　板　三二年的那次。那酒更老，更好。（对女侍）吧台后面有面包，有火腿。

〔老板下。

女　侍　（对主人公）您还疼吗？不严重。我们来看看伤口。那一大拳。眼睛没有被碰着，只是周围。我来整理一下纱布。您是想保护我。您这人很好。

主人公　我不知道。

女　侍　您不是也有点疯了吧？我就喜欢您这一点。您大概很不快乐。

〔主人公耸耸肩。

女　侍　您以为别人不会对您有好感？您错了。

〔一秒钟的沉默。

女　侍　这不用问，也不用说。您好像很吃惊。我去给您拿一片火腿和一片面包。您不要？

〔主人公指着他的酒杯。

女　侍　还要白兰地？太多了。好，再来一杯，这是最后一杯了。

〔她去取一杯白兰地给他拿来。他喝酒。从地窖里传来老板的歌声。

女　侍　呵，这个人也一样，也爱喝酒。（对主人公）我很愿意为您做点什么。我认识一个人和您很像。他没有生病，什么麻烦也没有。他甚至什么都不缺。您猜猜,他自杀了。您,您不想自杀吧?

〔主人公耸耸肩。

女　侍　有人爱过您吗?

主人公　我母亲。

女　侍　但后来呢?您不知道爱是怎么回事?眼下我是自由的,有空。如果您想……但是必须有愿望,必须有欲望。我会教您如何生活,每一分钟,我会叫您懂得幸福。您别这样睁大着眼。我说的不是傻话。我的生活中不能没有男人。没有男人就不叫生活。我将牵着您的手,领您走上我们的路。您听我的,跟着我。

〔始终传来老板在地窖里嘶哑的声音和外面噼噼啪啪的机枪声。

女　侍　我不知道为什么您叫我心里不舒服。我很喜欢您身上的这一点。您和别人不一样。您一言不发?我说的话对您不起任何作用?我再对您重复一遍,我是自由的。您显然没有别的任何人。荆棘将在我们的路上闪开,土地将是温暖的。我的手有一点粗,皮肤有一点粗糙,这是必然的,因为我劳动,我洗餐具,但我身上的皮肤是滑润的。我有一双漂亮的眼睛,您瞧瞧,我还年轻,您也年轻。我会教您的,教您学会一切。您起错了头,走错了路。和我在一起,您会走上正路的。(她抚摸他的手,他抽回手)您真是孤僻。您刚才想保护我,这我不会忘记。我不知道对您我是怎么了,对别人我可不是这样。和您在一起我觉得自己完全变了。除了您母亲,您还爱过什么人吗?有人爱过您吗?没有,没有人。因为您得病了,对,因为您不会表白自己,因为您没有信任?我会给您信心的。他们在相互屠杀,他们在相互厮打，相互嫉妒，相互剥削。我们可以成为他们所有人的榜样。必须稍稍开始有点爱和幸福，有点信心和幸福。他们会看着我们，他们会惊讶，然后他们会跟随我们，行走在很长很长的、没有尽头的小径上，行走在没有荆棘的玫瑰树下。

〔一直传来老板沙哑的声音和室外的咒骂声："混蛋""无赖""打倒""挂到电线杆上去""我们将消灭他们""杀死他们""别怜悯混蛋！"等等。

微醉的老板上场。

老　板　（对女侍）你的客人还在这里？

女　侍　他没法出去，因为门关上了。

老　板　（对女侍）别动这个铁帘。就让他待着吧。外面怎么样？

〔老板朝放下一半的铁帘走去，趴在地上往街上看。

老　板　一个、两个、三个、四个、五个、六个、七个、八个。只有八个死人。

女　侍　也许这只是伤员或者奄奄一息的人。

老　板　其中有两个警察。活该！他们其实不用管这事。

女　侍　这是他们的工作。

老　板　他们满可以另选一个职业。当人们想相互毁灭时，阻止他们就是罪恶。他们打碎了我这里的一切，这也是罪恶。

女　侍　（对主人公）来吧，可以过去。伤员和垂死的人不成为危险。路上有几摊血，别担心，我领着你，你不会弄脏鞋子的。有血的地方会长出花来。

老　板　如果这些狗东西相互残杀，我的库存该怎么处理呢？

女　侍　（对主人公）来吧！

〔她走近他，亲吻他。

女　侍　（对主人公）来，带我去你家。我知道方向。来吧，来呀！

(她牵住他的手)来吧,我的爱人,来吧,我亲爱的。

老　板　(对女侍)我没有允许你们逃走。你们得打扫这一切。

女　侍　(对主人公)弯下身子从铁帘下钻过去。

〔主人公听从了。女侍和他趴在地上,一直爬到铁帘口。主人公站了起来。

主人公　(对老板)我还没有结账哩。

女　侍　弯下身子,来吧,快一点。

〔主人公又趴在地上。

女　侍　(出去以前)您别为这些损失发愁,老板,我会回来打扫这一切的。(对主人公)走吧!

〔主人公和女侍下。

老　板　我原来有顾客的,他们被屠杀了。他们现在倒很好,开膛破肚地躺在大马路上。我原来有一位固定的客人,她把他带走了。说到她,她是怎么回事?(他走去放下铁帘)真奇怪,他们没有停电。(他环顾四周,破碎的酒杯,翻倒的椅子)幸亏我保了险。预防一切,火灾,水灾,战争和革命。(他开始收拾收拾,例如扶起翻倒的椅子,等等,外面又喧哗起来)噫,又闹起来了。他们也许能成功。这难说。

第十三场

女看门人

青年(背着卡宾枪)

牵小狗的妇人

青　年　看门人夫人,这是我的钥匙。

女看门人　好的,我帮您保管。您带着枪去哪里?去干革命?我原认为已经平息了哩。

青　年　您别担心,又要闹起来了,就在这里,在您窗下。

〔牵小狗的妇人上。

妇　人　看门人,这是我的钥匙。我去干革命了。

女看门人　您的丈夫已经被打死了。

妇　人　正是因为这个,我要去接替他。

女看门人　好,可是您让我做这些家务活,新房客该回来了。

妇　人　您雇的那个女仆,那个哑巴,去哪里了?

女看门人　她被杀死了。

青　年　您瞧,人人都去干革命。

女看门人　她当时不是在干革命,她去买东西。有人拦住她让她出示证件,但我不知道这些人是反叛者还是警察。她没有照命令做就被开枪打死了。

妇　人　不过人们还是应该干革命。

女看门人　我的活儿太多,得管理这座房子。

青　年　等我们推翻了一切,我们会回来的。

女看门人　你们干革命是因为现在没有哲理了。你们意识到了吗?生存条件恶劣,社会和经济条件勉强凑合。很糟糕,这我不否认。但是,直到今天所有的社会都很糟糕。没有好社会。专制、独裁、自由主义、资本主义,都是糟糕的。无论是社会经济还是自由经济,什么经济都解决不了人类的经济需求。以前是这样,今天还是这样。你们看看报纸。它们想向我们掩盖真相,但是无论如何,真相还是暴露出来了。从世界的这一端到那一端有的只是种族灭绝和屠杀。

青　年　您别管这些事,您根本不懂。

女看门人　(一边扫地)您这么说是因为我是看门人!所以您根本不讲民主。

青　年　我不拥护民主,我拥护人民。

女看门人　我就是人民。

妇　人　您不是解放了的人民,您是奴性的人民。

青　年　您是被老板雇佣的。

女看门人　这里没有老板。都是些退休者。

妇　人　他们在思想上是小老板。

青　年　(对妇人)你和我一起去吗,美人?我们一起干革命然后做爱。

妇　人　哦对!在革命以后还是以前?

青　年　在整个期间。革命就是欲望的爆发。

妇　人　太妙了!

青　年　一切欲望。

妇　人　（对青年）我需要你。

青　年　来吧，亲爱的。你并不漂亮，但是革命会使你变美。死亡万岁！（对女看门人）再见了，看门人夫人。我蔑视您。

妇　人　我可怜您。您是个奴隶。

女看门人　那您的社交聚会呢？您的茶和您的鸡尾酒呢？它们怎么办？您都放弃了？

妇　人　我打算每天回来，五点钟到七点钟，在两次冲锋之间。

青　年　尽可能吧。（对妇人）我更愿意在五点钟至七点钟和你躺在草地上或铺石路上，躲在街垒后面。

女看门人　（一边扫地）你们不知道你们要的是什么。你们犹豫在生的愿望和死的愿望之间。爱神和死神。屁股坐在两把椅子之间。

青　年　（对妇人）走吧，美人。快一点。她在胡说八道。

女看门人　你们不知道自己在干什么。你们在准备世界末日。

青　年　她在胡说八道。

女看门人　人类受到两个真正危险的威胁：人口过剩和环境的恶化。

妇　人　您的话是老生常谈。

女看门人　你们也一样。不过我的老生常谈是符合实际的，而你们的是错误的。

青　年　他妈的！

女看门人　您杀人，同时您又生孩子。多么反常的矛盾！

妇　人　他妈的！

女看门人　你们两个人都不讲礼貌。

妇　人　礼貌是资产阶级的。

女看门人　您就是资产者。是资产者在闹革命。

妇　人　我不再是资产者了。首先，我是寡妇，我丈夫死在街垒上。其次，我有一个无产者情人。

青　年　（对妇人）你听！机关枪的声音少了。不能让这一切熄灭。走吧，去加把火。

〔妇人和青年拥抱着要下。

女看门人　还不如寄希望于技术哩。你们看不起技术。它如果弄好了你们会觉得讨厌的。不，你们不愿意它成功。

青年的声音　（青年砰地带上门）那就太糟糕了。如果没有叛乱，我们干什么呢？

女看门人　（独自，仍在扫地）他们不愿意要技术。他们不愿意要理性。

〔外面传来几声枪响。

女看门人　我的那位住户回得来吗？形势更糟了。现在是在我们这条街上闹。原先是在大道上。我来把窗子都堵上。床垫呢，床垫在哪里？如果他回来，至少可以感到放心。（她用床垫堵住窗口。她对观众说话，也就是在原则上对着街上说话）革命的年代结束了。所有的政体都糟糕，它们都已经建立过。人们还在闹革命，但这毫无用处。现在该由技术和工业化发言了。但人们就不再有激情。如果没有激情他们会做什么？用他们的话说，他们会感到厌烦。两个世纪的革命最后得到的是极权和专政。革命曾经产生过别的东西吗？技术也不好。它使我们的星球堆满了垃圾。它使地球成为残渣。再过五十年，居民将达到三百亿，这才是问题，这才是真正的问题。我们能回到过去吗？不能。我们在滑下深渊，无法停下来。这是创世主的错误。（她又拿起扫把，一边说话一边挥动手中的扫把）是生存条件产生出糟糕的社会，糟糕的经济，糟糕的政治。幸亏时不时地出现警察和镇压行动。没有警察和镇压行动,他们会相互打得更可怕。在我们这个国家,镇压行动被放弃了,连警察也造反了。警察的欲望也爆发出来了。我是主张自由的,但我考虑是否仍然主张个人自由。人们都疯了。必须控制他们。在极权国家里,至少有秩序。气氛阴森,但有秩序。再没有人敢动。(她激动地扫地)不过我才不管哩。随它炸掉!随它垮掉!随它沸腾!随它爆炸!随它起火吧!人类的冒失行为已经很久了。但愿从此结束,不再谈起。创世主弄错了。

〔她继续扫地。

第十四场

女看门人

主人公

女侍

〔主人公和女侍上。

女看门人 呵,您回来了。(看见女侍)您好,夫人。

女　侍 我是您房客的女友,也许甚至是未婚妻。我将和他住在一起。

女看门人 恭喜您,先生。这很好。独自生活不好。它比两人生活或多人生活更不好。我还以为您回不来了哩。我们这条街上打得一塌糊涂!

女　侍 是什么人在那里打?

女看门人 是同一些人。我的意思是同一派的人。在街的这一头有街垒,上面插着一面绿旗,旗中央有一个红色的方块。在街的另一头也插着同样的旗帜。你们两人大可以安心。窗口都堵住了,外面的声音几乎听不见。我堆了一些床垫、椅垫、沙袋。我在地窖里存有食物。可以维持到一切平静下来。再见先生,再见小姐。

女　侍　您家里很漂亮。我是说你的家。我们以“你”相称,对吧?真以为是在度假哩。这里不是海滩,但很舒服。你不知道我叫什么吧?对,不知道。我叫阿涅斯。刚才好不容易才到家!有人对你挥动的白手帕开枪。它被打穿了,好在你没有中弹。你的帽子又被打了一个洞,成为两个洞了。亲吻我。你记住我的名字了?阿涅斯。你在这把安乐椅上坐下来。我在你旁边,在你脚前。

〔主人公坐下又站起。

女　侍　你去哪里?你为什么朝窗口走?别开窗,我叫你别开窗呀。你为什么要开窗?你还想去哪里?

〔主人公朝房间右角走,那里有支卡宾枪,是上场戏中青年忘记带走的。

女　侍　别动枪,你根本不会用枪。

〔主人公仔细地检查枪,一不小心扣了扳机,开了一枪。

女　侍　当心,你刚才差一点把我打死。

〔主人公似乎被那一枪吓坏了。

女　侍　幸好子弹打在床垫上。如果不是床垫而是我的脑袋,那你干了什么?

〔主人公继续背着枪在房间里走动。

女　侍　你想去战斗?和谁?

〔主人公耸耸肩。

女　侍　你不知道。反对谁?

〔主人公耸耸肩。

女　侍　你不知道。你不害怕?

〔主人公摇摇头。

女　侍　你很勇敢?

〔主人公摇摇头。

女　侍　既不害怕，也不勇敢。

〔主人公朝门口走去。

女　侍　待在这里。

〔主人公停住了。

女　侍　把枪放回原处。

〔主人公在舞台中央站着一动不动。从外面传来轻微的砰砰枪声。

女　侍　听见了吗？他们在回应你。不，这不是回声。枪声就像狗叫。一只狗在叫，一百只狗会回应。你还是给我一杯橘汁吧。刚才在枪林弹雨中走的这一段路让我口渴。我感到热。在这里很好。

〔她在长沙发上躺下，伸伸懒腰。

主人公　什么事。

女　侍　什么事？

主人公　我觉得我该做点什么事。

女　侍　为什么？为谁？

主人公　（耸耸肩）呵……这……难说。

女　侍　你在安乐椅上坐下来，来，听我讲。

〔主人公在安乐椅上坐下。暂停。

主人公　可是您知道……不，你知道……

女　侍　应该做点什么事。我明白。我知道这老一套。为什么？我重复一遍，为什么？

〔主人公耸耸肩。

女　侍　你有野心吗？你有要求要提出来吗？你和别人一样，自己的需要得不到满足吗？你特别厌恶什么还是一般性的、不明确的厌恶？你爱吗？你谁也不爱，对吧？你只爱我。

〔主人公点点头。

女　侍　是真的？你再说一遍，我的爱人。

〔主人公点点头。

女　侍　我真高兴。你瞧你知道你要什么。

〔主人公点点头。

女　侍　你瞧你愿意的时候还是能说话的。

〔主人公点点头。

女　侍　这真怪，人们都变了。还是原来的顾客，但是变得不一样了。

阿涅斯[①]　你听见吗？他们还在开枪，一直在开枪。已经持续三个月了。我们将乘一艘漂亮的白船去旅行，游逸在海天之中。在船上，在甲板上，晒着太阳度过长长的白天。我们都会晒得黝黑。白色的船，蓝色的天，蓝色的海，然后还有在南方的海上身穿白色制服的漂亮的军官和船长。靠近海岸时我们会看见黑人驾驶的白色小艇，渔夫，还有海鸥，然后是陆地，新的陆地。

〔传来机关枪的声音。

阿涅斯　人们会抱着鲜花送给我们。我们的手臂都不够用，我们头上戴着花环。

〔主人公仍然无动于衷。

阿涅斯　红花、黄花还有蓝花。那里的人住在大房子里，它们像宫殿。他们玩乐，笑呀，跳呀，唱呀。

〔这一切，这段台词的背景是喧哗声和大喊大叫声。

阿涅斯　他们整天相爱，整夜相爱。在夜里有很大很大的星星，仿佛伸手就能够到，就能摸到。在街上的每个角落，在所有的广

① 从此用阿涅斯来称呼女侍。——原注

场上，都有悬在空中的梯子，你可以爬上去，是银制的梯子。人们不用它，因为他们感到在这些地方，在地上生活得很好。那里的土地和我们这里不一样。它很柔和，像一条大地毯。人们欢迎你，照料你，因为那些地方的人喜欢外国人。你穿过一个城市以后可以从另一道门出来，这个大陆很辽阔，有几百个，几千个别的城市，繁荣的城市、欢乐的城市，一个比一个更美，一个比一个更快乐。那个大陆上还有许多湖泊，湖水清澈透明，四周的山也是洁净无比。越是在这个大陆上走，越是深入进去，它就越美，越出人意料，越明亮，越美妙，越是鲜花盛开。大路上有狮子，但是像他们牵的羔羊一样温顺，他们领狮子到草地上去，那里满地是开不败的雏菊。对，这些是真的，因为它在我的脑子里。你必须相信我。可以说这是和平、光明、宁静和音乐。人们很快乐，你知道为什么，因为他们心中充满爱。他们都相互友爱，正因为他们相互友爱，他们才不衰老。这些地方是很难到达的。航路错了才偶然地，凭着好运气到达那里。怎么会发生航路错误呢？船长那么熟悉他们的职业，幸好有些年轻的船长不那么熟悉，很可能迷路。还有一些老船长有点痴呆，有点酗酒，所以记不清了。幸好在这些港口抛锚的船不再走了。或者说，有人回来是出于对他人的怜悯，因为生活在我们这里的人不知道有这条奇妙的路。有人回来是为了告诉他们，向他们解释，有人回来是为了带他们去那里。但这样做的时候，但想带他们去那里的时候，这人却往往找不到那条路了。然后就是为时已晚，因为这人已经没有力气了。在那边人始终是年轻的，但是在返回去时，在海路上衰老了。在那边，必须忘掉一切，不能有遗憾。如果回来会失去力量或者记忆，或者不知道这是不是真实的，是否只是一场梦。

主人公 那边的人的眼睛是什么颜色?

阿涅斯 光的颜色。

阿涅斯 你听见吗?外面一直有枪声。只有侧耳听才听得见。

〔女看门人上。

女看门人 该吃晚饭了。我给你们送来饭菜,还是热腾腾的。

〔女看门人将饭菜放在桌子上后走了。

阿涅斯 时间过得真快。我来这里该有一个月了。你和我在一起快乐吗?

〔主人公不答。

主人公 我再也听不见枪声了。你认为结束了吗?

阿涅斯 这和你有什么关系?不,我们过的生活并非不正常。等你强健起来你就出门。我们一同出去。你会像所有人一样生活,我们将像所有人一样生活,正常的生活。

主人公 正常?

阿涅斯 对,正常的生活。你会明白正常的生活是什么样子。

主人公 正常的生活?

阿涅斯 你烦死我了。你将来瞧吧。

主人公 我想知道外面在发生什么事。

阿涅斯 你别动。再等等。我叫你别动。

〔他不服从,拿起卡宾枪。

主人公 (对阿涅斯)不,不是要开枪。我要插上一面白旗。

阿涅斯 他们会以为你是在威胁他们。还不如拿扫把柄。呵,什么都得向你解释,什么都得为你做。我不知道我为什么和你在一起。我不知道为什么我爱你。也许我并不爱你吧?也许你让我难过?也许你使我吃惊?

〔在这期间,她在扫把柄上缠了一块白布,然后递给主人公。后者接过扫把柄，将床垫拉开一点准备向外挥动。

主人公将扫把柄从洞里伸出去，一声清脆的枪声。他将扫把柄收回来。白布上全是血。

阿涅斯 当心！你瞧，我对你说过了吧。你不听！要忍耐！你就那么想出去，想看看战争？真不明白你为什么。

主人公 布上怎么会有血呢？

阿涅斯 因为子弹先打死了别人然后才打穿这块布。这颗子弹干了好几件事。这是别人的血。（她拿起缠上布的扫把，取下布，将扫把放在墙角的卡宾枪旁边，瞧着那块布）打穿了一个洞！一个大洞，周围是一圈血。这是火的颜色。我要补一补，洗一洗。

〔女看门人端着别的菜上场。

女看门人 不，夫人，这个洞没法补，这血也是洗不掉的。您留着做纪念吧。咦，你们没有吃我拿来的午餐？你们没有胃口。这是因为你们活动太少。我呢，我上楼下楼，去地窖里取食物。我一直在动。你们真是活动太少。

〔女看门人拿起第一个托盘，将她刚送来的食物留下。

女看门人 祝你们好胃口！

〔她下。

阿涅斯 来，你走走吧，这对你有好处！来，来回走！你又躺到长沙发上了。起来！（她拉他的手，强迫他起来）走走！

〔他艰难地行走。

阿涅斯 走快点！

〔他稍稍加快。

阿涅斯 不够快。来，小跑，拉住我的手。

〔他们从房间的这一头跑到那一头。他们停下来，气喘吁吁。

阿涅斯　我们散散步吧。你瞧，我们走在一条小径上，四处都是玫瑰。我们头上有玫瑰，脚下是青草。多么漂亮的草地！那边，你瞧，那座白房子。再走一会儿。空气多么清新！你听见水声了吗？你听见鸟叫了吗？而现在是宁静。现在是星星，是月亮。多么美的夜晚！深深地呼吸田野的空气吧。

〔主人公站住了一刻。他在听。

阿涅斯　不，不再是机关枪的声音，不再是炸弹的声音了。这是远处的雷声。你深呼吸了吗？你现在饿了吗？我们坐下吃饭吧。

〔他们两人都坐下。

主人公　白兰地酒！

阿涅斯　你别喝白兰地酒。

主人公　白兰地酒！

阿涅斯　那对你不好。人们无法照料你。他们打死了医生，不让医生给他们的对手看病。

主人公　我要白兰地！你想小酒店会很快开门吗？

阿涅斯　呵！我给你拿来你的白兰地，如果有我在这里你还嫌不够的话。

〔她拿来一瓶白兰地，给他倒了一杯。他一饮而尽。

他仍然坐着，不说话。

阿涅斯　来吧，给我讲点什么。

〔他不说话。她站起来收拾桌子，走去将盘子放到舞台后部，女看门人上场收了去。

女看门人　晚上好，先生和夫人。

〔女看门人下。

阿涅斯 你没有话对我说?

〔沉默。

阿涅斯 从前你是说话的,虽然话不多。你时不时地说一两个字。

〔主人公一言不发地走去躺在长沙发上,阿涅斯瞧着他。

阿涅斯 你不想吻抱我? 抱抱我吧,亲爱的。

〔主人公站起来,朝阿涅斯走去,在她额上吻了一下,她想拥抱他,他挣脱了,稳稳地坐在安乐椅上。

主人公 我们有很久没收到报纸了。

阿涅斯 明天我叫女看门人送报纸来。现在应该有些新报纸了。新的标题,耸人听闻的大事。世界在转变,它在动,它在改变。现在肯定不再一样了。它不可能像以前那样。

主人公 (沉默片刻)你认为内战是在北郊还是在市中心? 那边应该平息下来了。

阿涅斯 也许吧,我不知道。

〔她试图抱他,然后也坐了下来。他摆脱她,去找酒瓶,抱着它又在安乐椅上坐下。

主人公 从前是多么美。

阿涅斯 从前有什么东西那么美?

主人公 工作,我和让·杜蓬一起工作。不,是雅克·杜蓬。对,对,是雅克·杜蓬。工作很累人。

阿涅斯 累人更好?

〔主人公点点头。

阿涅斯 现在你什么都不干,仍然觉得累。

主人公 是的,但那个时候有星期天。

阿涅斯 星期天你都做什么?

主人公 我待在咖啡馆的露天座上,我喝啤酒,看着一对对的人走过。然后在路灯的光照下，人行道发亮。有一摊摊的水。咖啡馆旁边有一家电影院，我去看电影。

阿涅斯　哪部电影？

主人公　情人相互刺杀的那部电影。我也记不清了，是女引座员把我叫醒的。我回到旅馆里的家。床铺都被弄乱了。还有其他许多稀奇古怪的事。

阿涅斯　这一切是什么时候的事？

主人公　是……我不知道。

阿涅斯　是昨天吗？

主人公　对，是昨天。

阿涅斯　昨天你和我在这里！

主人公　哦对，那就不是昨天了。

阿涅斯　是上个月？

主人公　哦对，是上个月。

阿涅斯　上个月你也和我在这里。上个月你将白旗从窗口伸出去，白旗被打了一个洞还沾上了血。你瞧瞧，它还在墙角呢。

主人公　那就不是上个月了。

阿涅斯　也不是三个月以前。三个月以前我就和你来到这里了。我们在殴斗以后从小饭馆出来。在枪林弹雨下一直来到这里。你的帽子被打了一个洞，这你很清楚。

主人公　那就是另一天，另一个晚上，另一场雨。我走过几条街，然后有一次，我担保有一次我听见钟声，我循着钟声走去，看见一座大教堂和一大群人，一大群人。有一天，另外的一天，有一条白色的、长长的大路。

阿涅斯　到处都有教堂，到处都有人群。到处都有殴斗，到处都有葬礼。到处都有白色的十字架，到处都有爱情。这里就有爱情。爱情就在你身边。说到底,我很爱你吗?我爱你还是很爱你,我也说不清但我有爱情。

主人公 曾经有过吕西安娜。

阿涅斯 吕西安娜?什么人?

主人公 就是吕西安娜。

阿涅斯 你的情人?

主人公 是的。

阿涅斯 吕西安娜就是我。你这种性格不可能有别的情人。你这样忧郁,这样令人烦闷。除了我你不可能有别的情人。谁也不会这么傻。

主人公 她是傻。她是高个子。

阿涅斯 还有呢?

主人公 她的眼睛……是蓝色或绿色,或者是蓝绿交混的颜色。和你的颜色不同。她是另一种女人,金色头发,不,棕色头发,要不就是红棕色头发。

阿涅斯 这个女人从未存在过。

主人公 不,存在过,因为她在我家过夜。

阿涅斯 她欣赏你身上的什么呢?她一定是发傻了。

主人公 她是发傻。

阿涅斯 我也发傻。

主人公 你发傻。

阿涅斯 我,我发傻?你才是傻子呢。你是傻子,你是傻子,你是傻子!

主人公 我,我在等待。

阿涅斯 什么?你等待什么?你伸手就能得到一切。我在这里而你不碰我,而你害怕。你真像在害怕。呵,如果你愿意,呵!如果你有勇气！你在等什么？

主人公 我等待出现一个出口。也许这次骚动最后会打碎一切。再没有墙了。也许，也许吧。

阿涅斯 可是此刻你却将自己关起来，还把我与你一起关起来。我们被封闭了，你还用床垫堵住窗口，木窗上再加木窗，已经有墙了你还加上几堵墙。你明白你在说什么吗？呵！你让我难过。我不知道自己发了什么疯要留在你这里。来吧，天晚了，还是来吧，我的小亲亲，来睡觉吧。

主人公 好，睡觉吧。（阿涅斯走向电灯开关要关灯）不，别关灯！

阿涅斯 我再也受不了这亮光了，自我几个月以前来到你这里，这灯一直亮着。我从来不知道是白天还是黑夜，有太阳还是有星星。呵！天堂是有的，我向你发誓天堂是有的。

〔她拿了一床毯子，然后在长沙发上挨着他躺下。

阿涅斯 还是让我吻抱你吧。

〔主人公不作声。她吻抱他。他不予回应。她再次亲吻他。他仍然没有反应。

阿涅斯 （叹口气）那位吕西安娜人怎么样？

〔她睡着了。沉默和凝止持续了片刻。外面传来十分轻微的枪声，其中开始夹杂着别的声音：风镐声，但声音不大，歌声，等等。

主人公轻轻站起来，在房里走来走去。他瞧着四周的墙和家具，仿佛是第一次看见它们，他轻轻地拨开堵在窗口的毯子，又赶紧合上。他在房里又转了一圈，然后走近睡着的阿涅斯，看见她，掀开她的毯子，仔细地看她半裸的身体，看她的大腿、小腿，轻轻地碰碰她免得惊醒她，他突然由惊奇变为惊恐。

主人公　多么大的伤疤，你身上有多么深的伤疤。可怜的女人。

〔他惶恐起来，在舞台上来回走得更快。他脸上流露出惊奇、恐惧、惊慌失措。他拿起白兰地酒瓶对嘴喝。

主人公　让我们把自己关起来吧，让我们用紧紧的绳索套住一切吧，让我们堵上这些洞，洞，洞吧。

〔他又喝了一口，然后又是一口。他在舞台中央倒下，还撞翻了一把椅子。他睡着了。在相当长的时间里，主人公和阿涅斯一直在睡，什么也没有发生。

第十五场

〔女看门人上。与此同时，阿涅斯和主人公自己醒过来，起身。

女看门人 这是你们的早餐。

阿涅斯 你的吕西安娜存在过吗？你为什么这样盯着我？为什么这样看我？我让你害怕？对，我让你害怕。你那双眼睛像吓坏的猴子，我再也受不了了。

女看门人 你们知道，现在是早上。外面天气很好。战争远去了，此刻已经很远，很远了。大屠杀的地点和种族灭绝已经很远，很远，与我们无关了。现在只是别人，别人遭遇的事了。

女看门人 时不时地有旅客乘飞机来，向我们讲述在那边发生的事。或者报纸上有一条注，或者在广播或电视上有几句话。印刷厂在运转，印出了一些通俗画，你可以在画面上看到发生过的一切（她展开几张画）。你们看，这是死在街垒上的加伏罗什[①]，这是英雄儿童巴拉[②]，这是大区的侦察兵在枪弹下牺牲，这是阿萨斯骑士[③]。这些在现在不过是历史。说良心话，我原先是反对的。现在我觉得那时很美。它们是历史，是传奇。等你

① Gavroche，雨果小说《悲惨世界》中的小英雄。

② Bara，法国大革命时期宁死不屈的小英雄。

③ Chevalier d'Assas，法国军官，在 1760 年左右的内战中，英勇拯救了自己的兵团。

们有了孩子,他们会在书上读到这一切的。那么说你们会结婚,将会有孩子?什么时候结婚?你们在一起已经有两年了。我去取下床垫?白日的光线。

主人公 别取。

阿涅斯 我可再也受不了。谁都会理解我的。

女看门人 牵小狗的夫人在殴斗中被杀了,她的狗也一样。那个青年杀了她的丈夫。他们属于同一个政治团体,但是有分歧。拄拐杖的那位俄国人,他也死了。那位伤者的母亲,你们知道,她还在世。她儿子死在医院里,很久以前的事了。那位老夫人,原先的房主,你们知道,就是在你们以前住这套房子的,她给我写过信,后来邮件不通,她就不再写信了,就是这样。后来我丈夫也死了。我们必须高兴地、愉快地面对这一切!这就是生活!

〔女看门人下。

主人公 革命结束了,银行比从前更兴隆。我有足够的钱够我们两人用一辈子。

阿涅斯 我更愿意工作。我要离开你。

主人公 啊!

阿涅斯 但我会想念你。我给了你近三年的青春。你会想我吗?你会难过吗?

〔主人公点点头。

阿涅斯 让你难过,我也觉得难过。

主人公 我梦见世界在溜掉,我得跑步才赶得上它。

〔他去坐在安乐椅上。她整理行装。她走出去,拿了一个箱子进来。她收拾箱子,然后关上。

阿涅斯 外面有歌声,有阳光。(她又出去,进出两三次来收拾箱子)你能帮我把这几只箱子关上吗?(在两个动作之间)你好像怀疑所有人。你不敢行动,你怕被逮住,不用闭上眼睛,那没有用。它只会使你更眩晕。瞧你,不是乱动就是稳坐在安乐椅里。

主人公 因为这是摇椅。

〔阿涅斯又出去,拿回衣物和另一只箱子。

阿涅斯 我这次下决心是很难的,你知道。我会留下来陪你,但你是太……太那个了。再说,我想工作,我想出门,我想结婚,我想要孩子。你帮我弄弄箱子吧,别那么暴躁!

〔她急切地收拾箱子,他帮助她,递过一件内衣,一小片纸、一条手绢,样子十分可笑。

女看门人从舞台后部上。她有点衰老,在下面的戏里,她每次出现都明显地越来越老。

女看门人 我叫了出租车。车来了。

阿涅斯 (对女看门人)我原认为和我在一起他的病会好的。

女看门人 (对主人公)您现在可是够呛了。

阿涅斯 (对主人公)跟你说,你总得帮我提提箱子吧。

女看门人 您有三只箱子,我来提一只。

〔她提起最大的箱子下。

主人公提起第二只箱子也走了出去。

阿涅斯 (独自站在舞台中央,环顾四周,箱子在她脚下)毕竟有四年了。原先很有意思,一个有趣的男人。我会记住的。

〔主人公上。

他准备提起那最后一只箱子。

阿涅斯 不麻烦你了,算了。我一个人能提下楼。你还是亲我一下吧。来,亲我一下。

〔他在她额上轻轻吻了一下。

阿涅斯 你不会忘记我的吧,嗯?我是说你不会立刻忘记我吧?我把我的照片留给你。你不太伤心。这就是生活。我会给你写信的。我会寄给你明信片的,漂亮的画片。

〔她提起箱子走了出去。主人公站在舞台中央不动,神情茫然,晃着双臂,耸耸肩。然后他的面部表情又有点阴沉,有点冷漠。他走去坐在安乐椅上。

女看门人进来。

女看门人 她叫我给您拿来这些报纸和两瓶白兰地。她说她会想你。她已经寄出一张明信片,对了,这是她亲口说的:告诉他我会时常想他的。她在一个很远的地方,在南方。她和她的未婚夫在一起。(她将白兰地酒放在主人公的安乐椅旁边。她把报纸递给他)自从没有了战争,报纸又变得有意思了。您想想上面讲的事:一个男人趁他妻子和儿子睡觉的时候,用斧头将他们砍死。一个女人开枪打死了自己的丈夫和女儿。一个法国男人娶了一个日本女人,日本女人抛弃了他而与一个德国男人相好,于是这个法国人就剖腹自杀了。地球将毁灭,因为将没有氧气了。一些宇航员上到了月球。他们发回了信息,他们在那里很无聊。一种欲望哲学提倡多办狂欢节。梵蒂冈提倡人与人之间要讲仁爱。现在,内战被禁止了。于是人们玩内战游戏而且相互残杀。动物保护协会要求人们不再杀害小海豹。(她将报纸放在主人公的两臂之间)这里有好看的。能给您解闷。这儿。现在每滴血都很重要,不再需要血流成河了。

〔她走了。

在这整场戏里,布景逐渐消失。如有可能,家具也逐渐消失,除了那把安乐椅。直到最后,主人公一直坐在空空的舞台上的安乐椅里。物体可以通过不同的方式消失:女看门人可以一会儿拿走一把椅子,有时又拿走另一把椅子,可能的话可以把餐具橱拖到后台。物体可以用吊布景架吊起来或者简单地借用灯光变化使它们隐没或改变。舞台后部的墙可以裂开,用一个蓝光的背景来替代。某些家具,如餐具橱,可以拆散或变成扁平状。尤其重要的是别让观众太容易和太快地意识到这种变化,意识到逐渐形成空旷。为了表示时间的流逝,女看门人每次出现都更衰老,此外还有白日、黄昏与黑夜的变化,有清晨的光线,然而日夜的转化十分迅速,只需一分钟或几秒钟。最后出现了新的女看门人,也就是原先的女看门人的女儿,但与幕启时那位年轻的女看门人的面貌相同。

外面传来歌声,整齐的脚步声,修建的声音。在变化的背景前,主人公仍然坐在安乐椅上看报、喝白兰地,不理会背景的变化和光线的转移,根本不注意这些变化和光线。

主人公 是不是……

女看门人 这是您的饭,先生。

〔她将托盘放在主人公旁边,取走前一次送来的托盘。她每次进出都这样做。

女看门人 对,对,她原先在这里!她忘记了您脚上还有她的拖鞋。这是一个痕迹。她把阳伞忘在衣帽架上了。

〔女看门人下。主人公看报。外面有声音,布景在变化。女看门人又上。

女看门人 您看上去很累。年龄到了。您退休得太早,先生。我也一样,上楼很吃力。电梯坏了。我有风湿病。他们想另修一个电梯。外面有歌声,有整齐的脚步声。他们现在养成了古怪的习惯,不能让他们闲着。早上是体操时间。他们同时,在同一钟点，同一秒钟在街中心站住，做体操。这是新政府决定的。这里是新报纸，我把旧的拿走。

〔她下。

她又上。

女看门人 这是您的午饭。您愿意捐钱修建新电梯吗？

〔主人公点点头。他马虎地，很快地吃饭。女看门人下。她又上场，更为衰老。

女看门人 这是您的晚饭。多么美丽的黄昏！我们拿不到修建新电梯的许可证。他们想在这座楼的位置上盖一幢新楼。周围都是墙，砌起了墙。他们想改变一切，拆毁一切，重建一切。必须先重建然后再重新拆毁。没完没了！没完没了，因为一切都从头来。这就是生活。睡个好觉吧，先生。

〔女看门人下。再次有灯光。托盘上更空了一点。

女看门人上。

女看门人 这是您的早餐。这儿是报纸。您仍然不愿意我们给您装一台收音机或电视机？

〔她拿着另一个托盘下。

下场时：

女看门人 呵我的腿！每天爬上爬下。

女看门人 （拄着拐杖进来，另一只手上托着托盘）我想过不了多久我就不能再来了。这是您的早餐。这里是报纸。

〔她下。

小饭馆的女侍上，现在是位老妇。

女　侍 （声音沙哑）你好，亲爱的！我经过城里，找到你这条街。人家对我说你还在这里。您认不出我了？你认不出我了？我们在一起待了四年。我可是没有忘记你，我时常想到你。我给你写过信。你收到了吗？我离开你是因为你害怕我。你还记得吗？那是像今天一样的早晨。我很快乐。现在我是寡妇了。但我有快乐的回忆。你知道我是谁？

〔主人公沉默不语。

女　侍　你知道我是谁？我生了六个孩子，现在只有五个了。他们都结了婚，也有了孩子，十五个孩子。总共十五个。我有十五个孙子。我叫什么名字，你说说。

主人公　吕西安娜。

阿涅斯　不对，不对。

主人公　雅克琳。

阿涅斯　我变了那么多吗？哦对，我变了许多。

主人公　伊沃？

阿涅斯　不对。我是阿涅斯。你脸上挨了一拳，满脸是血。我给你洗脸，然后来到你家。我们穿过铁帘。你挥动白手帕。它被子弹打了一个洞，周边是火的颜色。

主人公　哦对，那一拳，那一拳。那个时候多好！还有那些箱子！

阿涅斯　（笑了）那时你真是笨手笨脚的。你关不上箱盖。后来我乘了火车。有太阳，我心里难受，很难受。但我也快乐，这是真话，我该对你讲真话。我一直很乐观。钟声。已经是正午了。毕竟我和你这次过得很愉快。我要走了，像从前一样，我的孙儿孙女们在等我。他们坐在楼下的汽车里。你扶我站起来。我从椅子上站不起来了，帮帮我。

〔主人公不动。阿涅斯终于站起来了。

阿涅斯　我亲你一下。

〔她没有亲他。她蹒跚地走了。女看门人上，但这次她年轻，与本剧开幕时一样。

年轻的女看门人 这是您的午饭。

主人公 您是谁?

年轻的女看门人 妈妈上不了楼,她瘫痪了,我来替她。

〔她下场。主人公木然不动地待了一刻。黑夜来临。年轻的女看门人上。

年轻的女看门人 这是您的晚餐。那位夫人……

主人公 哪位夫人?

年轻的女看门人 就是上星期,上个月来看您的那位,您从前的情人,她去世了。

主人公 关灯。

〔舞台陷入黑暗。接着,再次出现早晨明亮的光线。

年轻的女看门人 (穿着丧服进来)这是您的早餐,还有报纸。妈妈死了。我不会长久地服侍您。这里始终没有电梯,再说,我对这个职业不感兴趣。

〔她拿起原先的托盘下。她比头一个女看门人严厉。在很短的片刻以后,她又回来。

年轻的女看门人 这是您的罐头食品。人们要拆掉这幢房子了。四周都被拆掉了。将建一个大广场,一个带街心公园的大广场。

〔她下场,片刻之后又回来。

年轻的女看门人 这是您的晚餐。

主人公 谢谢。关灯。

〔舞台陷入黑暗,女看门人一直喃喃抱怨着来来去去,动作一再重复,越来越快。她端来托盘,她取走托盘。她说:“这是您的早餐和报纸,这是您的午餐,这是您的晚餐。”每次晚餐后主人公都说:“关灯。”为了不使观众误以为黑暗意味着本剧结束，也许舞台不应完全漆黑，也许应该让观众看到有形体在动，甚至是有人在挪动或搬走的家具的形状。此外应该有一种半明半暗的光，它来自越来越快地消失的墙，也来自外面的电灯光。

在半明半暗中，应该从外面传来声音：歌声、笑声、喃喃话语声，间或还有闪光，可能来自盖楼或拆楼所用的电焊机或其他机器。

在女看门人来来去去之间，有好几个人物在演短暂的小戏。在半明半暗中，也就是在夜里，出现了一些死去的人物，但不像幽灵。

主人公的母亲 我早就跟你说过，孩子，早就跟你说过，要工作！你很小的时候我就跟你说过。我多愿意你过另一种生活呀。呵！如果你听我的话好好念书，你可能成为法兰西元帅，穿着神气的军服，佩着勋章，许多勋章。我很为你痛心，我那么爱你。我可怜的孩子！我可怜的孩子！

〔她消失了。

另一个人物 （吕西安娜）我的爱人，我死去很久了，但没有忘记你。我真遗憾不该离开你去和彼埃尔·朗布尔相好。我不爱他，我爱的是你。我为你感到痛苦。我那么爱你，我那么爱你。

〔她消失了。

另一个人物 我当过你的小学老师。你那时只是一个捣蛋鬼。你是个坏学生。但我多想为你做点什么事，为你感到骄傲。你使我很难过，因为我很爱你，很爱你。

〔她消失了。

另一个人物 （在亮处）我是阿涅斯的女儿。我像母亲一样也叫阿涅斯。两年以前她去世了，死前曾来看过您。在她去世前我答应她来看您。我母亲很爱您,她热爱您。

〔她下。在所有这些时间里,主人公当然一动不动,毫无表情。

另一个人物 我是雅克·杜蓬的儿子。您认出我了吧,我长得像他?您知道,我父亲很爱您。您离开以后他很惆怅。他一直盼望您去看他。您答应过他在下班以后一同去喝开胃酒。他很爱您。

另一个人物 我父亲是四十年前和牵小狗的女士一同离开的那个年轻人。我父亲很爱您。那位女士也很爱您。您从来没有去她家喝茶。她感到遗憾,因为她很爱您。这点您是不会知道的。

〔他下。

另一个人物 我是那个反叛者的儿子,他曾给过您一拳。我父亲叫我来向您表达他的歉意。他很爱您,您知道,他十分爱您。

〔他下。

在这期间,主人公一直没有反应,只是一杯接一杯地喝白兰地。

另两个人物(男人) 我们很爱您。

〔他们下。

另一个人物(女人) 呵!先生,我爱您,但从来不敢对您说。我们本来可以很快乐。我从来不敢对您说我远远地多么爱您。

〔她下。

所有的人物 (他们刚才说过话,此刻同时再出现在房间里不同的角落,伸出双臂)我们爱您!

主人公 混蛋!滚开!

〔他站起来,将一个罐头盒和一个酒瓶朝他们头上扔去,他们消失了。

主人公 滚开！光！光！

〔舞台上出现了晨光。外面没有传来任何声音。墙壁消失了，现在只有强烈的光线。舞台上只剩下那张安乐椅。

主人公 看门人！我的早餐！看门人！看门人！我的早餐！

〔他在台上到处跑。

主人公 我的早餐！我要我的早餐！

〔他跑向舞台后部的右边、左边，然后跑向舞台后部的中间，不停地呼喊。

主人公 我要我的早餐！

〔当然没人回答。

主人公十分惊奇地看看四周。

主人公 出了什么事？一个人都没有！喂！喂！

〔他跑过去，拿起一个白兰地酒瓶，扔出酒瓶。

主人公 我要饿死了！我要渴死了！

〔他仍然看着四周，台上是空的，只有从四方照来的灯光。

主人公 这是什么意思！不必喊了，没有人。我不明白，现在也不明白。谁也不会明白。不过我不惊讶。我不惊讶，这可是奇怪的事。十分奇怪。

〔在舞台后部的灯光下，在空空的布景里出现了一棵大树。从吊布景架上落下了树叶，树上落下了花朵。主人公弯腰拾起，观看，站起身来，扔掉花朵和树叶，朝上方看，朝舞台后部看，朝右看，朝左看。他去坐在安乐椅上，沉默片刻，然后轻轻地笑起来，笑声越来越大。他站起来，从舞台这一头走到那一头，一面捧着肚子笑，笑得直不起腰，捧腹大笑。他再一次朝上看，一直在笑，做了个手势，用一根指头指指上方。

主人公　呵！坏蛋！坏蛋！

〔他继续捧腹大笑。

主人公　呵！居然这样！居然这样！我早该觉察到了。什么恶作剧！真叫人目瞪口呆！什么玩笑！天大的玩笑！天大的玩笑！而我还为它发愁哩。

〔面朝舞台后部。

主人公　天大的玩笑！

〔面朝右侧。

主人公　呵哈哈，天大的玩笑！

〔面朝左侧，边喊边笑。

主人公　天大的玩笑，天大的玩笑！

〔面向观众，始终在大笑。

主人公　天大的玩笑，孩子们！天大的玩笑，先生们女士们！能想象出这样的玩笑吗？这样的玩笑！乱七八糟！呵哈哈，多么乱七八糟的世界！

带手提箱的男人

桂裕芳　译

人物表

第一个男人	雅克・莫克莱
画家	安德烈・托伦
拿桨者	马塞尔・尚佩尔
女人	妮塔・克莱因
青年	菲利浦・诺埃尔
老妇	齐莉娅・切尔顿
斯芬克司 **女护士**	莫尼克・莫克莱
医生	安德烈・托伦(?)
领事	安德烈・托伦
年轻的日本女子	卡特琳娜・弗罗

该剧于一九七五年十二月在作坊剧场上演,导演是雅克・莫克莱,雅克・诺埃尔任布景。由于人物众多,导演不得不让同一位男演员或女演员扮演好几个角色。因此我们不掌握这些角色的完整名单。然而,多亏了雅克・莫克莱的帮助,我们重列了一份不完整的名单,以出场先后为序。

第一场

布　景

地点不详，天气阴沉，有流水的声音。在舞台上，在观众的右手，有一个戴着帽子，穿着灰色长大衣的男人。

〔第一个男人看了一会儿发出潺潺声的水。他手上提着两只箱子，目光注视远方，注视河的另一边。

灯光照出了一位画家；小胡子、贝雷帽、蓝色罩衣、烟斗。他坐在椅子上，面对着画架上的画布。

舞台应尽可能地半明半暗。此刻我们才看见第一个人物的两只手提箱。

画家平静地作画，抽了一口烟斗。

过了一会儿，从河对岸传来很大的嘈杂声，有话语声、军号声、喝彩声。

第一个男人(以下简称第一人)　河对岸有人。

〔声音几乎停止。

画　家　您租条小船，过河去。

〔沉默。

画　家　您面前的这条大河是塞纳河。

〔喧哗声再度爆发然后停止。

第一人　大概在屠杀群众吧?

画　家　您弄错了。现在是一九三八年,想想,现在仍然在革命。一七八九年的旋风仍然没有停止。

〔小号或军号声,话语声。然后嘈杂声完全停止。

画　家　就是因为这个,河对岸才有那么多人。法兰西,它还存在,那些好人相信这一点。您可以去和他们在一起。现在是一九三八年。法国人多么激烈,多么聪明。幸亏现在是一九三八年,一九四四年还没有到来。

第一人　瞧瞧他们,一九四〇年到一九四二年的法国人多么渺小,失败得多惨!一九四二年的那些法国人。

画　家　愚蠢的不是人民,是精英分子。可鄙的蠢货。不是这些人。

〔他用手指着对岸。

画　家　您别累着了,放下手提箱吧。

〔画家准备走,从对岸传来强弱不同的光,像是火光。

第一人　他们有火旗和血旗。

〔只剩下强光。噪声停止了。

画　家　您知道,您的确是在塞纳河边。您的确是在这里。因此放下箱子吧。别害怕。在这里等火车或地铁去旅馆可是再方便不过了。

〔第一人放下手提箱,然后用手绢擦拭额头上的汗。

第一人　您认为火车会来吗……或者地铁?

画　家　现在是一九三八年,巴黎还活着,或者是一九四二年或一九五〇年。

第一人 一九五〇年，巴黎已经死了。您明白吗？多么寂静。这不是寂静，这是天鹅之歌[①]。在肮脏的塞纳河上的天鹅之歌。

〔他又拿起手提箱。

第一人 我仍然不知道现在是一九三八年还是一九五〇年。

画　家 一九三八年。现在还是有组织的。莫非我弄错了，现在是一九五〇年？不过既然您什么也干不了，那还是把行李放在岸上，等待吧。应该有人来拿走这些的。

〔画家站起来。

第一人 （将手提箱放在脚下）应该有人来拿走这些的。

〔在观众的左前方出现了一艘船的船头。一个拿桨的人从船上下来。如果缺乏足够的技术手段，手执划桨的人出现就可以了，船不必出现。

但人们将听见汩汩的水声。

拿桨者 （对第一人）我来送您和行李去旅馆。

第一人 您是划船来的？这是在威尼斯？

拿桨者 （走过来拿第一人的手提箱）不是。

第一人 别管行李。我自己可以拿手提箱。

拿桨者 那哪行？让我来吧。我送您去旅馆。在巴黎这里，自从一九一〇年发大水以来，为了谨慎起见，我们出行都坐船。有一半的街道都变成了运河。

第一人 这么说巴黎城里居然有威尼斯。

拿桨者 威尼斯城里也有巴黎。这是两座姊妹城。

〔他将桨放在地上，手上提着两只箱子。

拿桨者 请让我把桨夹在腋下。

第一人 不。我自己拿着。

---

① 即天才的最后杰作。

〔与同伴一起朝出口走去。

第一人　真奇怪。首都仿佛要成为岛屿或峡湾了。您不觉得这叫人不安吗？

拿桨者的声音　（已下场）把桨给我。您上船。把手伸过来。

〔第一人也下场。

空台。河水以及远去的小船的声音。右方传来嘈杂声与光线。舞台似乎在燃烧。

第二场

布　景

一幢房子。空台。舞台后部有一幢白房子，窗口亮着灯。

〔第一人、一个女人、一位青年上场。女人和青年在第一人的两侧。

第一人　（对女人）你认出这幢房子了吗？

女　人　我们很久没有来了。

第一人　我来过好几次，在想象中。不然就太远了！有飞机。再说这里没有火车，这些弯弯曲曲的小道上没有地方铺铁轨……还有这个狭窄的山谷，多么阴暗。幸好有骡子。

女　人　这孩子发冷，在哆嗦。这里的风很潮湿。

第一人　（对青年）你又忘了大衣，肯定是留在骡背上了，去拿来吧。

青　年　我是故意留在那里的。我不冷。

第一人　你真固执，你在哆嗦。

女　人　（对青年）你要我去取吗？我只要一分钟。

青　年　骡子离这里至少五公里，也许更远。

第一人　此刻我们不知道骡子在哪里。我们最后停下的地方已经离这里远了,距离已经很远、很远了。

女　人　我们把骡子留在了山丘下。

第一人　哪个山丘?

女　人　这个山丘。

第一人　比这远得多。你从来就没有距离感,也没有方向感。我们爬过了六个山丘,现在是在第七个山丘上,离山顶还有一半的路程。我们应该已经看得见那幢白色小屋了。

〔更清晰地出现了白房子,窗口被屋内的火光照亮。

女　人　它在那儿。

青　年　真的,它在那儿。

第一人　(对青年)我出生在这幢房子里,在这里度过了童年。我很小的时候你祖父就离开了这里,后来我也走了,但我的母亲,你的祖母当时还住在这房子里。重见这幢房子,我真是又高兴又伤心。我害怕,也怀着疯狂的希望。我忘记我母亲是否死了,忘记她临终时我是否在场,或者仅仅似乎如此。也许我是想象过她的死亡。我重又看见了她,瘦小的身材,满脸皱纹,尽管年岁大了,黑发还没有变白。(对女人)她给我写过信吗?我忘了。

女　人　写过,我们收到过两三封信,那是老早的事了。

第一人　(对女人)你来过这里看我母亲吗?

女　人　好几次哩,你忘了。

第一人　我现在记不清了。

女　人　你的记性越来越糟。你怎能忘记呢?你该保重身体。这幢房子那时是两层楼。

第一人　不错。我记起来了。底层深陷在土里,她的卧室和客厅是在底层。

女　人　我母亲、你和我，我们是带着花来的，为的是告诉你母亲我们要结婚了。

第一人　她来参加我们儿子的洗礼了吗？我想来了吧。

女　人　不，她没有来。

第一人　我们当时在旅行还是她已经死了？

女　人　你不记得了。我们收到她几封信。她想再见见我们。她还问我们要孩子的照片。我们寄去了，但这封信丢失了。由于战争，邮政乱糟糟的。

第一人　对了，是这样。我们大概在她死后才收到几封信。

女　人　那是给你的回信。否则她怎么会知道我们有了儿子？

〔她指着青年。

女　人　让可以证明。

青　年　是的，她没有来参加我的洗礼。

〔从白房子里出来一位老妇，手里拿着一束花。女人走近老妇，另外两个人留在后面，站在舞台的前部。老妇神情稍显悲伤，接着她的表情又喜又悲。她微笑。

老　妇　（对女人）我把他交给你。现在由你来照顾他了。你将爱他。这件事有时并不容易。我知道你会做该做的事。

〔老妇将花束递给女人。

女　人　谢谢，夫人……谢谢，母亲。

老　妇　（微笑地）这不会很容易。他有时很挑剔！

〔老妇从观众左边下场。

女　人　您现在就离开我们？

老　妇　我得快些。马上就天黑了。

〔她下。

女　人　她说什么了？

〔她将花一朵一朵地撒在舞台上，仿佛撒在墓地上。

在舞台上，光线暗了下去。白房子的窗户在燃烧，房子的轮廓在昏暗中显得更清晰。

青　年　我认出了她，根据你们给我看过的照片。

第一人　房子后面有一条通往山顶的小路。

女　人　别往前走了。你会烧着的。等等！

〔他们三人都一动不动地待着，瞧着那座房子燃烧，烧光。房子几乎烧光了，左右两侧只剩下两小堆炭火。火光被越来越亮的月光取代了。

第一人　我们怎样处置这些灰呢？

青　年　装到瓮里！

女　人　现在来吧。

〔月光现在照着上坡的小路。

第三场

一个相当年轻的男人

一个坐轮椅的老妇

〔这场戏开始时，舞台上是黑的，只听见模糊的声音，低语声，短句：

“你来吗?”

“我们在哪儿?”

“不知道。”

“您来过吗?”

“注意，别撞到家具。”

“按按电灯开关。”

“我讨厌这种黑暗。”

〔还有一些模糊的声音。黑暗不那么浓重了。在半明半暗中隐约看见一些人形。

“这条路的土地真硬。”

“花园里没有花，没有一根草。”

〔然后我们看见一个年轻人推着老妇坐着的轮椅。

青　年　我们到了。

老　妇　你这样推轮椅不是太累吧，亲爱的？当然，有轮子，但我还是不轻的。人一老就变重了。

青　年　你在这里会很好的，母亲。

老　妇　我好像认出了这幢屋子。

青　年　这是最大的一间房。

老　妇　我想我们没有来过，但觉得熟悉，不生疏。这里光线不足。

青　年　你的椅背好黑。我会更换的。我会叫人来做。

老　妇　别担心，亲爱的。我用背遮住它。再说，我习惯了黑色。我的头发是黑色的，它们不肯变白。我应该戴一个白色的发套。我的裙衣是黑的，我的手套是黑的，我的袋子是黑的。我习惯了黑色，不再害怕了。你一直围着我转。你动得太多了，待在我身边，让我看看你。会很好的，我肯定会喜欢这座房子，至少我会很安宁。我需要安静。但愿天气暖和，你也在这里。来吧，亲爱的，让我看看你。你还想跑到哪里去？把手递给我。

青　年　（递过手去但突然抽回来）我甚至不知道您是不是我母亲。

老　妇　你怎么能说这种蠢话？你的眼睛和我的一样，黑眼睛。

青　年　我不敢肯定。

老　妇　我敢肯定。我比你清楚。

青　年　您也许欺骗过我父亲。

老　妇　你居然敢说出这种话。我一辈子养育你，作了无数的牺牲。

青　年　（转过身去）我走了，我该走了。

〔老妇的表情变了。她既焦虑又愤怒。

青　年　您的脸为什么变得冷酷？

老　妇　骗子！坏蛋！我喂养了一条蛇。早知如此！……罪犯！

〔她打开黑袋子，一些白色药片从里面掉了出来。她抓起一把想放进嘴里。

青　年　（急速转身，掰开她的手抢过药片，也抢过那个袋子，扔在地上，一大堆药片从里面撒了出来）我不会让您服毒的。

老　妇　把袋子捡起来，还给我。

青　年　我不会让您这样做的。

老　妇　我自己来拾药片，总还剩下几片吧。

〔青年在整个舞台上一个一个地拾药片，在轮椅四周，在老妇脚前，在轮椅下面，轮椅后面，将药片放进他手里拿着的袋子里，这时老妇一直在痛骂他。

老　妇　混蛋！我为你和你父亲牺牲了一辈子！现在你却不认我！你早就准备这一手了。我万万想不到。你们两人杀了我。你父亲把匕首刺进我的心，你呢，你来这最后的一下。

青　年　（仍然在一片一片地拾药片）还有一片。不，您不能服毒。我必须找到所有的药片。每一片都是剧毒。

老　妇　凶手！混蛋！你杀了我，现在你又不让我服毒。

〔两人下。

第四场

〔从观众的右前方，有人推着一辆轮椅上场，上面是一个年岁很大的女人。推轮椅的人消失了。老妇朝四周瞧了一会儿，然后看着左边，从那里进来了一个年轻女人。

老　妇　(对年轻女人)母亲！亲爱的妈妈。

年轻女人　是你呀，亲爱的女儿，我的宝贝。

老　妇　妈妈，我真高兴看见你。原先我已经不抱希望了。我时刻想到你。有时我忘了，就一会儿，然后我记起来你不在了，我心里难过，心痛。

年轻女人　真的是你，我亲爱的小姑娘。你的眼睛没有变，还是那么漂亮，就像你从前玩娃娃时一样。

老　妇　你瞧，妈妈，我有皱纹，我有白发，我再不能走路了，得了风湿病。

年轻女人　孩子，在我眼里，你将始终是我的孩子。

老　妇　你那时为什么走呢？走了那么久。

年轻女人　我并不想走。这不怪我。

〔年轻女人走近老妇，吻抱她。

年轻女人　我的孩子，你一定有过烦恼吧。

老　妇　我等着你，早上我不愿意起床，不愿意自己穿衣服，也不愿意别人帮我穿衣。我不愿意别人送我上学。我是被迫去上学的,后来我长大了,后来我结婚了,后来我有了两个儿子,几个孙子。他们在战争中死去了。我的丈夫,你的女婿也死了。你还没有见过他哩。我现在举目无亲。我一直在呼喊你。你终于来了。

年轻女人　你终于来了!

老　妇　人们对我说你一去不返。

年轻女人　你瞧我并不是一去不返吧。

老　妇　你不再离开我了,对吧?你发誓不再离开我。

年轻女人　我答应。

老　妇　(将年轻女人搂在怀中)从前我和你在一起是多么快乐。你走以后,我心中空荡荡的,从来也没有填满过!你不知道我遭遇过多少事!

年轻女人　别再想这些了,我亲爱的女儿。现在我和你在一起。以后你再给我讲那些事吧。我们有的是时间,全部时间。

老　妇　从前我一听话,你就给我买糖吃。

年轻女人　我会去买糖的。

老　妇　巧克力糖。

年轻女人　巧克力糖。

老　妇　去附近那位夫人的店里,她的糖盒很漂亮。

年轻女人　她总是有漂亮的糖盒。

老　妇　你还要给我买一条裙子。我会听话的。

年轻女人　最漂亮的裙子。

老　妇　你要领我去学校。我要让小伙伴们见见你。她们说你永远不回来了。

年轻女人　人总得走。不过这一次我带着你。我们永远不再分离。

〔年轻女人推着轮椅从观众的右前方下。

老　妇　永远,永远。

年轻女人　永远。

老　妇　呵,亲爱的妈妈。我多么高兴。亲吻我吧,妈妈。

〔两人下。

第五场

布　景

舞台昏暗，本场结尾时开始明亮起来。

第一人　我似乎……我似乎……对，我认出了这个老郊区。

〔一个老迈的女人和老迈的男人上场。

第一人　我见过你们吗？很久以前了。你们是谁？你们是……

老　妇　放下行李吧。你旅行得不累吗？你在游荡。

老　头　我们是你的外祖父母。

老　妇　我是你的外婆，他是你的外公。

第一人　（环顾四周）不，我不认识这个地方。我从来没来过。

老　妇　这可是我们的发祥地。

第一人　我不知道怎么来到了这里。

老　妇　他可是你的外公。他仍然抽他的老烟斗。

〔来了另一个男人，灰白头发，蓄着胡子。

老　妇　这是我的儿子，你的一个舅舅。他还活着，你瞧。我生过许多孩子，七个儿子，五个女儿，你母亲就是我的一个女儿。你还记得那间天花板很低的睡房吗，在底楼？

老　舅　我现在住在大都会里。我是地球上最富裕的人之一。国王授与我贵族头衔。我是亲王和船主。但我不忘本。我时不时回来。你为什么这样看着我？你以为我是流浪汉？我衣衫褴褛，胡子头发乱糟糟的。在这里我必须这样，我不愿意引人注意。我不愿意和任何人过不去。你母亲怎么样？

第一人 我没有她的消息，不知道她在哪里。

老 舅 我从最底层爬到最高层。在全家人里，在所有兄弟姊妹中，只有我成功了。你将来要学这一点。我用假名发了大财。我会都讲给你听的。

〔老人从观众的右前方下。

第一人 外公为什么走开？

老 妇 他躲到一边去死。

第一人 我原以为他已经死了。对了，我记起来了，他死在底楼那间低矮的房间里，死在他那张破床上。他临终时我在场。他头上戴着一顶旧帽子，黑色的圆帽。那您呢，外婆，您是死人还是活人？

老 妇 我，死人？

〔她挺直身体，旧衣服从她身上落下，发套也落了下来，舞台突然亮了起来。她穿着白色的裙子。

在观众的左前方，我们看见刚才在第二场里的那幢房屋在燃烧。老舅朝那里走去。

第一人 别进那座房子，舅舅，你会烧死的！

〔老舅消失在燃烧的房子里。

老 舅 太晚了！

〔他走进燃烧的房子。消防员的声音。

老 妇 （变年轻了）我和所有的孩子在一起。我把他们都找到了。你看见他们，你听见他们了吗？他们在那儿。

〔她像雕像一样一动不动，十分明显，一只手臂举起，另一只手臂平伸，另一个男人上场，他是职员。

职　员　我是镇公所户籍处的负责人。

第一人　我知道，现在我知道了。我知道我为什么来。是命运指引了我的脚步。但是我很高兴来到这里。我来是为了知道我外婆的母亲的姓名。我想知道我外婆结婚前姓什么。这就是我这次旅行的目的。我们从来不知道她婚前的姓。她总是掩饰。

职　员　她曾属于一个会惹来麻烦的社会阶级？

第一人　这正是我想知道的。

职　员　她属于一个受迫害的人种？一个被定罪的种族？如果是这样，最好别去追究。迫害可能在后代身上产生影响，产生不良后果。

第一人　我想知道我的身世，无论如何都想知道。

职　员　那么，我倒的确能助一臂之力。您只能在这个小镇的镇公所里看到您外曾祖父母的姓名。在世界上只有我们这个小镇还保留着我们这个老区的所有人的所有档案，不论他们是否出生在这里。

第一人　我的外婆穿着白裙子，被孩子们围着，在低暗的天空下，她是多么漂亮，多么年轻。

职　员　她变年轻了，先生，因为她改了姓，原来那个姓将她排除在世界之外，使她陷入衰老。

第一人　改姓只会使她变年轻。

〔他瞧着她，突然感到不安。

第一人　她有这个权利吗？不该这么做。我觉得这不太妥当，不太妥当。

〔在观众左前方的那幢房子的大火熄灭了。剩下一个小火堆，接着，火堆也没有了。

第一人 房子烧掉了。我舅舅在灰烬里。

〔光线又阴暗下来。第一人提起箱子。另外两个人物消失了。

第六场

〔一个女人，一个老妇，一个老人，一个青年从舞台左边上场。

第一人在舞台中央。青年抱着一个玩具娃娃，从侧面看，它有一只东方式的、埃及式的大黑眼睛。

女人、老妇、老人、青年形成紧密的集体，他们同时朝第一人走来，彼此紧挨着。他们可以在一个小平台上往前走，或者让小平台慢慢前移，或者他们仿佛穿着滑冰鞋，或者他们的确穿着滑冰鞋。

老　妇　（对第一人）我们在一起多好，是吧？你过来紧靠着我们。我们可以更好地自卫。我们靠紧些。

女　人　（对第一人）你总认为我是你母亲。我是你的妻子。

第一人　如果你不是我母亲，那她在哪里？

女　人　她死了，亲爱的。

〔她指着抱着玩具娃娃的青年。

女　人　这是你的儿子和女儿。你认不出来了？

第一人　我有儿子？那这个姑娘呢，我与她分别了十年，她还没有长大？

女　人　你那时想让她成为孤儿。

第一人　奇怪，她长着这张白脸，这大黑眼睛！真以为是个埃及女孩。

青　年　但她真是我妹妹。

第一人　（对女人）我一直以为你是我母亲。

女　人　努力回忆回忆吧。

第一人　不，我想不起来。

老　头　来，再想想。

青　年　再想想，父亲。

第一人　（叫了起来）我看见一个大洞。我头晕。现在我想起来了。我们结婚时她多么高兴。

女　人　我们去旅行，回来时她已经死了。

第一人　她死去快二十年了。这么久以来我孤独一人。这么久以来我失去了可怜的、亲爱的妈妈。没有她我怎么生活？

女　人　那时你没有发觉她死了。你不知道这件事。我在你身边。替代她。

第一人　（像小孩子一样哭了起来）我可怜的、亲爱的妈妈，我可怜的、亲爱的妈妈。已经二十年、三十年、四十年，不知多少年了。我睁着眼睛却睡着了。我怎么忘记了这些呢？

老　妇　你父亲也死了。你没有觉察？

第一人　昨天，我见到他，昨天。我们吵了一架。

老　妇　他死去二十五年了。

第一人　（对女人）我原本有许多事要告诉他，有许多事要问他哩。如果我的女儿是孤儿，那你也死去了？你是死人，你是活人？我不记得葬礼。你是在我不在的时候死去的吗？不该离开任何人。一离开他们，他们就都死了。你一转过身他们就走了。你一回头，他们就不在世上了。而你毫无觉察，必须由别人告诉你。死去的也许是我,而不是我父亲。

老　妇　你失去家里所有的人:父母、表兄妹、亲兄妹,他们一个一个地走了。

第一人　可我原先并不知道。

老　妇　瞧,几秒钟的梦就让你知道了一切。

第一人　我怎么没有意识到这些呢?我怎么没有为这些离别更感到痛苦呢?应该在梦里度过一生才能头脑清醒。

老　人　可怜的人,还不如不知道哩。生活不可能再像从前一样。

〔一个中年男子从观众的左前方上场。

第一人　爸爸,是你。你还穿着那双粗鞋。

男　子　儿子。

第一人　你给过我钱让我去买像你一样的粗鞋。我买了一双细鞋。你生气了。我们在邮局后面争执。你的情妇在哪里?

男　子　她死了,带走了所有遗产。

第一人　你的儿媳呢?你的内弟和他的表兄呢?

男　子　死去很久了,一年,一百年。

老　人　永恒是在时间之外的。

第一人　(对男子)你活着,你也死去十九年了。你玩的纸牌,多米诺牌怎么样了?我可以告诉你,那些人和事对你不合适。我现在可以对你讲,但犯不着了。

老　妇　他很孤独,他忧愁,很忧愁。

女　人　被抛弃了。

第一人　可怜的爸爸,可怜的老笨蛋。

男　子　来辆车,出租车,去饭店!

老　人　(对男子)出租车车站在医院尽头,走廊尽头,得从老病人身上跨过去。

男　子　这是死胡同。

第一人　让我们消失在人群中吧。

〔男子和第一人作势准备走开，分别从左右两边。

老　妇　人太多了，你们过不去。

女　人　（对第一人）来吧，亲爱的，我来安慰你。你们没有杀儿童。你们不是杀人犯。

男　子　我不害怕。我承担罪责。如果人们阻止不了我的话，我还会杀人。

第一人　但我，我再不能背着过失的包袱活下去了。我，至少，我没有杀儿童。那为什么有这种无法摆脱的悔恨呢？

女　人　我们都杀过儿童，但不是故意的。

〔发动机的声音。警车的声音。

老　人　这是黑色的警车，独一的发言人。

第一人　当心，独一的发言人！

男　子　（对第一人）我像你一样不信任它，也不信任你。

第一人　我干什么了？是我自己喊它来的。

女　人　到这里来，别害怕。到这里来。

青　年　来吧父亲，来吧父亲。

老　人　我们都在一起，所有的祖先。

老　妇　你们紧紧靠着我们。

〔男子和第一人紧紧与其他人靠在一起。这群人慢慢地向观众的右前方移动。

老　人　和我们一起。整个家族。

老　妇　相互靠得更紧些。更暖和些。

青　年　你们瞧右边，沿着塞纳河，是播过种子的土地。

女　人　地里长出了芽和像铃兰一样的白花，还有绿叶。

〔小平台向前移。快到观众右前方的后台时，人物一个接一个地跌倒，老人、老妇、青年和玩具娃娃（娃娃的头滚在地上）、女人、男子。

轻微的背景音乐。

第一人在这群人中殿后，来到后台边上时逃跑了。

第一人 我，还不到时候。

〔他独自在舞台上。

第一人 我的箱子！

〔他朝观众左前方的舞台后部走去，那里有他的箱子。他提起箱子。

第一人 到时候我会告诉你们的。

第七场

〔第一人朝右边走去。

声　音　谁在那里？

第一人　是我。

〔一个青年扛着卡宾枪从右边上场。他瞄准第一人。

青　年　站住！

〔第一人举起双手，箱子落在地上。

第一人　我箱子里只有无害的东西。

青　年　口令。

第一人　阴影不放掉它的猎物。

青　年　清楚地重复一遍。

第一人　阴影不放掉它的猎物。回答呢？

青　年　猎物不放掉它的阴影。

〔他将枪夹在腋下。

青　年　您要什么？

第一人　要一位向导……

青　年　您要什么？

第一人　我的路，还有我真正的目的地。

青　年　我属于路警。找一位向导，在我看来，不太容易，但这是你的事，在寻找以前，你要回答斯芬克司的问题。

〔青年消失，斯芬克司出现了。斯芬克司可能就是青年本人，但长着翅膀和昆虫脑袋。

斯芬克司 您来回答我的问题。这是什么东西：好策略是将最好的留在最后？

第一人 （沉默）

斯芬克司 赶快回答。必须立刻回答。好策略是将最好的留在最后。回答呀。

第一人 是字词。

斯芬克司 不挂号就被发出。

第一人 炮弹。

斯芬克司 碰到心脏时必然变成红色，复数。

第一人 刀身。

斯芬克司 美丽时就高贵。

第一人 心灵。

斯芬克司 大沟通网络中的极小元素。

第一人 小静脉。

斯芬克司 引绳。

第一人 书籍。

斯芬克司 他背得太多。

第一人 阿特拉斯①。

斯芬克司 阴性时，绝不是多余的。

第一人 Essentielle② 中，后面有两个 l 和两个 e。

斯芬克司 著名小说家，三个字母。

---

① Atlas，希腊神话中的人物，被宙斯判处身背天穹。
② 意为“基本的，主要的”。

第一人　Sue, Eugène Sue[1]。

斯芬克司　不对，是 Poe, Edgar Poe[2]。注意，这是第一个错误。你不能犯两个以上的错误。在默尔特-摩泽尔省。

第一人　都尔城。

斯芬克司　在玛格里特前面。

第一人　圣玛格里特。

斯芬克司　不对，纺车玛格里特[3]。两个错。我饶你一个错。断裂[4]，但仍然有用。

第一人　衣领，小翻领[5]。

斯芬克司　不，裂开的干豌豆[6]。不愿意往酒里加水。

第一人　酒窖的管理人。

斯芬克司　一旦腾空了，多么轻松！

第一人　袋子[7]。

斯芬克司　好策略是将最好的留在最后。

第一人　我已经对你说过了，是字词。

斯芬克司　正好，你一开头就说了，你没有留到最后。你被拒绝入境。被赶走。我不给你居留证。

〔斯芬克司下。

第一人　但我说对了口令，我回答了大多数问题。我该得一个好分数，至少在满分二十分中得十四分。

---

① 欧仁・苏。
② 埃德加・坡。
③ 疑为法国亚眠出产的纺车。
④ 断裂为 cassés。
⑤ 衣领翻领为 lescols cassés。
⑥ 裂开的干豌豆为 les pois cassés。
⑦ 法文中的俗语“腾空袋子”意为“一吐为快”。

第八场

第一人

拿桨者

第一人 您不是说我们是在巴黎吗？您不应该送我去旅馆吗？您现在对我说我们是在一艘大船的甲板上。甲板上可真暗。

拿桨者 巴黎很大。得坐大船才能到旅馆。

第一人 其他旅客在哪里？

拿桨者 他们在下面，在底舱。还会来许多旅客。如果您想找个床位，快下去吧。许多旅客会挤在床位周围，或是坐着或是蹲着。

第一人 我不愿意和我不认识的这些人混在一起。我要一个好的单人舱。

拿桨者 我没法分配舱房。这得问船长。

第一人 船长在哪里？

拿桨者 在指挥舱。您别担心。他时不时地来甲板上迎接新来的旅客。

第一人 我的手提箱呢？您把我的箱子忘在小船上了。

拿桨者 平静点。我没有忘记。我去给您取来。

〔拿桨者下。

第一人 他把箱子留在小船上，真是疯了。谁都能偷走的。

〔他环顾四周。

第一人 这里不像是大船的甲板,也许只是一个海港的码头。

〔那人腋下夹着桨,手提两个箱子上。

拿桨者 这是您的箱子。

〔他把箱子放在第一人脚前。

拿桨者 什么也不会丢的。您瞧,您可没有写上姓名。秩序井然,什么也不会丢的。旅客本人和箱子总是一同到达目的地。

第一人 我原先有三只箱子。

拿桨者 您只有两只。

第一人 三只,三只箱子。

拿桨者 两只,先生,两只。

第一人 我不是瞎说的。我少了那只最重要的箱子,里面有我的套装,特别是手稿。

拿桨者 您只有两只箱子,我一手提一只,我只有两只手,只有两只箱子。您以为您有三只箱子,或者您把那只忘在哪里了。我该走了,先生。

第一人 您应该把我送到旅馆。

拿桨者 我完成了我的任务。您误解了。我该送您上这艘船。

第一人 这里不是船的甲板,只是海港的长码头。

拿桨者 您愿意说是码头也可以。您别担心。会有人来帮助您的。

第一人 您作弄我。

拿桨者 我只是执行了您的命令。

第一人 您得不到小费。

〔拿桨者从观众左前方下。

第一人 那我的手稿呢?得重写一遍,一切从头开始,从第一行字写到最后一行字。我已经忘记我写了什么。这份手稿是我唯一的财富。

〔一位穿制服的青年从舞台后部上。

青　年　您的箱子应该在里昂。另一方面，如果您想渡海去东方，您应该从巴黎出发。我本人也是旅客。

第一人　巴黎有许多飞机场，没有海港。

青　年　我无法告诉您情况，先生。

第一人　巴黎有许多飞机场，没有海港，对吧？也许可以乘飞机去别处的海港。

青　年　（耸肩）我不知道。您乘飞机吧。

第一人　我不大喜欢飞机，我害怕坐飞机。

青　年　您害怕坐飞机？您害怕谁？

第一人　必要的话我会坐飞机的。我总不会比您更胆小吧。并不因为您穿着制服……

〔青年从左边下。

第一人　（旁白）在巴黎真有一个机场吗？有没有海港？我记不起来了，记不起来了。在这里我被摇来晃去，去哪里找一个舒服的地方，一个安静的地方好重新开始写作？

〔一个女人，穿着丧服的中年女人，从观众左前方上场。

女　人　（快步走向第一人）如果您想乘飞机，首先得乘火车，旅程不太长也不太短。火车把您直接送到机场，您不需要换车。但是，注意，别坐错了车厢。这趟车是定点经过这里的，就停在那里，您正面的站台前。说实在话，它并不停车，只是减速。您别错过了。这并不难。您冲过去，攀住扶手。总有三四位旅客要乘这趟车的。您只需要比他们快。您多半很灵巧吧。

〔女人消失了。

第一人　我还是怕错过火车。

〔火车驶近的笛声和噪声。第一人快速走向观众右前方然后站住了。

第一人 呵！我的箱子！我总不能扔下箱子吧。我已经失去一只箱子了。我只有两只胳膊。我得抽出一只手才能攀住扶手……搬运工！搬运工！没有人吗？搬运工！

〔一个职员上场，头上戴着帽子，手里拿着一面红色信号旗。

第一人 总算有人了。火车该到站了。您能帮我把箱子放上去吗？就是这两只箱子。必须在火车减速时把箱子扔进车厢。

职　员 我不是搬运工。

第一人 叫一个搬运工来！我会多给钱的。

职　员 这个车站里没有搬运工。

第一人 那您就帮帮我吧。我把小费给您。

职　员 这是条例禁止的。

第一人 您无权接受金钱？

职　员 您愿意给我什么都行。我接受，但我无权搬您的行李。

第一人 我还要给您外币呢。

〔他在衣袋里搜寻。

第一人 咦，我发觉我没有了。

职　员 您肯定是忘在第三只箱子里了。

第一人 对。可是我怎么带着这些行李上车呢？

职　员 旅客们总是自己想办法的。

第一人 我害怕误了火车。

职　员 哪趟火车？

第一人 马上就要到的火车。已经预报了。

职　员 它已经开走了。您没有看见？刚才它从您眼前开走了。

〔没有火车开走。

第一人 我没有看见。只好等下一趟了,它很快就到吗?

职　员 我不知道……总之,禁止在这里停留过久。我们是在边境地带,禁止在这里停留,否则判死刑。

第一人 死刑?这不公正。

职　员 这是边境地带的条例。

第九场

〔舞台迅速明亮起来。欢快的音乐最初很轻,越来越响亮。

出现了一辆小车,在观众前面从左向右穿过舞台,如有可能,车下装上轨道。小车的颜色很鲜艳,上面有花饰。

在车上有一位青年穿着轻便大衣,颜色也很鲜艳。青年显得快乐。小车慢慢移动,滑动。

小车来到行程约三分之一的地方时,观众的右前方出现了第一人,他提着两只箱子。

第一人看见小车上的青年。

第一人 夏费!您是夏费!您是国王,夏费!

〔小车消失在后台。第一人将箱子放下,朝小车消失的方向注视良久,然后他擦擦头上的汗。

小车在右边又出现了,青年也就是夏费仍在小车上,但这次有一位穿白衣或婚服的女郎,她拿着一束花。夏费快乐地哼唱。女郎将花束中的一枝花扔给第一人。

小车慢慢地朝观众左前方的后台移动。

第一人 夏费万岁!新娘万岁!(然后他拾起花朵闻闻)我要保存它一辈子!

〔小车消失了,在这位旁观者左边又出现了另一个男人,他朝第一人走去，第一人仍然在向左面的后台观望。

第一人　夏费万岁！新娘万岁！

车上人　（从第一人手中拿过花朵）您没有权利！

第一人　这不能怪我。不是我……

〔车上人从观众右边的后台下，此刻音乐停止了。

第一人　我没有什么对不起他。（接着，对着后台）我没有什么对不起您。

〔第一人拿起箱子。

光线变暗。

第十场

第一人(带手提箱的男人)

一个海关关员

第三个男人(必要时在某一时刻他本人可以充当海关关员或警察)

一个女人

布　景

舞台是空的。舞台后部的墙上呈现出好几幢被炸开的矮房子，它们只剩下左右两面墙，房子没有屋顶或者屋顶上有洞。

在背景上，在这些房子后面升起了一些可以说是荒谬的或者相当怪诞的影像，那是一些高房子，有一些已经建好，有一些正在建造，其中许多像是高高的钟楼。

光线昏暗。

幕启时，观众听见左侧有船只的汽笛声、波浪拍打声、缆绳声、模糊的人声。舞台左面还有双角钩，两位海关关员—水手正将缆绳缠在上面。

从左面的后台传来声音："注意舷梯！"放置舷梯的声音。人们看见出现了舷梯的末端。

又是模糊的人声，骚动、人群。如果剧院领导有相当富裕的人力，人们可以看见旅客拿着行李从舷梯上下来，将行李放在地上以便向变成海关关员的两位水手出示护照。两位水手戴上了海关关员的帽子，也系上了皮带，上面挂着手枪套。

旅客们让海关关员—警察检查了身份证后就带着行李很快地走了，他们穿过舞台，消失在观众右前方的后台里。

在他们之后出现了第一人。

警察甲 您从哪里来？

第一人 从船上。

警察甲 我们刚要撤掉舷梯。您为什么走在最后？

第一人 因为我的箱子很重，不方便。

警察乙 先生，您多半浪费了许多时间。您在生活中似乎不慌不忙。

第一人（即带箱子的人） 您看错了。我时时处于戒备状态，时时在动。

警察甲 麻烦您出示护照。得按手续办。

第一人 我没有护照，有一张身份证，甚至两张，一张名片和一张真正的身份证。在这儿。

警察甲 （对警察乙）我对这位先生很了解。他是一位朋友，一位同胞。

警察乙 在您的名片上，您姓菲拉尔，职业：纱窗[①]。在身份证上写的是马尔蒂或马尔利，看不清楚，要不就是瓦尔迪。

第一人 多半是莫夫蒂吧。我自己也不知道。也许M是写得马虎的C，也许字母M和字母C故意被混在一起形成第三个字母，

① 疑为有意说错，纱窗为moustiquaire，火枪手为mousquetaire。

有另一种发音。我也不清楚该怎么发音。我在四月一日写了这个姓，给自己起了这个姓来嘲弄我的老板。护照是法国签发的，巴黎社区签发的，上面是我的真实姓名。

警察甲　对法国公民或仅仅是巴黎公民来说，身份证已足够了。

警察乙　但为什么有这个假名。

警察甲　身份证是真实的，只有名字是假的。也许这是笔名。

〔他解下皮带，摘下帽子。

警察甲　我知道他姓什么，我跟你说，他是同事，是我童年的朋友，叫科里阿基德。

第一人　（旁白）我得给巴黎打电话。我不敢肯定这是我的真名。（对警察甲）总之，既然您这样说了。

警察甲　您没有什么要报关的，是吧？我来帮您拿箱子。我来，我拿一只，送送您，让您看看您很久没有看见的城市。

〔他拿起两只箱子。

警察乙　那好，进来吧，先生。有身份证，您就有权进来，但我不知道您将来能不能出去。

〔他下。

第一人　（一直走到舞台中央，环顾四周。警察甲紧随其后）真古怪。老城还没有被毁光，已经有另一座城在后面兴起了。如此破旧的房屋让我看了心里难过。一些亲戚曾经住在这里，当然他们大多去世了，但是应该还剩下些人，他们现在住在哪里呢？我也有过朋友，中学同学，我常来看他们，和他们谈论伟大的抱负。这些人大多数应该还活着。我来是想找他们。

警察甲　您能找到他们。您可以向人口办公室或者任何一个警察局打听，瞧那儿，挂旗帜的就是警察局。

第一人　这不是原来的旗帜，他们换了旗帜。

警察甲 旗帜没有变。您的亲戚和朋友叫什么名字？我们生活在首都，其实它是一个外省城市。我应该认识几个人。

第一人 这可是最难的了。我忘了他们的名字，只记得他们的抱负。他们想当领导。把箱子放下来吧，我待会再提，在找人的这一会儿。

警察甲 不了，它们不重。

〔第一人在口袋里搜寻。

警察甲 别找您的地址本了，您知道把它丢了。

第一人 我原先有两个地址本。

警察甲 您在船上时，它们就从口袋里滑出来了，掉到了海里。我愿意帮助您挨家挨户地找您的同学。

第一人 拼命去回忆！我想起了几个名字，比方说，于连。

警察甲 那个瘦高个，蓄着小胡子的人。

第一人 那时他没有小胡子。

警察甲 他是我的上级。他不会接见您的。他太忙了，是警察局局长。您瞧有人实现了抱负，成了领导。如果您从前的朋友不认您，您可以交新朋友嘛。

第一人 在我这个年岁！呵，军人宫还在那儿。现在我明白了。从前我在这儿拐弯，走过军人宫，走上大马路。我认出了这条路。那时在路的尽头有一幢房子，里面有我的一个套间。我和家里人生活在那里。

警察甲 什么套间？什么房子！

第一人 对面是公园。

警察甲 公园搬了地方，现在是在城的另一头了。您先前的房子被征用了。一位老妇仍然住在那里。瞧，她来了。

〔在观众的右前方出现了一位老妇，她走近第一人。

老　妇　（对第一人）你从来不回我的信。

第一人　你从来不回我的信。那时我常给你写信。

老　妇　你想知道什么呢？我无法向你解释。你理解不了。

第一人　为什么说这些冷冰冰的话？你不该怨我。我也一样，无法向你解释。我不知道你愿不愿意让我亲吻你。

老　妇　你是一个人来的吗？让诺还没有长大。我指的是精神上。是我在照顾他。将来我死了他怎么办呢？他没有护照，你没法带他走。

警察甲　先生不想这么快就走吧？

第一人　想走。我想尽快回去。

警察甲　那您先得腾空您的箱子。

〔老妇从观众左前方下。

第一人　我在怀疑这是否真是她。如果真的是她，我高兴她仍然活着。

警察甲　不去看望其他人，这不太好吧。我不把箱子还给您，总之不立刻还。

〔观众右前方出现了两个中年男人，菲利浦和保尔。

第一人　（对两人说）我认识还是不认识你们？对了，我认出你们了。你们是马里于斯和塞扎尔。

警察甲　您想见见朋友，这里就有两位。菲利浦先生和保尔先生。两人也都是领导。

菲利浦　（对警察甲）您管什么闲事？

保　尔　我们管不了这个人和他的苦恼。我们要做的事太多了。

警察甲　（对第一人）正像我刚才对您说的。

保　尔　您从远方来，像是异乡人，旁观者。

第一人　我觉得这座城变化太大了，还是那些街道，还是那些人，但又与以前不同。

菲利浦 （对警察甲）从什么时候开始一个穿制服的公务员替外国人提箱子？

警察甲 对不起。

〔他把箱子放在地上作立正的姿势。

警察甲 他和我们沾点关系，所以我认为我可以为他提箱子，甚至应该这样做。箱子很重。

保　尔 让他自己解决。

第一人 我曾经是您的报纸的编辑部的成员。把新地址给我。我想发表一篇旅行札记。

菲利浦 （对保尔）你听听他在胡说些什么？

保　尔 （对警察甲）您可以继续跟踪他，但要远远地，悄悄地。

〔警察甲从左边下，菲利浦和保尔原路返回，从右边下。

第一人 得啦，我们以前像是兄弟。我们曾经一起工作过。是你们叫我走的，你们忘了，那是很久以前的事。

〔第一人独自在舞台上待了片刻。他手里提着箱子。

第一人 路在哪里？

〔在右边，一位警察抬来一张桌子，另一位警察端来一把椅子。

警察甲坐下，手肘枕在桌子上，另一位警察站着。第一人走近警察的桌子，手里仍提着箱子。

警察甲 自从您来到我们国家，您试图去见一些人，与体面的公务员接触，为什么？首先，摘下您的帽子。

第一人 我听不懂。

警察甲 （对警察乙）他忘记了我们的语言。你翻译他的话吧。

警察乙 他说他听不懂。

警察甲　他们都是这样说。

第一人　我来是想看看朋友。

警察乙　他说看朋友并不是他这次旅行的真正目的。

第一人　我是通过旅行社,作为旅游者来的。他们给了我便宜的价格。我也不知道为什么受到诱惑,想回来,哪怕时间很短。

警察乙　他说他来这里是为了打听一些暗藏的、秘密的事情,他想利用老关系弄点情报。他还说他想在我们国家住很久,也许一直住下去。证据就是他首先去看的是墓园。

第一人　我没有完全忘记原来的语言。我说我要去墓园,因为在我的亲友中许多人已经死了。我想在他们的坟墓前祈祷。扣除死者的人数,我会知道还有谁活着。再简单不过的减法。

警察甲　这种减法在我们这里是禁止的。

第一人　我不再是你们国家的公民了。

警察乙　他说他不再是我们国家的公民。

警察甲　您也丢了这些纸。您认出来了吗?

警察乙　(对第一人)您也丢了这些纸,您认出来了吗?

第一人　是的,当然。你们是怎么找到的?

警察乙　(对警察甲)他不十分确定这些纸是他的。

警察甲　(对第一人)您无权向我提问题。

警察乙　(对第一人)您无权向我提问题。

警察甲　(看着那些纸,对第一人)这是一封信。看不清楚。看不清楚,这很自然,因为您那时不知道是写给谁的。您刚才这样说。

警察乙　(对第一人)您刚才这样说。

警察甲　不过可以认出两个词:竞争,无力。

警察乙　(对第一人)您写了竞争,无力。

警察甲　我们可以认为这是对警察的侮辱。

警察乙　（对第一人）人们可以认为这是对警察的侮辱。

第一人　我绝没有那个意思。

警察乙　（对警察甲）这不一定是他百分之百的意图，至少不是有意的。

第一人　我不是权威的敌人。我不搞政治。

警察乙　（对警察甲）他说他讨厌权威，但一直隐瞒着这一点。他还说他的政治与我们的政治是对立的。

第一人　（对两位警察）我没有这样说。

警察甲　（对第一人）如果是这样，您对鸬鹚这个词是怎样理解的？

警察乙　（对第一人）您对鸬鹚这个词怎样理解？

第一人　（对警察乙）我想您在我的纸片上没有看见这个词。

警察乙　（对警察甲）他说他的字写得那么糟糕，您怎么能认出鸬鹚这个词呢？

警察甲　明确地回答我，别加说明。

警察乙　（对第一人）您是怎样理解鸬鹚这个词的？

第一人　一种大鸟，罗马将军，惊险小说里的英雄。

警察甲　（对警察乙）他说什么了？

警察乙　（对警察甲）他说是兔子，一种鸡形鸟，小嘴乌鸦。

警察甲　这正合我的理解。你瞧他对自己的言行是完全有意识的。

警察乙　（对第一人）您的情况严重，但是还不到绝望的地步。我会努力帮您的。

警察甲　（对第一人）我在您的文章里也看到这句话："这不是芦笋"，然后"这不是芦笋梗"。

警察乙　（对警察甲）意思是"下次我会做得更好"。

警察甲　确实，这种表达法含糊不清。（对第一人）从哪方面说您下次做得更好？

第一人　在各个方面。

警察甲 （对警察乙）他说什么？

警察乙 （对警察甲）他说在各个方面。

警察甲 （对警察乙）他很滑头。（对第一人）显然，“这既不是芦笋，也不是芦笋梗”这句话不能看作是对警察的侮辱。这洗刷了一切，抹去了您的坏思想。您可以走了。好吧，您自由了。（对警察乙）您要继续监视他。您担负这个任务。

第一人 （对警察乙）他说什么？

警察乙 （对第一人）您自由了。您可以走了。

第一人 （对警察乙）谢谢。没有护照我很不安。您能告诉我法国大使馆或巴黎学院的领事处在哪里吗？我要申请一个新护照。

〔警察甲拿着桌椅下。

警察乙 （对第一人）您直走，总能找到法国大使馆或学院的。笔直走，这座城是圆形的。您需要护照，当然，没有正式签署的护照您走不出这个国家，虽然可以在国内走走。您在到达目的地以前，在路上会看见一个大水潭。您有靴子吗？过了水潭就是古老的学院，它现在被军队占据了，但这还不是您要去的学院。您得继续往前走。您肯定要经过几条街，街上没有房子或者房子正在着火，再往前，在山坡下，您会看见您朋友们的房子，有点塌陷的房子。不，不，您的箱子存放在我这里。等您结束了这段跋涉，我再还给您。

〔警察乙提着箱子下。

第一人 没有箱子我怎么办？没有护照，没有箱子。我没有问那条街叫什么街。

〔他试图辨认路牌上的名字。

第一人 现在我不懂这个国家的语言了。这也是用拉丁文写的。我忘了拉丁文。怎么办？像他说的，笔直走。

第十一场

〔一个女人从右边上。

第一人 （对女人）夫人，对不起。您能告诉我吗？您知道巴黎大使馆在哪里吗？我的护照丢了，箱子也丢了。我想去大使馆申请一张证明我身份的文书。我既不能留下来也不能离开。我必须有特许证才能离境，才能回去。我是外国旅游者，其实也不完全是外国人，我曾经是您的同胞，是的，我出生在这里。我本来可以有双重国籍，但我现在一个国籍都没有。只有大使馆或领事馆能帮我走出这个困境。

女　人 怎么，先生？我听不懂您的话。

第一人 我说我在找我的大使馆，我看不懂那些牌子，因为它们是用拉丁文写的。从前我懂拉丁文，但是忘光了，所以，请您告诉我该怎么走。

女　人 我一个字也听不懂。这个人说的是哪国语言？这么说您确实是外国人。

第一人 外国旅游者。我从巴黎来。说实话，我不知道自己是不是外国人。

女　人 他甚至不知道自己是不是外国人。如果他不知道，那就说明他是外国人。如果他不知道，那是因为他在隐瞒。他肯定良心不安。

第一人　我向您保证我没有做任何坏事。我没有犯任何过失。

女　人　这不由我来判断，再说，我听不懂。

〔一位警察从左边上。

警　察　（对女人）禁止与外国人说话。

女　人　是他来和我搭讪的。

警　察　那就不应该回答。

女　人　无论如何，这不是真正的交谈。我不懂他的话。我不知道他说的是哪国语言。

警　察　（对女人）您被逮捕了。来吧，去警察局。

女　人　我不是告诉您是他找我的吗？您别这样。我的孩子们在等我哩。

警　察　国家会管他们的。您去警察局说清楚吧。

〔警察领着女人朝左边出口走去。

警　察　（下场以前对第一人）您哩，我们监视您。我们正在研究您的案情。

第一人　我要向我的大使馆申诉。

警　察　没有大使馆。

〔警察与女人下。

第一人　有的，有一个大使馆。我来以前打听过。

〔另一个男人从右边上。

第二人　（对第一人）我可是警告过您，叫您别作这趟旅行，别离开您的国家，别走出巴黎，甚至别走出您那一区，甚至别走出您的住所。人们染上了旅行的怪癖。这点我和您一再说过。处处是危险，特别是由于您的处境。您躲藏起来了，而且答应过我不再走了，安安静静地待着。可是现在您四处游逛，您激动，您忘记了。

第一人 我忘记了。也就是说，我此刻记起自己曾经决定永远不再回到这里。我忘了自己是怎样忘记这个决定的。我忘了自己是怎样决定来这里的。我是怎样作出这个决定的？其实，这也不是名副其实的决定。我的举止肯定是无意识的。我肯定是在梦中这样做的。

第二人 您有冒险精神。您没有应付冒险的勇气。您自以为大胆，敢冒一切风险。您没有承受风险的心理素质。早上您害怕……

第一人 清晨，是的，我害怕。夜里也是，我失眠时……

第二人 ……您在下午有勇气，打针以后。

第一人 现在是早上还是下午？

第二人 在这个季节，下午很短。已经有傍晚的雾了。您的勇气将烟消云散。

第一人 我不喜欢黑暗。我承认我害怕，在这个危险的地方十分害怕。如果我只是旅游者那多好。旅游者没有任何危险。我从来就未能成为真正的旅游者。我独自进入狼嘴，进入鬼穴，进入鲸鱼腹中，走到地狱门前，走进地狱。

第二人 这是因为您傻。您对您自己和您的能量一无所知。您生活在被地狱包围的绿洲中，您很悠闲。我的旅游者正好来了。我是他们的导游。

〔左边出现了旅游者（旅游者的打扮，照相机……）：两个女人，两个男人。

第二人跟着其他三个旅游者，他手里拿着两只箱子。

第一个男旅游者 （对第二人）呵！您在这儿。（对其他旅游者）我们的导游在这里。（对第二人）您今天领我们看什么好东西？

我们去看狼嘴吗？

第一人 （对旅游者）你们可别进到狼嘴里。

第一个男旅游者 太棒了！狼嘴！

旅游者 狼嘴。

第二个女旅游者 这很好玩。

第二个男旅游者 这很有意义。

第二人 这是游览计划上规定的。

第二个男旅游者 还有鬼穴？

第一个女旅游者 还有鲸鱼腹？

第二个女旅游者 还有地狱门？

第一人 （对旅游者）别去那里，请你们别去那里。

第二人 （对旅游者）我们在上午快结束时去看地狱门。我们在那里午餐。

第一人 （对导游，但后者充耳不闻）只带他们去博物馆吧。（对旅游者）只去博物馆。

第一个男旅游者 （对第一人）我们没有什么可以害怕的。

第二个男旅游者 我们有合乎手续的护照。

第一个女旅游者 还有签证。

第二个女旅游者 还有我们的大使馆。

第一个男旅游者 还有已订好座位的往返机票。

第二个男旅游者 订好的飞机座位。

第一个女旅游者 订好的船好继续旅行。

第二个女旅游者 我们手续齐全。

其他旅游者 我们手续齐全。

第二人 他们手续齐全。

第一人 （对第一个女旅游者）夫人，我认识您。我是您的同胞，但是我没有护照。您认出我来了吗？我是您的邻居。我们住在同一个区。我们常常相遇。（轮流对其他旅游者）您认出我了吗？说您认出了我。我们是一同动身的。我在小组里走丢了。其实我本应和你们在一起的。让我归队吧。

〔其他旅游者轮流盯着第一人，显得诧异，并轮流说：

第一个男旅游者　（对第一人）您弄错了，先生。

第一个女旅游者　我不记得您。

第二个男旅游者　（对第一人）您弄错了。我们从来没有去过同一家咖啡馆。我认识区里所有的人，我在那里住了二十年，从来没见过您。

第一人　（对第二个女旅游者）夫人，就在上个星期，在市场上，我还帮您提过食品袋。

第二个女旅游者　（对第一人）我从来不去采购食品。

第一人　得了，这不可能，您好好想想。

第二人　（对第一人）得了，什么得了，您看不出您在说蠢话吗？（对旅游者）来吧，女士们，先生们，跟我走吧，大车在等我们哩。

〔第二人从右边下，旅游者愉快地快步跟着，一边在欢叫。他们消失了。下场时，第二个男旅游者将手提箱留在舞台中央。

第一人　（朝正在下场的人喊叫）别留下我一个人！

〔他瞧着箱子。

第一人　他们说他们不认识我，但他们有我的箱子。我没有和他们说清楚。我肯定没有和他们说清楚。

〔他拿过箱子，在一只箱子上坐下来。

第一人　多半是在第三只箱子里才能找到解决办法。是我遗忘了那只箱子？是别人偷走了？

〔一个少女从左边走过。

第一人 小姐,小姐!我认识您。在假期……几个星期……一年,以前。叫雅克琳,对不对?那时您十八岁。

少　女 对。现在我二十五岁。

第一人 已经二十五岁了?时间过得真快。

少　女 时间过得快,这您原先不知道吗?

第一人 当然知道,谁不知道呢?可是没有这么快呀。不,我原先不知道时间过得这么快。您的确说过您去年是十八岁。

少　女 我此刻是二十六岁。

第一人 您不久就赶上我了。对我这一代人来说,时间很长。在我父亲那个时代,时间更长。每一刻钟有两星期那么长,等于今天的两个星期。我父亲告诉我,从前,人活到三十五岁,就是一辈子了。我们的祖宗很年轻就去世了,但他们生活得很长,比我们长。

少　女 正是因为这一点,年轻人才自杀或者被杀。这样一来,他们永远被钉在青年时代,被钉在永恒的板上。我得赶快走了,我得庆祝我的生日,不能错过,不然,如果错过了时间,我得庆祝三十岁的生日了。那得需要更多的花,那会更贵。

〔她下。

从左到右走过一个男人。

男　人 并非到处都一样。有缓慢的国度,有快速的国度。

〔男人下。第一人拿起箱子也下。

第十二场

〔空空的舞台。

一位女人从舞台后部上。

女　人　（她应该单纯和不安，表现出被人抛弃的焦虑）请给我电话亭。

〔一个男人拿来电话亭放在舞台中央，退下。女人走进电话亭，摘下话筒。

女　人　（拨电话号码）二、三、四、五、六、七、八、九、十、十一。喂！是你吗，亲爱的。这是我。我在活动电话亭里，是的，活动的。是的，邮政局的新发明。是医生们要求的。他们得到了这个。是医院的一位男护士拿来的。不仅仅给病人用，给大家用。我不知道，这是为了卫生，公共卫生。不，不，不是为了窥探。这里没有人。我肯定没有另外的接线。我病好了。他们让我出院。是你叫我给你打电话的。呵不，什么都没有变。你不相信。我可以去你家……我可以马上来吗？

〔第一人提着箱子从舞台后部上，走近电话亭。

第一人　电话。我也许得救了。

女　人　（对话筒）你不愿意我来。我想看看你。呵不，你丈夫不会生气的。你很清楚：我们一起上的。他愿意，他并不嫉妒我。他很清楚我爱你，你爱我。是另一个男人？你换了丈夫？是谁？一位黄头发的青年。人很好。我在你家见过他。我不认识他？他不认识我？喂，他不想认识我吗？真讨厌。

第一人　（放下箱子，推开电话亭的门）夫人，请快一点，我有急事。

女　人　等一会儿，先生，对不起。（她又拿起话筒）这不可能。两天前我进医院时，还是他吧。你说，六个月前？老天爷，时间真有相对性！我没有弄错。有日历哩。我有 N.E.P.，你也有一个。你有官员[①]。正式的日历曾是我的，我们的。我们再没有共同点了，连共同的时间也没有了。该怎么办，我该怎么办？

第一人　请快一点，小姐，快一点。

女　人　（对男人）她的日历不一样了。

第一人　这并不妨碍您打电话呀，再说我要小便了。

〔他没有装模作样，只是焦躁，儿童式的焦躁。

女　人　我也一样，但我忍住。您先去小便，然后再安安心心地打电话。

〔一切自然，没有喜剧性也不粗俗，仿佛是梦中的焦虑。

第一人　我得先打电话，马上打电话。

〔他留在原处。

女　人　（对话筒）如果我们不再在同一时间里，我们可以在别处相见。在空间里。去你愿意去的地方。听我说，我们曾经像是双胞胎。错觉？那么你拒绝了。我爱你，亲爱的。没有你我会死的，仿佛我被切成了两半。我独自一人时只剩下半个心脏。

第一人　（旁白，焦虑地）先打电话，还是先小便，哪样做更明智？

女　人　（对话筒）你真的不愿意？我不停地看你的照片，我出神地看你的眼睛。我亲吻你的照片，抚摸照片上你的头发、你的脸。每当我闭上眼睛时，就总看见你的面孔。夜里，我在失眠时，在

---

① 人物想说的是正式(officiel)，但说错了，说成 officier，一个字母之差。

噩梦时，在噩梦和失眠结束时，总有你的形象来安慰我。你在我身旁。你没有想到吧？你丈夫驾着轰炸机去杀人和滥炸，这与我有什么关系？这一切微不足道。我只有你，你是我的花朵，我的圣像。

第一人　我憋不住了，夫人，快点吧，您得理解我急着想小便。

女　人　（对第一人）您得理解我，先生。（对话筒）你得理解我，我心爱的。

第一人　（不做姿势）我，我不在乎，您知道我不在乎了。

女　人　（对话筒）请你理解我，求求你，恳求你。我拨错了电话号码？呵，那好，不是你？……你说是你，另一个电话号码。也许世界上的倒霉事太多，你顾不上我的倒霉运气了。你才不在乎世界上的倒霉事，但是要在乎我，求求你，要在乎我。我是例外，我的天使，我的魔鬼。（她哽咽）我现在有气无力。

第一人　这与我无关。快点。该我打电话了。

女　人　（对话筒）我要死了，你听见了吗，我要死了。是的，我知道，有几百万人像我一样。唉，我挂了，我死了。

第一人　（对女人）可快点呀！

〔女人挂上话筒。

女　人　（对男人）不占线了。

〔她倒下。

第一人　总算打完了。

〔他推开电话亭的门，抱起女人，将她几乎拖到舞台尽头，然后急忙奔进电话亭。

他装出摘话筒的样子，念头一转，拿起箱子抵住开着的门，免得门又关上。

第一人　这样我就可以看住箱子。

〔他摘下话筒听。

第一人　没有声音。硬币。

〔他焦躁地寻找。

第一人　可我是有硬币的。

〔他搜索所有的衣袋。

第一人　这儿。

〔他试着把硬币塞进电话机的投币口里。

第一人　这个不行,我应该还有别的。

〔他又在衣袋里搜寻,越来越激动,试了好几次,重复好几次。

第一人　这个不行,这个也不行,这个不行,这个也不行。

〔他出汗,擦擦额头,又在衣袋里搜寻,终于找出一枚硬币,投了进去。

第一人　总算找到一个合适的了!

〔他拨号码。

第一人　一、二、三、四、五、六、七、八、九、十、十一。

〔他等了一会儿。

第一人　没有声音。在哪个国家打电话都一样。

〔他挂上又摘下话筒,等了一会儿。

第一人　呵!声音,声音,总算有人声了!领事处吗?喂,领事处吗?喂,号码不对?

〔他挂上又摘下话筒,再次拨号。

第一人　一、二、三、四、五、六、七、八、九、十、十一。

〔一个声音在回答,声音最初很微弱,后来一再重复,响彻整个舞台。

声　音　您拨的号码是空号。请查阅电话簿。您拨的号码是空号。

请查阅电话簿。您拨的号码是空号。请查阅电话簿。您拨的号码是空号。请查阅电话簿。

第一人　号码是对的,我敢担保。这个号码是对的。

声　音　您拨的号码是空号。请查阅电话簿。

第一人　他妈的。

〔他又挂掉,焦虑地在衣袋里寻找。他找不到。他打开一只箱子,寻找。他从箱子里拿出各种东西,内衣、手绢,散放在箱子周围。他找到一大张纸。

第一人　这就是号码。

〔他念号码。

第一人　一、二、三、四、五、六、七、八、九、十、十一。就是这个号码。我应该是记得的。

〔他朝电话走去,摘下话筒,改变了主意又挂上了,走到箱子旁边,神经质地把物品放回到箱子里,察看箱子的确关好了,将箱子放回原处不让电话亭的门关上。他再次摘下话筒,拨号。

第一人　一、二、三、四、五、六、七、八、九、十、十一。我弄错了。我拨了十二。我没有塞硬币。硬币在哪里?

〔他在地上找硬币,最后找到了。

他用颤抖的手将硬币塞进投币口,摘下话筒再拨号。

第一人　一、二、三、四、五、六、七、八、九、十、十一……十一。

声　音　(无感情的自动机器声)占线。谢谢您耐心稍等片刻(声音更大)。占线。请耐心稍等片刻。

〔接着便是激烈的爵士音乐声,乐声响澈舞台。

第一人　耐心,耐心,耐心。

〔从观众的左前方传来枪声。接着出现了一个端着冲锋枪、身穿制服的男人，他踩着爵士乐的节奏，一边射击一边向右边走去。爵士乐仍在继续。

第一人 您在干什么？我听不见了。

穿制服的男人 我在向逃犯射击。

第一人 他们多半不愿意被杀吧。

穿制服的男人 我也一样，我也不愿意被杀。您也一样。这有什么关系呢？

〔他继续射击，从右边下。

穿制服的女人 （她从左边上场，朝右边走去。她一直在用冲锋枪射击。她也踩着同样的爵士乐节奏走路，几乎是在跳舞）谁也不愿意死。很遗憾。

〔她一边射击一边朝右边走去。

爵士乐突然停下。

穿制服的女人 您别担心。我们不朝打电话的人射击。您很安全。

〔她下。

第一人 喂！

自动机器声 您拨的是空号。请查阅电话簿。

另一个声音 （来自话筒，并非机器的声音）我们将您转到另一条线上。接通了。

第一人 （对话筒）总领事先生，大使先生，如果您知道……如果您知道……您什么都知道。我听不清。电话里有杂音。

男人的声音 （来自话筒）挂上。到处都在开枪。我换一个电话，地下室的电话。您再打过来。

第一人 还是尽量说说吧。也许我再找不着您了。也许我再找不着您了。也许我再找不着您了！

同样的声音 挂上再打过来。一、二、三、四、五、六、七、八、九、十、十一。

第一人 （挂上电话）我没有硬币了。

〔他打开电话亭的门。

第一人 （喊道）一个硬币！看在上帝面上。

回　音 硬币！硬币！币！币币！币币！

〔第一人拿起箱子放在舞台中央。他在一只箱子上坐下，安静地、无精打采地打开另一只箱子。

在观众左前方，出现了一个穿白大褂的医生，他朝右边走去。他胸前有一个大红十字，他手里拿着灌肠器。跟在他后面的是一个穿白大褂的女护士，胸前是红十字，拿着一把巨大的剪刀。

女护士 在您正前方，大夫，就是尸体。他们躺在那里，连绵几十公顷。要干的活可不少。

医　生 这是医生的责任。

第一人 你们要把他们怎么样？

女护士 我们要使他们复活。我们要使安乐死倒转过来。

第一人 也许他们不愿意。

医　生 我们不征求他们的意见。我们需要配角、拥护者、军人。

第一人 这会伤害他们的。

医　生 那就是人生！

第一人 您让他们永远复活。

医　生 只是缓死。由当局决定。

第一人 那又何必如此呢？

女护士 （对第一人）别提问题了，先生。您是密探？

第一人 （医生与女护士正从右边下）不是不是，相信我，我在寻找我的领事处。我是外国旅游者。总之，半个外国人。

女护士 您只会说这些。

医　生 (对女护士)快点,小姐。

〔医生的声音从后台传来。

医　生 来,干活吧。

〔女护士也消失了。

男护士从观众的左前方回来了。他搬起电话亭朝左边走去。

第一人大吃一惊。

男护士 我把电话亭搬到别处去。大家轮流用。您不需要用硬币来打电话,也不需要电话了。我们是在民主国家。有人会再打电话给您的。您能听见,您可以回答。

〔男护士带着电话亭从左边下。从右边传来呻吟声、嘈杂声、新生婴儿的啼哭声。

上一场戏中的四位旅游者穿过舞台,后面跟着导游,他在第十一场戏中被称作第二人。他现在戴着帽子,拿着一根白色的警棍。

第一个女旅游者 这令人陶醉。

第一个男旅游者 真是不虚此行。

第二个男旅游者 我拍了些照片。

第二个女旅游者 人们一般只杀斗牛,很少杀斗牛士。

第一个女旅游者 (对导游)先生,谢谢您领我们看了这么多有趣的东西。

〔旅游者给导游小费,后者脱帽致谢。

导　游 谢谢,女士先生们。

第一个男旅游者 谢谢您的率直。

〔旅游者一边挥动手帕说"再见",一边走出。

导游将钱放进口袋,重新戴上帽子,朝第一人走去。

我们现在称导游为警察。他走近第一人,冷笑,然后退到舞台后部,一动不动地盯着第一人。

一个士兵带着刺刀和步枪从观众的右前方上场。他走到离第一人几米远的地方站住了,一动不动,一言不发。

第一人不安地瞧着这两个人,然后他向左边看,朝后台走了几步,又回到箱子旁,吃力地拿起箱子。他朝出口走了一两步,停下来,放下箱子,擦擦额头。

一个穿制服的女人拿着一根马鞭从观众的左前方上场。她走了几步,站住了。

穿制服的女人 箱子越来越重。

警　察 我早就对他说了。

〔无声的场景。第一人朝士兵走了几步,又回到箱子旁,然后朝警察走了几步。警察冷笑。第一人又回到箱子旁,然后又朝穿制服的女人走了几步,她假装用马鞭威胁他。第一人回到箱子旁。

第一人 我是有驾驶执照的。

〔其他人嘲讽地微笑。第一人又朝士兵走了几步,遭到后者的刺刀威胁。第一人后退,回到箱子旁,更吃力地提起来,又放下,在一只箱子上坐下来。他又瞧瞧那一动不动的三个人。

第一人 我能抽烟吗?

〔士兵发出一声短暂的大笑。女人耸耸肩。警察假装在衣袋里寻找。

第一人 不过,我是不抽烟的。

〔那三个人朝第一人走了几步,带几分恐吓的神气。他们在离第一人几步远的地方站住了。

警　察　您可以抽烟。我们要求您的是别越过我们的界限。

〔第一人站起又坐下又站起，又坐在一只箱子上，在另一只箱子里搜寻。他脸上表现出希望。他在箱子里找出一个假鼻子，将它贴在脸上，又找出墨镜、假髭须，也把它们贴在脸上。他从箱子里也取出一面镜子，他照照自己然后把镜子放回去，关上箱子。他看上去很满意。他朝警察走了几步。

第一人　您瞧，箱子现在轻了。

〔警察摇摇头。

第一人　您看看，现在不是我了吧。

〔士兵无反应。

第一人　您瞧我是另一个人了。（对女人）您瞧我是外国人，外国旅游者。您瞧您弄错了。

〔他轮流对三个人。

第一人　您不认识我了吧。我是另一个人。这不是我，这不是我。

〔那三个人一言不发，围住他，越来越紧。士兵将武器对着第一人的胸膛。

警　察　（扯下第一人的面具）您真笨！

第一人　我想不起自己的姓名。等我想起来了，您就会知道我是谁。

〔电话铃声，接着是一个冷漠的女声。

声　音　先生，喂，领事在等您。别错过您的约会。

警　察　（对女人）给他卸妆。他不能带着这种化装色去见大使先生。

〔女人扔掉马鞭和制服，她穿着白大褂，成了化妆师。她有一个小盒，从里面取出一小块海绵和擦脸纸来卸妆。她轻轻地给第一人卸妆。

女　人　（对第一人）您可以仍然戴着帽子。

〔在她给他卸妆时，士兵转身从观众右前方走了出去。警察后退，在舞台后部站住，两手背在身后。

女　人　（一边为第一人卸妆，一边对他说）慢慢地，先生。

第一人　快一点，我不愿意错过我的约会。

女　人　冷静点。别激动。

声　音　总领事先生在等您。

女　人　（对第一人）再有一会儿。他会等您的。好了，完成了。

第一人　衷心地谢谢您，夫人。（对警察）道路畅通，是吧？

〔他又拿起箱子。

警　察　我把您的假玩意还给您。您在领事那里会用得着的，如果您想有个姓名的话。

〔第一人朝右边走去。

警　察　出口不在那边。

〔第一人朝左边走去。

警　察　也不在这边。不过，您要是愿意，条条大路通罗马。我们会盯着您。

〔警察从舞台后部下。

第一人　（喊道）我来了，等等我。

〔他似乎想向右走，然后向左走，然后向舞台后部走，然后向左走，最后突然下了决心，奔下舞台。

在几秒钟里，舞台上是空的。接着，另一个男人从与第一人下场相反的方向上场，他衣衫褴褛，在地上找什么。

衣衫褴褛的人　这里有一个烟头，又有一个，两个烟头了。又有一个，又有一个，四个烟头了。六个了，七个烟头了。

〔他在找第八个烟头。

第十三场

带手提箱的男人(第一人)

领事

领事的女秘书

布　景

一张办公桌,一把椅子。

〔领事坐在办公桌后的椅子上。他的女秘书身穿护士服,站在他旁边。从相当远的地方传来爆炸声和机枪声。人们时不时地看到火光。

第一人　总算到了,领事先生,您没法想象我找到这个领事馆是多么地高兴。而且,幸运的是,是在办公时间。我不可能在外面过夜,因为有杀人犯。我经历过多大的危险! 噩梦,真正的噩梦。不,我不向您讲述我的经历。我不得不到处跑,不得不自卫。我记得领事馆是在十二号,但我不认识是哪条街。有那么多条街。上天帮助了我。上天。我侥幸地脱险了。我也没有收到我家的消息,您这里有我的信吗? 毕竟,这不太重要。请给我我的护照，或者给我做一份新护照。还有签证。遣返我回家。

领　事　（手臂上戴着红十字臂章）您能找到我真够幸运的。我们正要和这个国家断绝外交关系，而且我一般不是在这个钟点办公的。我们在这里只待几天。

第一人　我累得要死。

领　事　别坐在您的箱子上，它们可能会爆炸①。

第一人　至今为止，它们从未爆炸过。

领　事　这个国家正准备和我们打仗，在这里处处都是陷阱，几乎处处都装了窃听器。没有关系，也许他们还没有开始窃听，而我们有外交豁免权，一直到今天晚上。（对女秘书）给他端一把椅子。

〔女护士给第一人端来一把椅子，他坐了下来。

第一人　（一边坐下）真舒服，人要是能够坐一辈子，一直到时间的终结，一直到永恒，那就心满意足了。

女护士　椅子可不是永恒的。

领　事　永恒的椅子还没有发明出来哩，就好比变动中的永存没有发明出来一样。至于您的证件，我们要赶紧办。您有两张照片吗？

第一人　没有。

女护士　现在只给他们假照片。

第一人　可是，如果你们愿意，好好看着我，将我们面孔印进，努力印进你们的记忆里。

领　事　我们试试看吧。这可不容易。

女护士　戴上眼镜。

〔她将眼镜给了领事，自己也戴上一副，两人都走近第一

---

① 爆炸(exploser)在此处写成 exmoser，不知是印刷错还是作者有意编造的词。

人，仔细地端详他的脸及上面的疤痕。然后两人回到原处。

领　事　（对女护士）您认为如何？

女护士　我看可以，只要他不换衣服。

领　事　也不换旗帜。

第一人　我不是总拿旗帜的。

女护士　即使您不拿旗帜。

领　事　您父亲姓什么？

第一人　我父亲姓什么？我父亲姓什么？他姓……我想，但不敢肯定，他姓……他姓。不，真的，我记不起来了。

领　事　这很麻烦。

第一人　我原来有身份证和姓名的，在另一只箱子里。

女护士　（对领事）在您给他的证件上打一个问号就行了嘛。

领　事　我看也不必问您母亲姓什么了。

第一人　我父亲有时叫她于尔絮，有时叫她艾莉斯，有时是玛丽埃特，有时是布朗什。

女护士　（对领事）就叫冉娜吧，更像是真的。

领　事　（对第一人）这是帮您忙。您的年龄？

第一人　呵，领事先生，如果您能告诉我我的年龄，我真愿意知道。

领　事　就写“年龄不确”吧。您的职业。

第一人　我是存在者。

领　事　这种人有的是。

第一人　但与我不同。

领　事　就算是“特殊存在者”吧。

第一人　不，不是特殊，是“专业化的存在者”。

女护士　那不是一回事。

领　事　在目前的情况下，如果这能帮他忙的话，或者说如果他认为这能帮他忙的话。

第一人 我希望肯定这一点。您也写上我身高1.70米。

领　事 从什么时候算起?

第一人 我小时候要矮得多。

领　事 这就复杂了。好吧,我写上“身材多变”。由于您提供的情况不确切,我只能给您一张通行证。另外,由于您的原籍是外国,我不能违反这个国家的规章制度。

第一人 只靠通行证我是无法通行的。这绝对不够。

女护士 为了帮他忙,我们可以给他签署一张健康证明,他可以与通行证同时使用,两者相互补充。为了符合手续,他至少得吃一片阿司匹林。

第一人 我早料到了。

〔女护士给第一人一片阿司匹林和一杯水。

领　事 (对女护士)别倒太多水。您知道我们是定量供应的。

第一人 (用一滴水吞下阿司匹林片)谢谢。很难咽下去,现在行了。(对领事)谢谢,医生。

领　事 这里是您的健康证明。

第一人 谢谢,夫人。谢谢,先生。有了这一切,你们认为我能动身了吧? 肯定足以应付边境关口了。你们救了我。谢谢,再一次谢谢。

领　事 在健康证明的反面,有这座城市的地图。

第一人 你们救了我,你们给了我自由。

〔他提起箱子。

领　事 别忘了证件。

第一人 通行证,健康证明,我现在把它们放进口袋,上衣的口袋,你们瞧见了,你们是目击者。我可能乘飞机或者火车,随便哪种交通工具。现在我自由了，箱子也显得轻一些。您也设法摆脱困境，医生。您也设法摆脱困境，嬷嬷。

领　事　别为我们担心。我们已经习惯了。您只需要请这个国家的市政当局和医务当局在这些证件上签个名。呵不，您别担心，这只是简单的程序，再简单不过的程序。两秒钟就完事了。

第一人　我要找个旅馆，把箱子放在那里，免得给人留下坏印象。

〔他走了出去。

女护士　可怜的家伙！

领　事　我给了他临时证件。他不肯告诉我们他的真实身份。

女护士　他不知道自己的身份。

领　事　我们知道我们的身份吗？我们大致知道是由于我们的职务。

〔街上传来呼叫声。

一个警察从观众右前方上场。

警　察　我以政府的名义向先生和夫人宣布你们的职务被取消了。因此，你们不再有身份，政府不再承认你们。

领　事　这样更好。我们可以不再受到任何指责了。

第十四场

舞台上有四张床，两张靠右，两张靠左。

〔在右边的床上有两个老人，在左边的床上，有两个老妇。他们在呻吟。

老人甲 我有两年没有大便了。

老妇甲 我是脾脏不好。它膨胀，膨胀，占满了空间。

老人乙 我是小便太多，一桶接一桶，可以装满一个湖了。

老妇乙 我体内在长树，干干的树。你们瞧，树都从我的肋骨穿出来了。你们来看看，可以摸摸。

〔老人甲拿起双拐，一边呻吟一边朝老妇乙走去。老妇甲拄着一根棍也走近老妇乙。老人乙费劲地坐了起来，但起不了床，用望远镜瞧。

老人甲 （当老妇乙掀起衬衣后，他瞧瞧、摸摸）很硬，可以感觉到树枝的末端。

老妇甲 树叶都穿出来了，像是针。（对老人乙）您来看看。

老人乙 我用这个占卜[①]，从这里看得很清楚。

老人甲 过来摸摸。

---

① 老人也许故意用 horoscope（占卜）来代替 téléscope（望远镜）。

老人乙　我不能动，怕弄得地上满是水。我不动时就不尿尿。

老人甲　（对老妇乙）没关系，美人。我妻子也得过这个病，注意饮食就会过去的。

老妇乙　她治好了？

老人甲　她变年轻了。这是春天的征兆。

老妇甲　我也想，我也很愿意得一种使人返老还童的病。

老人乙　这不是真的。她病死了。我这个仪器使我能看见过去所有的事。

老妇乙　我害怕，很害怕。我不该让你们看这个。

老人甲　他说谎。我妻子身上长的是杨树。他说谎。您长的是针叶树。

〔老人甲和老妇甲一瘸一拐地向各自的床走去。他们在哼哼。从外面传来噪声和脚步声。

老人甲　有人来了。

老人乙　别出声。

老妇乙　我的肋骨，呵，我的肋骨，有内力在推挤它们，它们要裂开了。

老妇甲　别说话。

老人甲　不许哭。

老人乙　我们笑吧。

〔四个人都勉强地笑了。从舞台后部传来第一人的声音。

第一人的声音　谢谢，伙计，谢谢你把我的箱子一直送到我的房门口。它们对我是太重了。

老人甲　这不是医生。

老人乙　放心吧，这是顾客。

老妇甲　我们放心吧。

老妇乙　可是没有空床呀！

老人乙 希望他们再加一张床。

老妇甲 不然就有大麻烦了。

老人甲 我希望不至于吧。

〔两只箱子从外面被推进来，一直推到舞台中央。第一人从舞台后部上。

第一人 （回过头去）再次谢谢你把它们一直送到这里。

〔四个老人又哼哼起来。第一人轮流看看这几张床，老人们仍在哼哼。

第一人 弄错了。

〔他返身想出去，门已经关上。

第一人 你们弄错了，我要的是旅馆的一个单间，这里不是旅馆。（向门外喊叫）你们弄错了！

老人甲 别摇门，别拼命撞它。

老人乙 （一边在呻吟）门只能从外面开。他们说这更现代化。

第一人 “他们”是谁？

老妇甲 （呻吟）医生。

老妇乙 （呻吟）建筑师。

老人甲 （呻吟）市长、市参议员。

第一人 我该怎么办？连窗子都没有。

老人乙 （呻吟）等等，但愿他们来开门。

老妇甲 我们也在等。

老妇乙 他们也对我们说这是旅馆。

老人甲 我们都在等。

老妇甲 他们把我们放在这里好让我们生病。

第一人 这里是医院。

老妇乙 我们不清楚。

第一人 可我是旅行者，外国旅游者！

老人甲 我们也一样，原本是外国旅游者。

第一人 我要向我的领事馆投诉！向我的领事馆！

老人乙 您不再是外国人了。一旦您到了这里，社会保险就把您看作真正的本国公民来照顾。

第一人 （老人们在哼哼）可这是阴谋！他们为什么这样对待我？他们最终会开门的，是吧？得等多久？几个小时？

〔其他人不回答。

第一人 几个星期？几个月？最后他们总得开门吧。我要向他们解释。他们会明白的，他们还是人嘛。我连一张床也没有。

〔他在一只箱子上坐下，在第二只箱子里翻找。

老人们继续呻吟。有人声与脚步声靠近。一个穿白大褂的医生走了进来，后面跟着一位女护士，她手里拿着一个巨大的注射器。在这两人出现以前，老人甲说话了。

老人甲 他们来了！

老人乙 别说话，也别再哼哼，别再哭了！

〔四位老人勉强笑了起来。等医生和护士进来时，他们将哈哈大笑。

老妇乙也会大笑，她努力克制呻吟声，但仍有所流露。

医生和护士一进来，第一人就拿起箱子，快步朝仍然开着的门走去。

医　生 （对第一人）您去哪里？您想出去？等我们认识以后吧。

〔老人甲和老妇甲快步朝门口走去。医生掏出手枪。

医　生 别动。

〔老人站住，舞台后部的门砰然关上。

医　生 各就各位！

〔老妇甲和老人甲又回到床上。

老人们又大笑起来。

医　生　(向第一人晃晃枪,然后放回衣袋)对不起,先生,这只是个矫形器。(对老人们)你们的病好了吗?你们很健康吧?

老人甲　我们身体健康。

老人乙　我们的病好了。

老妇甲　我们可以出去了。

老人甲　我们可以在花园里走走。

老妇乙　在这里,在你们这里,我们很高兴。

老人乙　我们很高兴,也很健康。

医　生　你们在说谎!

〔老人们从床上坐起来,不再笑,不再动弹。

女护士　(对老人们)躺下!

医　生　(对第一人)他们得了不治之症,他们也知道。(对老人们)你们骗不了我。我是医生。

第一人　(对医生)我的情况不同,市长先生。

医　生　我知道。您弄错了旅馆,这里不是市政厅,是主宫医院①。您称呼我医生。

第一人　市长先生,呃,对不起,医生先生,我叫……

医　生　这我知道。有人告诉了我您要来。

第一人　领事馆?

医　生　(对护士)您有这位客人的档案吗?

女护士　有的,医生,他是科里阿基德先生。

医　生　(对第一人)科里阿基德,您叫这个名字?

---

①　法文中,hôtel 是旅馆;hôtel de ville 是市政府,Hôtel-Dieu 是法国一些主要城市的医院的名称。

第一人 我想是的，医生。在眼前情况下当然是的。我是旅游者。

医　生 这很自然，和大家一样。可是您那一帮人在哪里？

第一人 （对医生）我来见您为了办签证。（对女护士）您应该知道的，这一切是您登记的。

女护士 这个细节没有登在档案上。

第一人 这就奇怪了，这就倒霉了，您好好看看档案。

女护士 我仔细看过了。

医　生 （对第一人）您似乎对一切都感到奇怪。这是无足轻重的小事。

第一人 我要出去。

女护士 他们都一个样。（对第一人）等门开了吧。

第一人 要很久吗？我不要死在这里。

医　生 不会的，得啦，不会的。

女护士 有人会把您那一份配给品送来的。

〔老人们又轻轻地呻吟起来。

医　生 您只需要在这里稍待些时候，检疫隔离，短短的检疫隔离。

老人甲 他们对我说过同样的话。

老妇乙 对我们大家说过同样的话。

医　生 （对第一人微笑）对您来说，不是同一回事。您的情况不同。

老妇乙 这些话，他们也对我们说过。

第一人 我甚至没有睡觉的地方。

医　生 我会给您找张床的。

〔老人们恐惧地喊叫。

老人们 （详细地反驳）我不愿意。我身体很好，从来没有感到这么好。在你们这里我们感觉良好，我们受到疼爱。

〔女护士晃着那只巨大的注射器，轮流瞧着四个老人。

老人甲 别射击！

老人乙 别射我。

老妇甲 别射击！我感觉很好，感觉很年轻，年轻了三十岁。

老妇乙 我身上有树，树枝，在长树叶，花朵，别毁了它们！

医　生 （指着老妇乙对女护士说）她。

老妇乙 （此时其他三个老人都用被子蒙着脸）我恳求你们。你们不会这样做吧？

第一人 我不愿意做目击者。我要我的签证。

女护士 （朝老妇乙走去）您不会痛苦的。您会看到这很美好。

老妇乙 不，我不愿意，不。

医　生 （对第一人）请您帮助护士按住病人的手臂好打针。您就会得到签证。

〔第一人犹疑片刻，然后走去按住老妇乙的手臂。老妇乙用另一只手臂推开针管。

老妇乙 （喊道）我不愿意！

〔医生按住老妇乙的另一只手臂，女护士在老妇乙右臂上打了一针。老妇喊叫，然后说话。

老妇乙 还没有发作，还有一天！（接着，针剂起了作用）很美妙。叶子长出来了，花朵正在开放。

〔她断了气。

医　生 （从衣袋里掏出手枪，瞄准老妇乙的太阳穴开枪）双重保险。（对第一人）您帮助护士把尸体弄走。

第一人 条件是您给我签证。

医　生 看看吧。

女护士 （对第一人）您得信任我们。

〔女护士和第一人抬起尸体朝门口走去。老人们伸出头来，然后坐在床上。

第一人和女护士抬着尸体出去时，医生断后，倒退着走。另外三个老人现在带有威胁性、挑衅性。

医　生　（将手枪指着老人们）别动！

〔医生出去了。老人们起身站在床边。

门又打开，医生粗暴地将第一人推进来，第一人跌倒在箱子上。

医　生　（在门边）我没有允诺给您签证，不是马上给您签证。我答应在这里给您一张床，您有了。

第一人　（站起来）至少该换换床单。

医　生　我不能给您的箱子发签证。

〔医生消失了。三个老人威胁地朝第一人走去，围着他。

老人甲　坏蛋！

第一人　这不能怪我。

老人乙　恶棍！

第一人　我也不愿意这样。

老妇甲　杀人犯！

〔三个老人用拳头和棍子打他。

第一人在搏斗，推开进攻者，将一个老人打倒在地。

最后他拿起箱子作为盾牌，一边自卫，一边倒退着朝门口走去。

他带着箱子从舞台后部出去了。他一出去，门就自动关上。老人们用拳头捶门。

老人甲　开门！

老人乙　开门！

老妇甲 你们不开门！我们就砸破它。

三　人 （同时捶门）开门！开门！开门！

〔一把小提琴在演奏东方乐曲。三个老人转过身来，背对着门。

一个年轻的日本女人身穿和服从左边走到右边。老人们默默地看着她。

日本女人消失了。

音乐停止。老人们转身，重新捶门。

老人们 开门，开门，开门！

〔同样的音乐再次响起。日本女人反方向穿过舞台，然后消失。老人们背靠在门上，默默地注视她。她再次消失以后，他们转身对着门，用拳头使劲捶门。

老人们 开门，开门，开门！

第十五场

〔第一人躺着。

年轻女人 特警来了。

〔一个胸前挂着一块特警大牌子的黑胡须男人走了进来。

特　警 并非一切都顺顺当当。

〔特警消失了。

第一人 （站了起来，这时出现了那个青年）博士，我梦见我在做梦。您答应给我打开奥秘的钥匙，您本该向我揭示世界的秘密，可是现在，我甚至连我箱子里装的什么都不知道了，甚至比这还糟。我不支付您的酬金了，即使我愿意支付，我也没有外汇了。

青　年 甚至没有一分钱付海关税！还有其他海关呢。甚至没有一分钱给船闸管理人，让他打开深深的闸门！您以为如何能得到知识？一分钱可以从这个梦里转到那个梦里，但总得给出点什么作为交换吧。

第一人 您什么也没有告诉我。

青　年 有一天我总能找到一个人好向他传授点什么。

第一人 传授什么？

青　年 他想要的东西。他将知道的东西。他本人能传授给我的东西。我是一个可怜人，先生，我只是一个可怜的博士。我对您说，必须由无知者告诉我我该对他传授什么。

〔年轻女人和特警再次出现。

青　年　我明白了。如果说我们没有走得太远，这得怪特警。

第一人　我忘记我们去了哪里。（对年轻女人）我仿佛见过您。

年轻女人　我想没有见过，先生，绝对没有。我刚从外省来，我是特警的助手。

第一人　见过。我觉得见过您。

年轻女人　您也许是做梦。总之，我来这里不是出于社交活动的义务。

特　警　以法律的名义！

年轻女人　（对第一人）我必须向您宣布您将被起诉。

第一人　我只接受我的国家的法律。

特　警　（对年轻女人）他的旗帜是否登记在我们所承认的旗帜册里？

年轻女人　我们不认识他的旗帜。

特　警　（对青年）卫兵！枪管上上刺刀！

青　年　遵命，上校。

年轻女人　（对第一人）也许不太严重。

第一人　我犯了错误？

年轻女人　重要的是，要审判的不是错误，而是错误的强烈程度。错误不太重要，重要的是人。您有权为自己辩护。

特　警　法庭！

〔有人拿来一张大桌子，上面堆满了水果、土豆及各种蔬菜。年轻的金发女人往特警身上披了一件红色长袍，给他戴上头饰。一个老妇上场。

特　警　（对青年）带被告进来。

〔青年手执武器，让第一人坐在靠近蔬菜摊的一张安乐椅上。老妇在证人席前面就坐，或者说是年轻的金发姑娘变成的老妇，并不太老的老妇。她的头发有黑有白。她戴着深色披巾。

第一人 我反驳你们的指控。

〔他舒服地坐在安乐椅上，跷起二郎腿，点上一支香烟。

青 年 （对第一人）站起来！这里是法庭。

〔青年变成了卫兵。

特 警 （我们以后称他为法官）以沙皇、法庭和小王储的名义起誓。

第一人 我不再相信什么沙皇、法庭和小王储。

老 妇 （画十字）我以沙皇、法庭和小王储的名义起誓。

法 官 （对第一人）以您相信的东西起誓。

第一人 （举起一只手）我以议会和立宪制度起誓。

〔他又想要坐下。

第一人 我没有椅子。

法 官 那您可以站着。

第一人 我不明白这些葱头、甜菜、生菜和土豆跑到法庭的桌子上来干什么。

法 官 向您提问时您才回答。

〔法官又坐下。

法 官 （对老妇）坐下！

老 妇 我没有椅子。

法 官 那就站着。

老 妇 尽管我有风湿病，我宁愿站着，这样控诉起来别人听得更清楚。

第一人　（有力地）控诉人是我！

〔他一直走到法官桌前，用拳头敲了一下桌子，然后回到安乐椅旁。他指着老妇。

第一人　这个女人的话都是谎言。她是菜贩子。你们有证据，既然你们把菜都弄到这张桌子上来了。我想向她买一公斤白薯和一公斤甜菜。（越来越激烈）我要给她钱，但她不愿意卖给我。

法　官　您要这些蔬菜做什么？

老　妇　他买菜不是为了吃。

法　官　（对第一人）您想拿它们做什么，说实话。

第一人　为了吃。我想用它们做冷盘和土豆泥。再说，这是我的事。

老　妇　这不是实话。

第一人　我从来不说谎。她不肯卖菜给我是因为我有外国口音。

法　官　这是您的看法。

老　妇　这是他的看法。

卫　兵　是的，法官先生，这是被告的看法。

第一人　我来这里不是作为被告，而是作为原告。要控诉的是我。这个女人声称我说过她国家的坏话。她对我说一切都好，收益充足，部长们的工资高于小学教师的工资。她说这是谎言，是我在诋毁她的国家。这是她在诋毁我。我不批评任何国家，甚至包括我自己的国家。我在你们这里是客人，当然啦。但是，在购买土豆或甜菜这种事情上，外国人和本国人有同样的权利。特别是要买的总共才两公斤，先生，两公斤。那时我要吃东西，先生，我饿。

法　官　这是一种可敬的感觉。

第一人　因此让你们的法庭、审判、质问、瞎扯、影射都见鬼去吧。

法　官　（对老妇）您不能出于政治理由而拒绝卖给他。

第一人　您明白我是对的吧，法官先生。这个女人无法证明我诋毁了贵国。我要求您判她高额罚款和终身监禁。我要求法庭没收她的商品，由我和尊敬的法庭分享这些好处。我要求赔偿我本来会支付的钱，要求您向行政当局交涉，请他们发给我出境签证并与我的国家恢复外交关系。我要求被授予军事奖章或您挑选的其他任何奖章，而且这要写在一张带图和雕花的文书上。我要求……

老　妇　这可太过分了。这位先生的蛮横超过了限度。出于对誓言的忠诚，我以沙皇、法庭和小王储的名义发誓，我要说实话。在他的一再坚持下，我最后还是把他要的甜菜和土豆卖给了他。我做错了，因为他没有吃。

第一人　（对老妇）您怎么能说这种话？（对法官）这话是有罪的。我要求判她死刑。

老　妇　我可以轻而易举地提供证明。

第一人　既然这些东西此刻完好无损地摆在尊敬的法庭上，摆在法官的台子上，我怎么会吃下去了呢？

老　妇　（对法官）那么请下令打开他的箱子。

法　官　看看被告的箱子。

第一人　这个手续真可笑。我没有什么可害怕的。

卫　兵　（对法官）好的，法官先生。

〔他走去打开一只箱子。

老　妇　怎么样？

卫　兵　有一公斤甜菜，与水泥掺和在一起。

法　官　打开第二只箱子！

〔卫兵走去打开第二只箱子。

老　妇　你们瞧。

卫　兵　（打开箱子后）这里有短袜、水泥，还有水泥和一公斤土豆。

老　妇　你们瞧他没有吃。

第一人　（站起来也看自己的箱子）我不明白这是怎么回事，真不明白，法官先生。

法　官　（对老妇）您被宣判无罪。我们将支付您赔偿金，连本带利。（对第一人）我们将对您的命运作出裁决。骗子！

〔法庭退下商议。

第一人　我不明白是怎么回事。我不明白是怎么回事。

法官、卫兵及老妇　以沙皇、法庭和小王储的名义起誓。

第一人　如果我买了这些甜菜和土豆，它们怎么同时既在我的箱子里又在法官的台子上呢？我至少能关上箱子吧？

〔法官、卫兵和女人退下。

第一人　（关上箱子）这是魔法！见鬼的甜菜！这是去菜市场的教训。

第十六场

〔第一人提着两只箱子从舞台后部上。他谨慎地一步一步向前走，左顾右盼。右边有一个女士，她穿着黑绸裙衣，头戴一顶外省式样的帽子。她穿过舞台时正响起教堂的钟声。

第一人将箱子放在脚下，身体紧贴着墙，免得被人看见。

第一人 今天是星期天。

〔那个女士下。

出现了另外两个女人，她们朝同样的方向穿过舞台。

她们穿着披风或大衣，或带着雨伞。

女人甲 亲爱的，您看到古皮荣太太了吧。她穿着新绸衣，不穿大衣也不带雨伞，可天边有那一大团吓人的乌云。

女人乙 她这是勇敢还是迟钝？

女人甲 （从第一人身边走过）咦，雅克。近来好吗？

第一人 您看错了。我不叫雅克。

女人乙 （对第一人）您认识古皮荣太太吧，至少您该认识她的父亲。他住在菜市场广场三号，他开一家店铺，卖武器。

第一人 我可不需要卡宾枪。

〔两个女人从观众左前方下。第一人费劲地提起箱子又放下，擦擦额头，再次艰难地提起箱子。

从观众的左前方上来另两个女人和一个男人。第一人再次紧贴着墙。这三个人径直朝第一人走去。

女人丙 如果您想认认地方，要知道这里不是真正的城市。

男人甲 虽然您是站在教堂广场上。

女人丁 真正的城市，老城，是离这里两公里远的小镇，那里没有废墟，没有树林，没有菜市场。

女人丙 它是在完全相反的方向，在去普瓦提埃的路上。

男人甲 您可以去那里，您瞧，在您右手，您先经过洗衣池，然后是菜园，然后是古堡，然后在您左手，您会看到牧场，那里有羊群。

女人丁 在洗衣池那条街的尽头有一座小木桥……

女人丙 桥下是小加龙河。

男人甲 小桥在此地很有名，被叫作老桥。我叔叔，愿他的灵魂安息，他就是村子里公认的醉汉。他踉踉跄跄地走上桥，喊道："天主呵，求您让我过去，我永远不再喝酒了。"可是等他到了对岸，他就又唱又跳，喊道："我还要喝酒。哈，哈，哈！"

〔那两个女人哈哈大笑。

女人丁 在桥的另一边有一条路，再过去是羊肠小道，通到圣女街，一直抵达圣雅克桥。

女人丙 然后，在您正前方是草地，有条窄窄的小路自下而上，小路两边是英国山楂花，粉红的、白的、蓝的、绿的。

男人甲 您从绿篱上的洞里可以看见绿草地、水池，水池中央还浮着一个长着雀斑的、红棕色头发的女郎。您别停下来。您顺着圣女街走，就会在右手，然后在左手，然后在正面看到砾石小径、天竺葵花坛和一个蜿蜒的水塘。

女人丁 池塘边上种着勿忘草和鸢尾草，花朵有蓝的、黄的、绿的、黑的，然后，沿着小径有彩虹色的鸽棚。

女人丙　再过去就是一个长满榛树的、小小的山丘，接着就是草场，长着草莓、欧洲草莓的花园，然后是白色的栅栏，它表示这是花园的尽头。

男人甲　您必须在那里停下来。

女人丁　这条路并不真正地直通昂特耐兹小教堂。在灰色栅栏以后您得向右急转弯，于是就会看见绿绿的麦田，上面点缀着鲜红色的丽春花，这些麦田现在成了花园，花园。

女人丙　那条路往下通向郊区，您穿过圣女街的另一端，最后您靠左绕一个圈，穿过十字路口，笔直走，就到了小镇、教堂和昂特耐兹小教堂。

女人丁　一路顺风，先生。

男人甲　（抬起帽子）一路顺风。

女人丙　一路顺风。

〔她行屈膝礼。这三个人从观众的右前方下。

第一人似乎想提起箱子。传来家禽惊恐的咕咕声。

第一人再次紧贴着墙。从右边来了一只母鸡，一个刁妇手执菜刀在后面追赶。

刁　妇　该死的鸡！

〔她试图抓住鸡，但没有抓到。

刁　妇　他妈的！

〔她抓住了鸡，将它夹在腋下，割断鸡的喉管。鸡头与鸡身分离。血流了下来。

刁　妇　该死的鸡！

〔刁妇一边说“该死的鸡”一边从左边下，这时一个先生和一个女士从右边上场。先生抬着一张桌子，女士拿着两把椅子。先生在一把椅子上坐下，靠近桌子，女士从右边下，拿着一张桌布又上场，将桌布铺在桌子上。她又出去，拿回两套餐具放在桌子上，她坐下来。先生从右边出去，拿回两个盘子。他坐了下来。

从左边进来一个男人，他作罗马皇帝的打扮，月桂树，竖琴。他站在另外两个人物面前。

穿宽袍的男人 我追求光荣，现在我戴上桂冠了。

〔他展示他的桂冠。

穿宽袍的男人 我没有等待，我追求得过度。我本该拯救世界。至少试一试。慷慨的失败胜过光辉的成就吗？高傲的排场是死亡。我很悲伤。金字塔翻倒过来了。

〔刁妇从观众右前方上，她拿着一把椅子放到桌前与那两个人物面对面。她从右边下场。穿宽袍的男人在安乐椅上坐下。

穿宽袍的男人 我要与我当寡妇的妻子和当孤儿的孩子们相见了。

〔他弹着竖琴唱道："我的儿子叫毕达哥拉斯，我的女儿叫厄雷卡①，但我的竖琴是意大利的。"

先　生 甜食不够甜。

〔刁妇用盘子端上一只烤鸡放在桌上。先生用叉子叉烤鸡，女士也同样做，接着穿宽袍的男人也这样做。他们脸上没有任何表情。沉默了片刻。

女　士 （对穿宽袍的男人）您认为呢？

穿宽袍的男人 （坐下）这鸡不够嫩。

刁　妇 可它刚才还是活的。

〔先生抬起桌子向右走，女士搬起椅子做同样的动作。穿宽袍的男人站起来。刁妇拿起安乐椅从左边下。穿宽袍的男

---

① Eurêka，希腊语："我找到了"，出自希腊学者阿基米德之口。

人站了一会儿，从左边下。

第一人又提起箱子，在前段对话时，箱子放在他旁边。他困难地提起箱子又放下，擦擦额头，又拿箱子，勉强提了起来。

男人乙从观众左前方上。

男人乙 您的箱子看上去总是那么重！

第一人 （再次将箱子放在地上）根本不重！或者说看情况而言，有时重，有时轻。

〔从观众右前方出现了第三个男人，他穿着警服。

男人丙 （对第一人）您箱子里是什么？

男人乙 （对警察）您最好检查一下，这个带行李的人很奇怪。

男人丙 （对第一人展示他的身份牌）我是特警。您箱子里有什么？

〔男人乙试试提起一只箱子。

男人乙 太重了，我提不起来。

第一人 我在寻找我的领事馆。我是否去过，是否得到了签证，我全忘了。

男人乙 您的领事馆被查禁了。

第一人 可是在节日里，它也许会破例开放。今天是星期天。

男人乙 （对第一人）您怎么知道今天是星期天？

男人丙 您箱子里有什么？

第一人 水泥。只有水泥。

男人丙 （对男人乙）打开这个人的箱子！

〔男人乙在第一人的帮助下打开箱子。男人乙和男人丙从箱子里拿出内衣、短袜、玩具娃娃等等，他们又放了回去。

男人丙 （对第一人）确实是水泥。您可以关上箱子了。

〔第一人关上箱子。

男人丙 （对第一人）可是您没有建筑执照。想法弄一个吧。

第一人 我去领事馆就是为了建筑执照。

〔男人乙与男人丙分别从观众的右前方和左前方下场。

第一人 他们去掉了我心头的负担。

〔他十分轻松地提起箱子，他向前走了一步，左顾右盼。他听见有声音，再次紧贴着墙。

上一场中穿和服的日本女子从右边上场，从左边下场。

第一人 （一直紧贴着墙）这个世界充满了危险！

〔根据演出时的可能性或选择，一个男人端着冲锋枪从右向左穿过舞台。

端冲锋枪的男人 危险像魔鬼一样，只需说一句话。你祈求它，它便应召而来。

〔端冲锋枪的男人消失了。

传来喊叫声、枪声、噼啪的爆炸声、喷气式飞机的轰鸣、幼儿的啼哭声。

第一人惊恐地向四处张望，他仍然紧贴着墙。一个衣衫褴褛、身上有血的女人从右边走到左边，一个在喊叫，她跌倒在地，爬起来，再次瘫倒，再次爬起来，消失了。她的动作有节奏，快速，是不连贯的节奏。第一人提起箱子，左顾右盼，一直走到舞台中央。

发动机的声音靠近了。从右边上来一个人，他骑着噼啪响的摩托车或轻型摩托车围着第一人绕圈子。

从左边上来第三个男子，也骑着摩托车或轻型摩托车。

两个骑车人围着第一人绕圈，越逼越近，第一人试图逃走。骑车人戴着盔帽和墨镜，咄咄逼人。

第一人 （凝住不动）不是我。我发誓，你们弄错了。不是我。

〔两个骑车人继续他们的游戏，然后从左边下场。

第一人带着箱子独自待在舞台中央。声音远去，消失了。

第一人 现在是否该想想我的第三只箱子在哪里？

第十七场

第一人　（带着箱子）多么漂亮的大花园！

〔舞台后部有一堵白墙，墙上有一扇窗户，窗户亮了，出现一个男人的脸。

第一人　（对着窗户）您要干什么，我没有做坏事。我口渴，这很正常，我跑了许多路。

〔窗户打开了。

窗口的男人　在大花园尽头有一家旅馆。

〔男人和窗户都消失了。在观众右前方出现了一个大致的酒吧。那里有一位酒吧侍者。

酒吧侍者　（对第一人）您向我出示精神健康证明，我才能给您酒喝。

第一人　为什么？您在冒犯我。这不公平。要是所有人都必须出示这种证明，您就不能卖酒给任何人了。

酒吧侍者　您可不一样。您好像是疯子，有人给您打过针。您是吸毒者。

第一人　我和别人一样是顾客，再说，我还有蓝卡，旅行者的蓝卡。您想侵犯人权吗！这真是个古怪的国家。来，看看我的蓝卡。

酒吧侍者　它在我们这里没有用。

第一人　可是在所有的文明国家……

酒吧侍者　您说服不了我。

第一人　我还有另一张卡在箱子里,得找找。

酒吧侍者　您说服不了我。

〔第一人提着箱子走开,走到舞台的另一边,放下箱子。

第一人　这种事绝对无法容忍。

〔他在衣袋里摸索,掏出一包香烟,抽出一支烟想点燃,但点不着。

第一人　它是湿的。

〔他试试点燃另一支,又一支,又一支,总是点不着。

第一人　烟上有洞,进了空气。

酒吧侍者　(冷笑)您瞧您的确疯了。

第一人　(将烟一支接一支地扔掉)我去另外买烟。您这里应该有香烟吧?

〔他朝酒吧走去,侍者与酒吧消失了。他对侍者刚才站的地方狠狠地踢了几脚。

第一人　刚才小店还在这里!现在只剩下一个坑。

〔他对刚才酒吧所在的地方踢了几脚。

第一人　我要报复!

〔在观众左前方,刚才第一人所在的地方,有一棵小树,一张圆桌和三把花园椅。

有三个男人围坐在桌旁。一个女人拿来另一张小桌,随后又拿来一把椅子,第一人坐了下来。无声的场景。

女人站在舞台前部,她旁边是坐在桌前的第一人。围桌而坐的三个人位置靠后。

第一人瞧瞧女人,然后朝那三个男人转过头去,与其中一人对视了几次,似乎对他有好感。

第一人 我是来喝点什么的，因为我走了许多路，又一直提着这些箱子，很渴。不过我也是为了躲开某些对我无善意的人。我相信能在你们中间找到某种同情和理解，也许这只是我的感觉。

女　人 （对第一人）您别担心，先生。我服侍您。我这就给您拿喝的和吃的。

〔她从左边下。

第一人 她会给我拿来什么喝的？什么吃的？……我等着。

〔有顷。

那三个男人拿着各自的椅子和那张桌子从观众左前方下。

第一人 什么吃的，什么喝的？什么吃的，什么喝的？我等着。她会拿来什么呢？

〔第一人一动不动地待了一会儿。

在相当长的时间以后，在舞台的另一端，即酒吧和侍者刚才所在的地方，发出了灯光，传来了人声和舞曲声，但不十分洪亮。

从舞台后部出现了三位身着长礼服或礼服的男人，他们从右边，即有光线的地方下场。接着一个金发女人在右边出现，她穿着短裤和胸罩，戴着白手套。

她朝第一人走去。

金发女人 （她应该很年轻，很纯洁）我很高兴您也是我们的客人。

第一人 那您丈夫呢？

金发女人 他当然也高兴。甚至是他坚持请您来的，当然，带上您的行李。

第一人 它们很碍事。

金发女人 来吧，我教您跳舞。

第一人 那我的箱子呢？

金发女人 我丈夫正好来了。他会看着箱子的。

〔丈夫从右边进来。

丈　夫 （对第一人）很高兴您能来。我来看着箱子。您信任我吧？

〔金发女人将第一人一直拉到舞台中央，抱住他。第一人神色迟疑。

金发女人 （俨然上流社会做派，但不夸张）您别担心。我丈夫不会让您的行李飞走的。

〔第一人也抱住女人的双肩，他们跳了两步舞，然后第一人便站住了。

金发女人 您真是很腼腆。我丈夫转过身去了。

第一人 他是故意转过身去的吗？

〔没有模仿，没有手势，表演应很有分寸，很含蓄。

金发女人 是的，故意的。

第一人 应该找一个僻静的地方。

〔他拉她去舞台后部。出现了一位警察。

第一人 这里是禁止的。

金发女人 附近有灌木丛。

〔她拉着他。

第一人 警察在跟着我们。

金发女人 在这堵墙后面。

〔他们走了几步。

第一人 他在窥伺我们。

警　察 您在这里是找不到香烟的。

〔警察下。

第一人 我们能躲去哪里呢？

金发女人　在这个门廊下。

〔他们走了几步。警察再次出现。

第一人　他无处不在。

金发女人　去别处吧。

第一人　我们没有时间了。我必须乘这趟火车。

金发女人　我亲自用车送你去车站。

〔金发女人从右边下，第一人朝行李走去。

丈　夫　（自然而有礼）您的箱子在这里。不过您要赶快走，免得误了火车。

〔金发女人再次出现，她戴着帽子，提着手袋。

金发女人　（对第一人）拿起您的行李，要不就别拿了，再过十分钟火车就开了。

第一人　来不及了，来不及了。我不能扔下箱子就走。

〔舞台上，在观众的右前方光线更加明亮。

两三个穿着礼服的男人上。

音乐声起。华尔兹舞曲。

第一个穿礼服的男人　跳舞吧，女士们，跳吧。

〔女人们的笑声。两个女人上，不停地笑。笑声被扩大。

金发女人　（对第一人）来和我们一同跳吧。

丈　夫　既然她请您，您就去吧。

第二个穿礼服的男人　（仍然对第一人）来和我们跳舞吧。

第一人　我不能进到舞圈里。我来这里不是为了跳舞。

〔舞蹈。强烈的音乐。烟火，持续相当久。

接着，一切突然停住。人物凝定不动。

第十八场

第一人

一个女人

第二个男人(男人乙)

第一人　是这里吗？我到了吗？

〔舞台上很暗，男人乙拿着桨。

男人乙　您的表几点钟了？

第一人　我作过这么多旅行，到过这么多国家和地区，所以换过许多次表，以致现在我不知道此刻是哪年哪月，更不知道几点钟了。我看天很暗，是天快亮了还是天快黑了？

男人乙　这是您的箱子，我从船上搬下来的。

第一人　祝贺您划船划得这么好。这趟旅行时间很长，也很危险。河水汹涌，但为什么那么肮脏，几乎成黑色呢？就像这个码头一样。

男人乙　因为人们用河里的脏水冲洗码头。

第一人　谢谢您把我的箱子拿来了。自从我丢了那第三只，我就失去了我的第三维度。我体内缺一点什么。我是残废人。当然，从外表上是看不出来的。

男人乙　这是比喻？

第一人　我想这里并不完全是我应该来的地方。

男人乙　我们没法在别处上岸，没有浮桥。

第一人　我还是想知道我们在哪里上的岸，虽然我也不知道在哪里上的船。

〔男人乙带着桨下场。在观众的左前方出现了一个女人，她既不年轻也不年老，赤裸着上半身。她穿着一条相当脏的裙子，戴着珍珠项链。

女　人　我已经不再等你了。你终于来了。我们现在是在基奇涅夫港。

第一人　我们不是在这里分手的。

女　人　我们在这里重逢。

第一人　你住在这里吗？

女　人　你走了以后我立刻就来了，盼望你从这里过。我在这里等你。

第一人　我从很远的地方来。我路过一些阴暗的城市。我试图说话，我要说真话。

女　人　你要说什么真话，对谁说？

第一人　我不知道了。我知道吗？我不知道了。所以我只找到一些陈旧的比喻。为了旅行，我不得不当船员。我用脏水冲洗脏甲板。落下的水是黑的。基奇涅夫也不是一座阳光城市。

女　人　你为什么来到基奇涅夫？

第一人　在分离这么久以后，来这里与你相遇。

女　人　几分钟以前，你不知道自己在哪里下的船，也不知道自己从哪里来。我可是知道的，因为我在等你，我有天线，因为我在各处等你，在世界上每个角落里等你。是我告诉你这里是基奇涅夫。

第一人　总之，这是约会的理想地点。

女　人　约会。

第一人　我们的约会，仅仅是我们的约会。我之所以找不到准确的表达法，恰恰是因为我失去了比喻。我用脏水冲洗脏甲板。落下的水是黑的。我清扫人行道，用的是短柄的旧扫帚，连吸尘器都没有，而那么多人当时在玩电脑。我用手拔除杂草，而别人用的是能独立干活的除草机，还有在大路上。

女　人　（讽刺地、怀疑地）在大路上，你还做过什么？

第一人　我把大小石块砌在夹墙里，因为我没有吊车。我用手指挖土，因为我没有挖土机。

女　人　这倒不那么干扰邻居。

第一人　人们禁止弄出声音来。我用镰刀，有时还用小镰刀收割，因为我没有收割机。我用手播种，因为没有播种机。

女　人　你为什么做这一切？

第一人　为了能够回来找你。

女　人　你撒谎。我等了你多少年。生命中最美好的岁月。你瞧瞧。

第一人　我有钱了。我们去城里走走。我有钱，有钞票，我们可以恢复我们的生活。你别哭，求求你了。我该怎样安慰她哩！

〔他拧着双手，女人在啜泣。

第一人　你错了，你没有老。为什么你的肤色这么暗？这不干净。为什么你在人前赤身裸体？

〔他使劲地将她抱在怀中，他也在哭。

第一人　我非常非常爱你。水将变清，天空将变得清澈。人们不再在你路过时避开你，他们会祝福你，我将与你在一起。我爱你。我们两人将又成为教师。擦去眼泪吧，别吞下你的珍珠，恳求你了。

女　人　现在是黄昏。

第一人　我们有一番大事业要做。你瞧吧,明天一切都将是新的。我现在明白了,我认出你了。

女　人　你有时醒来,但次数不多,这辈子你几乎总在睡觉。

第一人　我在梦里醒来。我不再在梦里入睡了。

第十九场

〔第一人提着两只箱子从舞台这一端走到那一端，来回多次。他时不时地放下箱子，擦擦额头，然后又走。重复的表演。

一个女人从反方向过来，两人互不相看。表演重复多次。

女人下场，另一人物上。这个男人没戴帽子，穿着仆人的红背心。他从舞台这一端走到另一端，来回三次。他下。

接着是另一个女人，她坐在小车上被警察甲推着。同样的表演。他们下。

接着，又是轮椅，警察甲由警察乙推着。

接着，又是轮椅，警察乙由警察甲推着，他们像其他人一样，穿越舞台两三次。

接着，当第一个人物从左向右穿过舞台时，一位老妇推着空轮椅从相反的方向，即从右到左穿过舞台，也是两三次。

所有这些人物，包括第一人在内，似乎都没有发觉其他人。

接着，老妇推着轮椅，身后依次跟着警察甲、警察乙以及稍稍落在后面的一个瘸腿老头。

轮椅消失和再现，一个年轻女人坐在轮椅上由老妇推着，后面跟着两个警察和三个男人。

在这期间，第一人始终在来回走。

终于，在与第一人相反的方向，警察乙推着小车，上面的两个箱子与第一人手中的箱子一模一样。

接着，一个女人推着一辆小车穿过舞台，车上有两个箱子。接着，从相反方向，警察甲推着小车，车上装着两个箱子。

接着，第二个女人从反方向推着小车，车上有两个箱子，她下。

接着，警察乙从反方向推着小车，车上有两个箱子。

表演可以持续一段时间。每个人物都与第一人的走动方向相反，然后下。

接着，两个女人一前一后地推着各自的小车，车上有两个箱子。

接着，两个警察一前一后，由右到左推着各自的小车，车上有两个箱子，然后下。

接着，一边是各自推着带箱子小车的两个警察，在相反的方向是各自推着带箱子小车的两个女人。他们在台中央站住了。

第一人提着两个箱子，发现自己在站定的人们中间。

警察甲 对不起。

警察乙 对不起。

女人甲 对不起。

女人乙 对不起。

第一人 对不起。

男人丁 （推着小车，从左边上，在舞台中央站住）多堵呀！

〔表演凝止了一刻。传来哨声。人物四散逃走，三个男人从右边下，两个女人及另一个男人从左边下。

第一人又走到台前，接着，两个警察及第四个男人，两个女人，依次从左到右穿过舞台，下场，再从右边出现，仍然鱼贯而行，从左边下。他们的动作按哨音的节奏，哨音并伴有音乐，因此这一切像是芭蕾舞。

拜访死者的旅行

主题与变奏

桂裕芳　译

人物表

“特殊存在者”：让·卡尔梅

他的妻子、姐妹：科莱特·东皮埃特里丽

母亲的家族：

他母亲：苔蕾丝·康坦

他的外祖母：弗朗索瓦兹·吕加涅

他的外祖父和他的厄内斯特舅舅，他母亲的弟弟：克洛德·洛希

父亲的家族：

他父亲，律师与官员：保尔·勒佩尔松

辛普森夫人，他父亲的第二任妻子：帕特丽西娅·卡里姆

彼埃尔，辛普森夫人的兄弟：让·勒弗雷

保尔，辛普森夫人的兄弟：勒内·莫拉尔

他的童年朋友，领事：热拉尔·吉约马

导游，警察局官员，有时是保尔的妻子：玛伊克·詹森

灰色国家的过路人：贾妮·伯丁

穿着滑雪长裤的姑娘：弗里达·科珊

波希米亚女仆：香塔尔·克罗谢

社交人物：法布里斯·芒扎戈尔

大人物：克洛德·麦里埃

接电话的人：让-米歇尔·奥斯特罗夫斯基

家禽：弗朗索瓦兹·贝雷

女歌唱家：香塔尔·雷诺

警察：夏尔·萨多瓦扬

高大的女人：布丽吉特·詹森

女舞蹈家：莫里斯·瓦尔德曼

其他各种阴影与侧影……民兵、旅游者、警察、成对的男女、闲逛者、目击者、过路人、受害者等等。由见习助理劳伦斯·迪奥协助。

这部自传性戏剧分为两部分，由欧仁·尤内斯库最近的戏剧作品及自传性文本组成。罗歇·普朗雄担任导演，西蒙娜·阿穆瓦亚尔担任助理导演。蒂埃里·勒普鲁斯特负责布景。雅克·施米特和埃马纽埃尔·佩迪齐负责服装。安德烈·迪奥负责灯光。安德烈·塞尔负责音响。

第一场

布　景

舞台由一块隔板分为两半，隔板上有一扇门。我们也可以不将舞台一分为二，舞台中央只装一扇门或者门框。在右半边有一张破床，上面躺着一个戴着无边圆帽的老头。在另一半边有一个稍稍年轻的人，他坐在另一张破床上看报。两边各有一把椅子，一张桌子。

〔让从左边进来，他没有在第一间房里停下，他打开门，进到老人躺着的那第二间房里。

让　你好，外公。

外　公　我是你外公，但是我愿意你称呼我的名字，莱翁。

让　你好，莱翁。

外　公　你为什么这样看着我？我是在七十四岁时死的，我死了三十年，你还记得吗，那时你很小。

让　你看上去很暴躁，可是你活着的时候可爱得多。我们两人常去看电影。是你领着我第一次登上埃菲尔铁塔的。外婆不跟你在一起吗？（外公不作声）爱玛不和你在一起吗？

外　公　她死时是寡妇,她自由了。

让　这么说你也不常看见她!我现在看着你,原先我不知道自己这么像你,同样的眉毛,同样颜色的眼睛,同样稍稍嫌大的鼻子。

外　公　让我安静吧,我要想想我的发明。

让　还是发明。你在世的时候,这些发明从来就没有成功。你以为现在……

外　公　去我的儿子,你舅舅厄内斯特的房间里看他吧。

让　我会回来的。

外　公　他们拿走了我的一切,甚至禁止我抽我的烟斗。

〔他转过身去,面对着墙。

让假装敲门。

让　可以进来吗?

厄内斯特　进来吧。

〔让走了进去。

让　你现在和外公住在一起了?

厄内斯特　谁把我的地址给你的?

让　你好,厄内斯特。

厄内斯特　叫我舅舅。我问你是怎样知道我的地址的?

让　你们两人都怎么了?是死亡使你们变得这么暴躁?

厄内斯特　我没有死。我活到了九十岁,几乎可以当我父亲的父亲了。我只是决定停下来,将年龄定在九十岁,不能更多了。

让　你有刷子吗?为了来看外公和你,我穿过了泥泞的小路。天还下着小雨。我被淋湿了,尤其是鞋子和裤脚都弄脏了,而且,所有房子都是白色的、低矮的,我好不容易才认出来你的房子,你们的房子,既然你和莱翁住在一起。

厄内斯特　你没有回答我的问题?是谁给了你我的地址?

让　我忘了，忘了。可能是母亲。

厄内斯特　她不可能知道我的地址。她是在我之前走的。我从来没有见过她，也没有她的消息。家里人不喜欢我。但是我为他们做过多少事！我为全家人找工作，帮助他们，而每当情况好转，他们就走开了，神气了，我再也见不到他们了。说说，我的地址是谁给你的？我不愿意别人知道它。我总是想到别人，现在我只愿意为自己着想。

让　你也不知道苏姗姨妈在哪里吧？她也许知道我母亲的地址。因为我找的是母亲。我很久没有看见她了。我不愿意让她以为我忘记了她。我要送她礼物，鲜花。

哦，对了，谁给了我你的地址？也许是我自己找到的？那些泥泞的小道，那些低矮的房子，启发了我。我心里想她喜欢的正是这种房子。她经常搬家，找的总是底层或地下室。

我寻找的是她，找到的却是你。这种矮屋，天花板很低，虽是白色但有点脏，这正是这家人的品位。

厄内斯特　只有我兄弟安德烈知道我的地址。我叫他别告诉任何人，任何人，任何人。后来我就没有他的消息了。

让　既然你想知道他的年龄，他现在八十多岁了，但身体很好。

厄内斯特　是的，你瞧我，穿得不好，也不干净，我的黑礼服完全破旧了，旧得发亮。我不愿意你看到我这个样子，而我为人类做出过多大的贡献。

不公平！哪里有公平？我的钱只够每星期买一份报纸。所以我没有多少消息。我像流浪汉，但我保持我的自尊心和独立性。

让　你没有变，舅舅。

厄内斯特　谁也买不到我。

让 我身上有钱，很多钱，我可以给你一些，既然你是我舅舅。

〔让从口袋里掏出一叠钞票。

让 来，给你和外公。六百张一万的钞票，一万的新票。

厄内斯特 （并无感激的神气）这暂时够了，但只有这一点不行！你必须再带一些来。

让 我现在想起来了是怎样知道你的地址的，或者至少知道大致的方向。我在城里的街上跟踪了你一会儿，但失去了你的踪影。在此以前，我曾见到你从这幢房子走到那幢房子，从这家小店走到那家小店。这很奇怪。大概是做生意吧。后来我就在街的拐角上藏了起来，免得被你看见，再后来你就消失了，逃掉了。我是怎样重新找到你的呢？有一个人陪我走了一段路，这人是谁呢？他甚至给我指出了方向。

厄内斯特 （数完了钞票）的确有六百张。

让 （从左边下）我还会回来的，但我该去找她了。

〔厄内斯特拿着钞票走进外公的房间。

厄内斯特 莱翁，你瞧，我有钱了，是维克托给我的，他还给我一部分欠款。

外　公 我想他不叫维克托。

厄内斯特 没关系。

〔外公抬起身，坐在床沿上，瞧着钞票。

外　公 这些钞票一钱不值，在我们村子里，甚至在交易所，它们不再流通了。

第二场

没有特设的布景：一把椅子，一张桌子。

人物：父亲。另一个男人，约五十岁（他坐在桌前，桌上有公文包。让从右边上）。

父　亲　你来看我了？我没想到你来。你真的是来看我？多半是为了她吧，对吗？

让　我最吃惊的是，在旅行中我发现了一些意想不到的城市，我从未听说过的城市。我的地理知识一向很差，的确是这样，但基本的知识我还是有的。可是，瞧，在大片沙漠中突然有一座新城。那应该是法国的殖民地。城市很匀称。有广场，不过于庞大，有街道，不过于狭窄，有大马路，宽窄适中，有很匀称的房屋，既不太高，也不太矮，让人感到它们内部的套房一定很舒服，还有阳台。街上的人不多，大概是因为居民在家里很自在，必要的东西都有。

父　亲　我肯定听说过这个地方，对了，我兄弟是著名的地理学家，很年轻就去世了，他曾经绘制过这地方的轮廓。它原先的确是法国的殖民地，位于中国的北面。那里的人擅长马术，被称作“西方最后的骑士”，但他们居住在远东。西方和远东的末端相接。你没有看见他们是因为你去的时候他们多半在田野里。

让　我是在大路尽头,我走的一条大路尽头,完全偶然地发现它的。你说这地方是在中国的北面?

父　亲　它的名字是博冈迪,首都是博卡尔,位于土地中央的博卡拉平原上。

让　那里怎么会有海洋呢?我转过一条街时突然看见了海,蓝蓝的,像蓝色海岸一样,甚至还有一个港口。

父　亲　你来找的不是我。我不在乎,我已经不再感到辛酸了。

让　街道尽头的海就是这样的,像旧金山一样,街道稍稍向下倾斜,突然间我看见了海,还有船,像这一样。

〔舞台后部的墙上出现了一条蓝色的大河,还有绿葱葱的植物和树。阳光灿烂。

让　你瞧,就像这样。

〔影像消失了。

父　亲　我早知道你会来,也知道不是来看我。但我向你担保,我对此完全无所谓。新的当局赶走了所有的律师,只留下三四位,我是其中之一。我一直是聪明人,对当局服服帖帖。他们要我为哪些被告辩护,我就为他们辩护,但是按照他们所规定的辩护限度。

让　你能为谁辩护?你没有辩护权。你更多是指控当事人。

父　亲　你弄错了,你们都弄错了。你们的脑子被别人的宣传塞满了。我为邮电局的人辩护,他们因为天热而组织罢工。我支持他们的要求。但是如果我不为国家罪犯作辩护,那就不正常了。后来他们完全取消了律师的职位。由于我听话,他们对我好,让我改行。

让　改行当警察?

父　亲　不,改行写小说,现实主义小说。我们属于警务部,由警务部提供津贴，但我们不是警察。我不是警察。证据就是他们审查我的小说，在我的小说里这儿删去几大段，那儿删去几大段，总之算不了什么。我写长河小说，当然没有你在博冈达看到的或自以为看到的海洋那么蓝。

〔他从桌子抽屉里拿出一个大包。

父　亲　你瞧，这是第一章，是灰色小说。

让　这是些废纸，一堆废纸，你是官僚。

父　亲　你不是出于政治原因而怨恨我的吧，其实你怨我是因为我离了婚。

让　你抛弃了她。

父　亲　很遗憾我无法给你她的地址。她消失了，我送她去了火车站，她不肯告诉我她去哪里。我只知道她买了一张卧铺票。

让　如果是卧铺车厢，牌子上应该标明终点站。你可以问问铁路上的职员。我想你很高兴她走掉，你做的一切就是为了这个，你没有设法挽留她。其实你只需要说一句话。

父　亲　她从没给我写过信。

让　出于慎重。

父　亲　你呢，她给你写过信吗？

让　信没有到我手里。但她给我写过信，我敢肯定，我有证据。是的，是的，精神上的证据。

父　亲　她多半走得很远。在她去的地方她再也看不见任何人，不论是用眼睛还是用机械。是她抛弃了我们。

让　是你，为了再婚。

父　亲　我独自一人。第二个妻子去世了，所有人都以为她还活着，而且早就成了寡妇。你瞧，人们全弄错了。

〔舞台上出现了一张带有床顶华盖的老床，床帐垂着。两个男人，即辛普森夫人的两个兄弟，彼埃尔和保尔将床一直推到舞台中央。

父　亲　你看吧。

〔彼埃尔和保尔拉开了床帐，于是出现了床和床上一位死去的女人。在床的四角上有点燃的蜡烛。

父　亲　瞧这就是证据。

让　这个骗人的把戏是怎么回事？

父　亲　这不是骗人的把戏。这具尸体是活生生的证明。这是她的兄弟：彼埃尔和保尔。

彼埃尔　（对让）你认出我了吗？那时你很小。

保　尔　我们听说你成了一位大人物。听说你赢得了戴维斯杯，我们为你感到骄傲。

彼埃尔　（指着死去女人的床）你瞧，我姐姐去世了。

保　尔　是的，我姐姐去世了。

彼埃尔　大姐海伦是家里的美人。

父　亲　所有人都有权再婚，有权分开和再婚。不必为此怨恨他。她没有享受遗产，我也没有。我把所有钱都给了国家。幸亏我的书销路不错。有人甚至预先付款。有时是我写，由彼埃尔或保尔署名，有时是彼埃尔或保尔写，由我署名。

彼埃尔　三方友谊工会联盟。

保　尔　我们与所有政府一直相处得很好。

让　（对父亲）我不相信你。像往常一样，全是你做的，全是你写的，他们从中获利。这一家小偷、强盗。

父　亲　你怎敢用这种口气和我说话？

让　那你呢，你怎敢撒谎？你怎敢欺骗她，盗窃她，就像盗窃我一样？

父　亲　我什么也不欠你。我是靠自己的本事获得一切的。从来没有任何人帮过我。

让　我不需要你的帮助,可是她,她曾需要你的帮助,而你也欠她这份情。

彼埃尔　你们可别打起来!

保　尔　这很不好,在死人面前这样吵嚷很不好。

彼埃尔　她与这事毫无关系。

父　亲　瞧她多美,尽管上了岁数,尽管白发苍苍。瞧瞧她,她不像生前那么苍白。

彼埃尔　(对让)你从前在物理和化学上很弱,不得不给你辅导。

父　亲　我付的钱。

让　(对彼埃尔和保尔)我不能原谅他,因为我不知道她是否原谅了他。

彼埃尔　最宝贵的财富是生命。

保　尔　这是在幼童学校里人们常常对我们说的话。

让　我还要继续不断地去找她,等找到她时,我要问她,她对这事怎么想,如果她还能想的话,也许她把一切都忘了。

第三场

布 景

舞台后部的墙中央有一扇很矮的门。幕启时舞台很暗。当舞台后来明亮起来时，我们将看到三张床或长沙发，也将看到最初只听见声音的女人。有两个女人。

〔外面有人，脚步声，碰撞声。

女人甲 您得弯下身子才能进来，先生。呵，是的，门不够高。弯下身子。注意别撞着。您什么也看不见的话，开灯吧，先生。开关正在门洞的上方。您找找看，摸摸看，先生，总会找到的。好好找找。灯亮了对我们也好。我感觉您找到了。

〔灯亮了。女人们戴着相同的面具。舞台后部有扇极小的门，让从门口爬进来，帽子先在舞台上滚了一刻。

女人甲 请进，先生，请进。

女人乙 进来吧。

〔让进来了，一直爬到帽子跟前拿起帽子，站了起来。

女人甲 您没有弄疼吧？

让 你们为什么待在黑暗里？

女人乙　因为只能从屋外开灯或关灯，就像您刚才做的。有人骑着马从我们门前经过，他们看到门太小没法骑马进来，就把灯关了，让我们很烦恼。

女人甲　另一些人心肠好，他们打开灯。

女人乙　我们依赖他们，这取决于他们是慈悲还是残酷。

让　你们为什么答应生活在这个没有窗户的套房里？……我已经找她有一段时间了。

女人甲　您在找您母亲？

让　你们两人都像她。你们中间有一个人莫非就是她？

女人甲　我们都很相像，我是说这个共同体中的女人都很相像。

女人乙　我们甚至不是亲戚，不是亲戚，先生，我们不是她的姊妹。我们之间只是在精神上有亲缘性和相似性。

女人甲　她也许会来，她去买东西了。

女人乙　她走了两星期。

女人甲　不，今早她还在这里。

女人乙　今早？可已经有两星期了？

女人甲　她该回来了。

让　我能等她吗？

女人乙　她会回来的。您可以等她。

让　我不知道我们说的是不是同一个人。

女人甲　我们可以给您做点薄饼。

女人乙　没有面粉了。

让　你们别麻烦了。你们的天花板也这么矮。

女人甲　房租不贵。

让　她现在应该在某个地方吧。

女人甲　我不知道她为什么突然想到走。她在这里待了好些天，一个星期，几个月，几年了，然后，突然间……

让 她没有跟你们说她在等什么人？

女人乙 没有，但她不可能知道，邮政很糟糕。再说，您给她写过信说您要来吗？

让 邮政很糟糕。

女人甲 我理解。

女人乙 她也许要走一段时间。

让 （焦虑和忧愁）她出走也许正是因为她感到我要来？除了疏漏这一点，我从没有做对不起她的事。

女人甲 这些问题我们不能介入。

女人乙 她也许去另一个省拜访一位朋友，朱利安娜。她有一个漂亮的别墅，黑黑的。她曾在那座别墅里度过快乐的时光，她想在别墅被拆毁以前再去看看它。

让 黑色别墅？您是说白色别墅吧？

女人甲 不过，刚才她还在这里。她也许是永远离开了吧。

让 您认为她是永远离开了？

第四场

布　景

肮脏不堪的房间。墙角有一把旧安乐椅,父亲坐在上面。舞台右边有一把椅子和带抽屉的桌子。

〔父亲坐在安乐椅上,时不时地看手腕上的表。他说话。

父　亲　迟到了,这很自然,我并不感到惊奇。他总是迟到,在学校里成绩总是很差。他是怎样完成高等教育的呢?希腊文差,理科差!可他最后却拿到了他所有的文凭。我曾经想让他当工程师!他从来就不听我的话,总是反对我。这是怎样的一代人!总是在指责。他从来就不理解我。他瞧不起我的朋友,我的新家庭。

〔让走了进来。

让　又是你!多少年来,你一直在我梦中,你,还有你妻子和我母亲和你的小舅子们。在好几年里,十几年里,我没有再梦见你们。现在又梦见你们是什么意思?我很快会和你们相聚?我们还没有清账?总是回到那可怕的开始。

父　亲　这是因为你对世界不再感兴趣了。

让　可我还存在。我在尘嚣和狂暴中挣扎得越来越吃力。我假装对这感兴趣，但对所有这些麻烦事已感到厌烦。

父　亲　像人们说的，你可是大大地成功了。你过着多少有点紧张，甚至十分紧张的生活。你得到了荣誉。

让　我现在比你年长。可是当我看见你，与你面对面时，我仍然是那个受你压迫，挨你揍的不幸的孩子。你由于我母亲而辱骂我，而她没有任何地方对不起你，却被你抛弃。幸亏我十七岁就从你家里逃了出来。像你这样殴打仆人的父亲能给我什么呢？不过你有时对我怀有隐约的爱，或者为我的社会成就而隐约地自豪，这也是真的。当政治，你的国家的可耻的政治，使我成为贱民时，你也使我成为贱民。对社会——你的社会——的赞同或反对，你一概顺从。可是，你看见了，我战胜了你。因为我有运气和勇气，决不听从你。不能说你在默默无闻中没有成功。共济会、民主派、左派、右派、纳粹政府、铁血军，还有共产党政权都喜欢你。

父　亲　我很明智，而且谦逊。

让　这不是出于哲学观。过去也不是出于哲学观。那时你是为了解决自己的麻烦。最后你在私人生活上与你的妻子麻烦不少，你的第二个妻子受不了你，让她的侄女睡在你和她之间，不让你碰她。笨手笨脚的白痴！在她死后我知道你的茨冈女仆成了你的情妇，这时我才理解你。我记得一天下午我看见你和她去电影院，我假装没有认出你来，我已经猜到几分了。

父　亲　工作压力大，又经常有负罪感，因为我并不如你所想的那样是个蛮横无理的人，这个情妇是我一生中的快乐。唯一的快乐。

让　你给她买了一幢房子，她肯定再享用不了，她肯定去世了，像你一样。可惜我们没有做到彼此信任。你早该告诉我这些事的。你本该带上我与她一起去喝酒，她是你周围唯一可以交往的人。

父　亲　别谈这些消逝多年的事了，抹去你对所有这些消逝多年的人和家庭的怨恨吧。

让　你们都在我的梦中出现，这说明我的怨恨并不很深。问题并没有解决。动荡和战争将我们拆开了，我们始终无法相互解释。为什么在梦里还来看你？你去世很久了，很快我就会与你会合。然而，即使到了另一边，我仍然是你的儿子，我要去看你仍然很困难。你把自己关在第二个妻子和她的剽窃者兄弟的坟墓里，他们真是剽窃者吗？他们邪恶、愚蠢、平庸，也许并不比所有人更糟。而我呢，我的坟墓靠近我妻子的墓，你的女儿我的姐妹的墓，除非我更远，我妻子和我，很晚才是我女儿！我们将去另一个国度，人们认为是更好的国度。被认为是更好的国度。

父　亲　土地将翻倒过来。一切将会乱套，灵魂或许也会遭杀戮，得了，你也不会存在多久了，让我瞧瞧你的作品，你写的东西。

让　好，我给你看这一切。

〔他站起身，朝桌子走去，拉开几个抽屉，取出一些纸，父亲跟在后面。儿子拉开一个抽屉取出一堆废纸。

父　亲　就是这些，用过的本子，乱涂的纸张，我在看，没有值得一读的东西。你甚至试图画画。我可早就告诉你你没有绘画的天赋，你所谓的你的文学，一团糊涂，无非是一些字母：A、B、C、X，无法理清，然后就是废纸、签名，而这一切居然还受到人们的尊重！什么也没有，孩子，你没有留下任何信息，你结结巴巴地写了些结结巴巴的东西，支离破碎的句子，似是而非的字眼，你也许自以为是先知,是见证人,是对处境的分析家。没有一个处境是清清楚楚的。空空洞洞。

让 有一段时间我想象自己写出了点什么,可是什么都没有。后来我已经感觉到这一切都一文不值,只是腐烂的稻草。

父 亲 你别难过,任何人也做不成什么事的,世界不属于任何人,世界属于撒旦,如果上帝不把世界从撒旦手中夺过来的话。世界被撒旦玷污、弄脏、毁坏了,只有上帝能使世界具有意义。也许一切都会被洗净,被修复,我们就会明白些事情。

让 我向你介绍我的两位朋友。

〔两个女人上。

让 她们来到我梦中,好让你认识她们,她们会让你笑的。

〔两个女人面对面地跑了下来为他表演家禽,第一个女人叫"咯咯咯",第二个女人叫"喔喔喔",这种表演,这种舞蹈持续了一段时间,此时父亲与儿子正在说话。

父 亲 你的朋友很活泼。

让 是的,我想她们会使你高兴的。

父 亲 这是些什么?好像是家禽。对,真正的家禽,不是家禽的影子。

让 不,这是几位女士在扮演家禽。

〔舞台后部出现了一个胖女人。

父 亲 你认出她了吧!这是我的第二个妻子,你的继母。

继 母 走吧家禽,不然我叫我的火鸡来赶你们。

〔两个女人停住了。

继 母 别把家禽带进死去很久的人的家里。

〔从右边来了另一个女人,她用扫帚将两个女人—家禽扫出门外,后者一边继续表演,一边消失了。

继　母　现在只剩下我们了。

让　（对胖女人）您要保重身体。

父　亲　在这里既没有抑郁，也没有悲哀，我们是在悲哀后面，在欢乐后面。

让　你们是有记忆的亡灵。

父　亲　我们将会解体，不是立刻，等其他人来到时，等城市和平原空荡荡的时候。

〔外面有微弱的呼喊声，微弱的机枪声。

父　亲　是的，我们还听得见这一切，但它不再使我们别扭，它声音很低，我们不太在意地听着。

继　母　但是我，我还有自己的话要说，这话我一生都没有说出来，我说的话都不是我自己的话，我有自己的话要说，自己的话要说。

第五场

〔让从右边上，同时，一个女人从左边上。两人在舞台中央相遇。

女　人　(应该是母亲)你是让吗？

让　我想是的。

〔他在衣袋里翻找，拿出一张身份证。

让　根据我这里的证件，我想的确是我。

〔他朝四周看看。

让　我看不到镜子。

母　亲　这里有一面袖珍小镜子。

让　(拿过镜子)这是一面好镜子。我确实认出了我的面容。有几分损毁，但毕竟是我的面容。

母　亲　你没有老，你没有变，你应该很容易认出自己的。

让　(更仔细地瞧)对，不错，我有同样的皱纹，这是生来就有的，我还是小孩时就有皱纹了。

〔他交还镜子。

让　我们这是在什么地方，在布加勒斯特？好像是的。

母　亲　这里确实是布加勒斯特。

让　我好像认出了这幢房子。

母　亲　这里是你父亲第二个妻子，你继母的公寓。

让　可是你，你是谁？我好像认出了你，我想从很久以前我就认识你，但是你究竟是谁？是我妻子？是我女儿？是我姐姐？肯定是这三个人中的一个。你知道我父亲很有钱，他给我很多很多的钱。

母　亲　你从来不会靠你的诗自己赚钱，那些诗不值多少钱。

让　幸亏我父亲宠我。有时他很严厉，有时十分慷慨。我已经花掉五十万法郎，还剩下十万，如果父亲始终心情好，我会再向他要钱。目前他很宠我。

〔让环顾四周。

让　为什么房子里有这么多空房间？可以有时在这间房里睡，有时在那间房里睡。橱柜里有吃的东西！

母　亲　你吃得太多，你时刻在吃，你会发胖的。

〔让瞧着桌子。

让　堆在这里的书是怎么回事？是些老书，很老的书。

〔他拿起一本书。

让　这些字很古怪，是象形文字。

母　亲　这是圣书，用古罗马尼亚文写的。

让　这很难懂，甚至完全无法看懂。

母　亲　你不会罗马尼亚文了，你忘了罗马尼亚文，连现代罗马尼亚文也忘了。

让　没有，这里那里我还认出一个词哩。有十字架。我还能读，我认出“天使”这个词。

母　亲　别把李子都吃光了。

让　这些纸牌呢？好像是塔罗牌吧。

母　亲　我叫你别在橱柜里和冰箱里乱翻。吃得够多了，行了。

〔让又回到桌边。

让　这一包是什么东西？

〔他打开包。

让　这么多钞票，这么多钞票！

母　亲　这些钞票已经过时了，不是你父亲寄来的。

让　那准是厄内斯特舅舅寄来的，我应该换下这些过时的钞票，它们不再有任何价值了。

母　亲　厄内斯特舅舅尽做这种事。你知道他恶习不改，是个骗子。

让　为了补上这一切，我需要许多钱，比我现有的更多。

母　亲　瞧，你的继母来了。

〔继母从右边上。

让　（对继母）夫人，我需要五十万法郎来弥补厄内斯特舅舅的过失，来偿还我欠我母亲与她家人的债。

继　母　你真顽固。我一直要你称呼我海伦而不是夫人。

让　您知道我不喜欢您的名字。再说在我眼中您总归还是外人。

继　母　如果我是外人，你为什么总向我要钱？

让　我会还您的。

继　母　你总是这句话。

让　我向您保证连本带百分之十的利息还您。

〔人物不变再加上一个不说话的老先生和一个老妇。

让　（对新来者）你好，外婆，你好，外公。

〔他吻抱新来者。

让　母亲，你为什么这么老？你和外婆外公一样老，可你是他们的女儿。

母　亲　我赶上我父母的年龄了。人在阴间也会老的，一直活到一百岁然后就停止了。等你来到我们这里，你也会变老的。

让　我在等父亲，他应该来向你还债。

外　婆　债是不能拖欠的，你父亲总不还钱。必须救救厄内斯特。他债台高筑，应该救救他。

继　母　你们总是问我丈夫要钱。（对母亲）您不是他的妻子，您不再是他的妻子了。

外　婆　但让是他的儿子。他有权得到父亲的一部分收入。

继　母　他没有任何权利，因为他是成年人了。

外　婆　（对继母）即使在他年幼时，他父亲也不愿意帮他，就是因为您。您阻止他。

母　亲　（对外婆）算了，妈妈，别提这些老事了。我想法去弄点钱。我能解决的。

让　（对母亲）不，妈妈，你不要出钱。我等父亲，他应该来还债好救救厄内斯特舅舅。无论如何，他欠你这笔钱。你知道，你离开我们大家以后老了许多，我很难过。

〔一个女人上场。

女　人　这是因为她在那边感到不舒服。不然，无论她怎么说，她会显得很年轻的。当人们在那边感觉舒服时，时间会倒流。她说人在阴间会变老，这是错误的。

让　（对母亲）该怎样做才能去掉你的皱纹，才能使你振作起来呢？

外　婆　她应该与你父亲复婚。

母　亲　眼下至少把厄内斯特救回来。

继　母　这里是我家。我的房子。任何人都不能把我从这里赶走，任何人都不能再夺走我的丈夫。

女　人　（对继母）他并不怎么爱您。甚至他根本不再爱您了。此刻他多半与他的姘妇，情妇，那个波希米亚女人在一起。

继　母　您在胡说。他为他自己和我挑选了同一个墓穴。他不再要她了。

母　亲　也不要您。

继　母　（对让）我可是好基督徒。我还是要帮你的忙。但你们不要试图夺走我的丈夫。你们办不到。

女　人　既然他和波希米亚女人在一起，是她夺走了你的丈夫。

继　母　他和波希米亚女人在一起不过是玩玩。但我知道他内心的感情。他选择了我，而这是不可逆转的。（对让）你母亲的全家是另一类人。他应该与他们分开。他与我，我的兄弟，我的表兄相处融洽，而且说的是同一种语言。在等待你父亲的期间，我要给你五十万法郎，以证明我是好基督徒。这里只给四十万，其余的你找回给我。

〔让在衣袋里搜索。

让　噫，我找到了十万法郎，我原先不知道我还剩下这么多钱。

外　婆　这四十万法郎应该从您口袋里出。这可以说是您从我女儿那里偷去的钱，我们收回一点罢了。

母　亲　别再说这些了，这使我很难过。

〔仿佛有电话铃声，但舞台上没有电话机。

声　音　喂，是让吗？

继　母　有你的电话。

让　是谁？一个不肯说出名字的匿名电话。

继　母　是谁打电话到这里来找你，仿佛这是你的家？这是我的房子。

女　人　您所称作的您的房子已经被侵占了，它属于所有人。

继　母　这里的一切都属于我，既然它属于我丈夫。

让　任何东西也不属于任何人，或者说一切属于大家。

外　婆　既然我女儿是你父亲的第一个妻子，让，那我们有优先权。

声　音　（对让）你母亲、外公、外婆都衣衫褴褛，都又老又穷。他们需要很多钱，再说必须把厄内斯特从监狱里救出来。

继　母　所有人都是骗子，什么家庭！我丈夫摆脱你们是做对了。

外　婆　（对继母）你们这些人也好不到哪里去。我们至少没有掠夺农民。我们没有伤害任何人。您的兄弟靠盗窃发财，所以成了高官，这不公平，但仁慈的上帝知道惩处谁。您另一个兄弟杀了人，将人们判处死刑。（对让）我们拿上这四十万法郎，就这样，然后我们走，你来找我们，我们等你。

〔外公、外婆、母亲下。母亲下场时对让说话。

母　亲　我亲吻你，孩子。我们等你，虽然不抱很大的希望，但我们会一直等下去。

继　母　（等他们走后）这一切是一场丑恶的闹剧。我早就料到了，但我有毅力，我不退让，我守住我的丈夫，还有房子，还有他的财产。

女　人　这是疯狂的自私，疯狂的放肆。

继　母　我才不在乎哩。

〔她也下。

让　（躺在长沙发上）休息可真是美妙的事。存在是舒服的。我的钱比我想象的多得多。除了我身上这套礼服外，我还有八套礼服，加上这一套就是九套了。十几双鞋。

女　人　你一生中做过好事，你继续做好事，你该满意了。

让　休息是多么舒服的事呀。

〔他突然站起来。

女　人　瞧，这里是你的皮包，里面装满了钱。我应该告诉你这个，因为你甚至不知道。

让　那我更应该把钱给我的家人，给厄内斯特舅舅了。他这人不怎么样，但我总不能让他在洞穴里待一辈子吧，何况我应该去找我母亲、我外婆和外公。他们还住在克洛德露台街吗？

女　人　是的，他们甚至从那里给我们发过电报，寄过明信片。

让　没有直达火车去那里。你知道该乘几路公共汽车？

女　人　有马车，它就在门口等你。

〔她走到舞台后部瞧瞧。

女　人　甚至是两匹马的车。还有一辆车是三匹马。

让　这太贵了，因为要给车夫小费，再说，去到城市的另一头，这太费时间了。

女　人　我去叫一辆出租车。

让　那会更现代化。可是你找不到出租车。在这个区里没有出租车车站。

女　人　我也许能在小街上、死路上找到，有人在那里下车，司机就有空了。

让　司机不愿意去那么远，现在是他们回家吃饭的时间了。

〔女人下。

让　出租车不可能，不可能。这里的人都有车。从前这里有有轨电车。

〔他朝桌子走去。

让　所有这些书我都看不懂。这些书里应该写着人将死去时或者刚刚死去时应该怎么办，不过，写着的这些话，还是真实的吗？这是些古书，写的是已经很古老的经验，十分古老，总之我看不懂，我忘记了这种文字。眼下我有钱，眼下我很富有，我不是只有这一幢房子，我住着好几幢房子，每幢房子里都有好几张床，我每天晚上换一张床睡。我不喜欢总睡同一张床。

第六场

布景同前。

〔上一场中的那个人物坐在安乐椅上。

让 怎么?

〔有顷。

从左边上场一个人物(甲,让),他与安乐椅上的人物十分相似。从右边出来一个人物(乙),他也与坐着的人物十分相似,后者一动不动,但似乎是说话者。

因此,当左边的人上场时,同时从右边出来另一个人物(乙),他与坐着的人物也相像,但年岁更大。他也将和安乐椅上的人说话。观众立刻明白他是父亲。他更老,衣着与坐着的人相同,但回答他的不是安乐椅上的人而是从左边上场的人。

必须想办法使观众明白这场表演。也许这两个人物,特别是老人(乙),将向椅子上的人说话。

人物乙(父亲) 在你最后那句话以后,我给你留了一个世纪的沉默时间。终于你在这里了!无止境地待在这里了!你找回了回忆吗?

让 我需要时间!

人物乙（父亲） 你不顾我的反对，在一生中做了你想做的事。我曾梦想你有另一种命运，另一种事业：高级政治官员或者将军或者化学工程师。你不肯听我的。我知道，是你母亲将你推向别的方向，我不再怨她了。

让 你仍在怨她！你会永远怨她。只要你怨她，你就进不了天堂。我来到这里，我待在椅子上回答你的问题。

人物乙（父亲） 别责备我！我得承认你在事业上有成就，生活上很成功，在这里这些会对你有用吗？如果可能的话，我们应该一切从头开始。从头开始！不过你总算获得了辉煌的成绩：科学院主席，文学流派的创立者，虽然有许多对手攻击你。

让 我不能既使所有人高兴又使自己的父亲高兴。敌人总是多于谄媚者。但是我有很好的支持者。最著名的批评家，最著名的美学教授。我建立了文学与诗歌的纪念碑。在我这个时代，没有人比我更伟大。

当我上小学时，你走进我的小卧室。你在抽屉里翻找。你检查我的本子，里面没有老师们强加于我的作业，只有漫画。你让我重述功课，让我背诵，我一个字都不会，但我通过了高中毕业统考，但我每次考试都成功，拿到了我所有的文凭。因为他们明白了我是天才。他们知道尽管我父亲以我为耻，尽管你以我为耻，将我关在房间里，尽管你把我所有的文学书都藏了起来而且烧掉了我所有的陀思妥耶夫斯基、卡夫卡、福楼拜和克尔恺郭尔的著作，但是，他们知道，我本人就是一个福楼拜和克尔恺郭尔。

你常常扇我耳光，打我，可是他们，我的老师们，却不在乎我的数学得零分，可是他们却对我有信心，你烧掉的那些作家的书，他们却借给我读，并且容忍我在物理课上读拉辛的作品，读莎士比亚的作品。物理老师假装没有看见。现在我和你算账，我谴责你这个盲目的一家之主试图阻止我做我想做的一切。

你请化学老师来家帮我准备化学工程师的考试，他偷偷地给我带来了你禁止的书和达·芬奇的画《最后的晚餐》的复制品。我从你家里逃走，找到了一些朋友帮助我，找到了我喜欢的饮料和我爱慕的那些姑娘！

在我整个的少年时代，我都被你关着，但你对我毫无办法。我是最强的，最强的。

人物乙（父亲） 是的，儿子。你常常去你母亲家。是她鼓励你来反对我。她与我们的等级不同，所以我们不和。现在她多半也去世了，在某个地方。

让 我战胜了你，这使她感到自豪，但她特别引以为自豪的是我的成功。我做对了。

人物乙（父亲） 的确不错，我承认，你获得了荣誉。在生者中你曾负有盛名，我指的是在垂死者中，因为死者会记得你吗？你也被死者遗忘，就像你曾是一个微不足道的化学家一样。是的，是的，我不否认，那时我不相信你会成功，我不相信你的智力，你属于你母亲的种族而非我的种族。

让 你很暴躁，你很粗暴，你殴打仆人，你辱骂你的下属。

人物乙（父亲） 今天他们都已死去，忘记了你的功业也忘记了我的暴行，恶棍与天才是等同的。可是不！我应该忏悔。

让 你应该忏悔！

人物乙（父亲） 我应该忏悔！然而条理会比你在人们脑中传播的疯狂更糟吗？如今这两者都算不了什么，算不了什么。没有人在永恒中也是恶棍。永恒将一切都扯平了。不，儿子，不。我在胡说八道，为的是自己。你赢了，儿子。我不知道你准确地赢得了什么,但你确实受到了最伟大人物的尊敬,我在书店和图书馆里看到了你的作品的标题。

我一本也没有读过,关于你的一切,我是道听途说的。反响和谣传,反响,反响。现在我们有时间了。给我看看你的成果,让我稍稍明白一点,让我更被我的失败所折服,让我尊重你的成就而且心悦诚服地赞赏你。

让 我这就给你看。它们在抽屉里,和我儿时一样。

人物乙(父亲) 给我看!给我看,儿子!

〔舞台前部有一张桌子。安乐椅上的人站起来朝桌子走去,拉开一个抽屉,然后又是一个抽屉,然后是第三个抽屉。

让 来吧,就是这些!

〔他从抽屉里拿出一些发黄的纸,散开的本子,它们掉在地上,他拾起了几页纸。

父亲站在那里毫无表情地目睹这一切。

让还取出一些铁丝,小段生锈的铁丝、烹调书、拙劣的漫画、小块肮脏的废纸、削得不好的铅笔、一瓶墨水,它溅了出来,弄脏了舞台。

让 瞧,这就是我做的一切。

人物乙(父亲) 这是你小时候在抽屉里的东西。

让 没有别的了?就是这些,我多半忘记了还有什么东西在别处,就是这些了。

人物乙(父亲) 就是这些!

让 就是这些!但我不该为这些东西而累垮的。是的,父亲,确实只有这些!哪里有我的不朽著作?哪里有我的荣誉呢?

〔他拉开第四个抽屉,抓出了好几把尘土。

让 你瞧瞧!你瞧瞧!难道这比空无要强吗?

人物乙（父亲） 这就是你的全部作品！

〔他下。

让 一切都要重新考虑。一切都要重新开始。

〔他回到安乐椅上。

让 但我要继续捍卫西方，捍卫古老的希腊宇宙、星球赋予我们的自由、存在主义和神秘学说、推理权、诺斯替教派学说、珍珠之歌[①]。捍卫西方，捍卫西方、存在者之舞、《意大利战役》、《进军罗马》；捍卫西方，防卫的西方、防卫的巨齿；捍卫西方，捍卫枕部和我的政治旅程。人的地位、文化、东方的崇拜、西方的捍卫、防卫的巨齿、巨齿的防卫。

〔他倒下。

---

① 为耶稣十二门徒之一圣多马所写的寓言诗，讲述一位印度王子去埃及寻找神秘的宝石的经历。

第七场

布景：一套破旧的、相当肮脏的公寓。

人物：电影人/电影制片人、让、外婆等等。

老　妇　让！让！

〔让从舞台后部上。

让　是的，夫人，我在这儿！

老　妇　我不是夫人，我是你的外婆。你从来就不知道我是你外婆，还是那个看门人，你总是把我们弄混了。

让　对不起，我有许多烦恼，满脑子都是。

老　妇　那我呢！在我这个年纪！我该怎么说呢！

让　外婆也照样可以是看门人呀！

老　妇　你等的那个制片人，那个电影人，来了。他来听你的建议。整理一下你的头发、你的领带吧。他给你20%的利润。

〔她下。

电影人从右边上。

电影人　您给我写电影剧本吧，收入利润的20%归您，并预付部分款项。

让　您现在就可以付我一半。您知道，我仍然能够找到一个有趣的主题，我有许多有趣的主题。我一点不老，多半有人会说我老了，这一眼就看得出来。人只要还有梦想，就永远是年轻的。原谅我请您来到这个破败不堪的公寓。从前我和妻子和女儿住在这里时，这套公寓整洁得多。现在我只是时不时地回来，主要是我回来，但我肯定地告诉您，我并不真正地住在这阴暗的底层。我的家人现在在乡下，我回来待几天，但不再住在这个如此阴暗的地方。我不是一文不名，我还有财运，源源不绝的财运。我在帕特街的大公寓比这里大得多，但正在修理，所以我来到这里并约您来这里。我需要时不时地来巴黎，因为我在乡间也有一座很大的房子，但是即使坐车也太远。我在乡间的房子是座巨大的城堡、一座宫殿，数不清的房间，大量的客厅，里面全是古式家具。我还有一个更现代化的客厅，十分宽大，我拥有很大的空间。有些顶楼被我装修成剧院，有舞台，还有演员出入的特别通道。在另一些宽阔的顶楼里，我种了树。等树将来长到天花板那么高时，我就必须把它们弄矮。它们已经相当高了。顶楼里还有一个人工湖，但还剩下广大的空间应该被利用，例如用作草原，但我没有那么多钱去装修这一切，这得需要几百万加几百万的钱，也许我能用电影脚本挣这些钱。不必请布景师为我们设置布景，在我的宫殿里布景是现成的。又有足够的舞台和摄影棚，拍什么都行，但是我必须用脚本挣钱。如果我提供布景和空间，您能给我30%、40%、50%吗？是呀，我得养我的宫殿，其中有些城堡如果不加以维修就会倒塌的。那里也有些废墟，但不能碰它们，那是故意做成的废墟。您要是明白我的意思，我们就签合同。

电影人　您给我写什么脚本呢？

让　首先是描写。这是现成的影片，没有什么要拍的，所有的空间，墙壁、家具、十几个湖泊都在那里。几乎所有外景都在里面，不需要拍外景了。人们也不必担心坏天气了。

电影人 这一切是氛围,但情节在哪里呢?

〔老妇上。

老　妇 我刚从国外来,这次旅行很好,但很累人。

让 欢迎您,外婆。

老　妇 你确信我是你外婆吗?

让 是的,当然。

〔他对电影人说。

让 对不起,先生。我不知道这个女人是我外婆还是我母亲。如果是我母亲,那她老多了。

〔他对老妇说。

让 你是我母亲吗?

老　妇 我一直在等钱,我留在你父亲家的钱,始终在等。你答应过我问他要的。他该还给我!你不敢去,你害怕他?我在这期间变老了。我又一次从国外来,希望他给我钱,何况他赚了几十亿!

让 (对电影人)这是我母亲,先生,您会理解我的。

老　妇 不过我们曾经度过十分愉快的时光。那时屋子里有点潮湿,因为下面恰恰是地窖。但是烧着炭火,把门窗都关上,那间屋子也很不错。我喜欢阴暗的老房子。我们和你的妻子和女儿在一起很快乐,仿佛身在安乐窝里。

让 她怎能衰老到这个地步?有一种解释,她在等父亲的钱。但这种解释并不充分。

〔他对电影人说。

让 您住得离这里不远吧?

电影人 就在附近。是饭店,卡皮托利饭店,不是法兰西学院饭店,是卡皮托利饭店，它刚好位于圣克卢门的进口处，是豪华的大饭店。我总是住豪华的大饭店。

让 它很新，很现代化，肯定很快就盖成了，我没有去过。

电影人 我没有永久的住处。

老　妇 （对让）等先生走后，你来门房找我。

〔她下。

电影人 我喜欢这里住住，那里住住，在不同的国家里，从一个城市到另一个城市，从一家饭店到另一家饭店。要去我的饭店，得走两三条街，古老的、十分漂亮的街。

〔舞台后部的布景改变了，观众看到闪过街道和花园。

让 （突然欢快起来）绿色的美景，阳光灿烂，多么绚丽的色彩，多么明亮的光线！

〔舞台后部的布景上仍闪过漂亮房屋和花园的风景，让默默地欣赏。

有顷。

电影人 您瞧见了吧！

〔接着，舞台后部出现了街道，它们越来越难看、平庸、肮脏，强烈的光线消失了。

让 多么令人失望。又是毫无特点的郊区，连穷苦都说不上，只是平庸。圣克卢门的这个广场并不太远，但是由于交通不便，很难去到那里，没有出租车，也没有公共汽车。

〔两人在舞台上走，仿佛走在街上。

根据演出的条件，可以不显示前面所述的景色。可以只用强光，然后是灰色的光。

让 呵！豪华大饭店！

〔在舞台后部的确出现了一个豪华大饭店的形象。

布景改变了：舞台一分为二，左边是一间卧室，豪华但品位不高，隔板将它与舞台的另一半隔开，在那边是床，三四张不干净的床，有穿制服的人躺在床上。

电影人 这是我的房间。

让 另一边呢？

电影人 您为什么这么吃惊？在新建的饭店里不再有真正的单间了，只用一半的隔板将你与其他人隔开。不过住在那里的人很安静。眼下的这些人是下级军官。你再不可能独处一室了，最多只能在宿舍的一角有几个小间，这是为了防备间谍的。

〔一个饭店职工拿着箱子从左边上。

职　工 这是您的箱子，先生！

让 您还让饭店职工给您送箱子？这真了不起！

电影人 这是电影人仍然享受的少有特权之一，少有的特权。我要走了。

让 从前我也常常独自旅行，从一家饭店到另一家饭店，也没有固定住所，我去了法国南部、意大利，往日的意大利、西班牙，君主制的西班牙。

〔床毯掀开了，床上躺着一个女人。

电影人 当心！

让 她真白！

电影人 当心，不能碰她，您只能闻她的气味，瞧她的乳房。我走了。

〔电影人下，一个胖先生上。

胖先生 年轻人，欣赏优于占有。

〔一个女士上。

女　士 我旅行归来。我走了许久，你甚至没有来车站接我，可我给你发过电报。你什么都忘了！

让 唉，是的，我什么都忘。

女　士　有一天你会忘记穿鞋，光着脚上街的。

让 你做了一次愉快的旅行！

女　士　我做了一次愉快的旅行！山丘、天空、大海、天上的湖、水中的天、温顺的河流。

第八场

布　景

克洛德露台街的一楼，它后来变成昂特耐兹教堂的磨坊，后来又变成像瑟里齐拉沙尔城堡一样大的城堡。

让　先生，她怎么不在这儿呢？我来到这一区看我的母亲，我很久没给她写信了，也很久没有看到她了。但她给我写过信，不久前她还在这里。

另一个男人　我不知道您想和谁说话。我们租这间公寓时，它是空的。没有人住。

让　现在她会在哪里呢？可怜的女人没有住处了！

女　人　您可以在这里过夜，明早再走。

让　我不愿意和别人共住一间卧室。

女　人　可这里有两张床，甚至三张床，您独占您的床。

让　在瑟里齐，在城堡，我养成了一种可以说是不好的习惯，每人有自己的卧室。

女　人　不是在昂特耐兹教堂您那个老磨坊里吧。

让　恰好，这里从前是磨坊。

女　人　我们这里？

让　是的，这里，就是这里。在我那个时候，这里住的是卢瓦斯纳尔一家、玛丽、巴蒂斯特神父、让内特嬷嬷，您从来没有听说过这些人吧？您从谁手里买的这个磨坊？

女　人　我们看到它无人看管，就作了些修修补补，使一切恢复原貌。每间房里住很多人，这是因为我们这些劳动者人数很多，这里的生活可不像城堡。

让　在我那个时候，磨坊的生活也不像城堡。在瑟里齐，那是城堡的生活，这是两码事。

我还不完全放心，仍然万分恐惧。想想我在近一个世纪里，嗯，近一个世纪里，那么恐惧。在近一个世纪里，我不知道自己从哪里来。我不知道自己去哪里，我不知道自己在哪里。接着，不寻常的事变成了寻常事，反常变成了正常，我心里想我可能是在家里。不，不，不总是这样。有的时候，断断续续地。但我却把梦想当作现实，我被事物卷了进去。我有职业，我把它当作志向。我在运作中忘记自己的恐惧。是的，这是因为自某个时刻起我感到自己是在家里。那时在空间里有些形状，有些物体，它们突然变得奇形怪状，可能是为了提醒我我不是在家里。那么我是在哪里呢？椅子成了双头的龙，橱柜有点像是湖。奇怪的湖，它从哪里来的？

女　人　瞧，在这里，您看到的椅子就是椅子，桌子也一样。您可以将手放在桌子上，它很结实，您摸一下。

让　这确实是椅子，不像我在那边见到的椅子。是变了样子的椅子？模型椅子，典型椅子？在那边的是虚假的椅子，是椅子的影子，大概正因为这样椅子的外形才令人害怕，或者难以置信，或者畸形。我十分害怕黑色的真空，害怕阴暗的地道，我会扑下去，跌下去，一直往下掉。那时完全不是这样，不是这样，我不敢相信我的眼睛,这里是真正的椅子,有实体的椅子,而这张桌子是有实体的桌子。我感到这一切都是真实的。它们的存在足以使我相信它们的永恒性,相信现实。在那边,存在似乎只是表象。在这里我明显地感觉好多了。在真实里。但这的确是真的吗?当然,人们感到轻松些,我感到轻松些,但完全是这样吗?

女　人　是的,大致是这样。

让　那么总是大致了?为什么是大致呢?

女　人　您要安静下来慢慢地清醒过来。

让　可这里根本不像是诊所,你们这里没有诊所,对吧?我肯定是在另一个地方。我只能一再说我很高兴也很惊奇,因为一切如此顺利,没有阴暗的深渊,没有无底洞。我没有一刻感到坠落的眩晕。我只走了一步,一扇看不见的门就自动开了。我在世界上旅行过几百公里,几千公里,而现在,为了来这里,一扇门就自动地微微打开了,要不我就是从窗子或者穿过玻璃进来的。这事完全是在我一无所知的情况下发生的,而这是最长的旅行。但是您说这个世界只是大致上真实,几乎真实,那么,哪里有真实,完全的真实呢?

女　人　您在这里已经闻到了完全真实所固有的纯净空气,然而这里只是进入凝止不动的真实的前厅。我该领您去得更远。您别害怕,这段路既不长也不短,它是无法测量的,但我应该带上别人和您一起。

让　我早想到了。我知道我该遇见什么人,对吧?

女　人　是的,您知道。

〔女人是房子的主人,她看上去应该像农妇。

第九场

人物：两个女人，一个可能是让的继母辛普森夫人，另一个是阿尔莱特，她是让的妻子而且有时可能是他的姐妹。

辛普森夫人或女人甲　您不能否认它在不停地动。

阿尔莱特或女人乙　我们陷入了可怕的为难境地！

〔她笑了。

辛普森夫人　要是没有我丈夫的那些家人多好！

阿尔莱特　我们处于困境。要是他们征求过我的意见，我是不会接受的。

辛普森夫人　它一直在动但同时又不移动。

阿尔莱特　它在动！要是不再动就好了。而且一直是同样的运动，同样的环状运动。

辛普森夫人　当我死去时。呵上帝！

阿尔莱特　我一直对灾难有心理准备，我纳闷它怎能坚持住？如果地球裂开了！

辛普森夫人　我听见他们，我看着他们。他们在做手势，仿佛还在说话，我听不懂。

阿尔莱特　如果地球裂开了我们去哪里？去洞里？在它裂开以前去洞里。

辛普森夫人　一些学者、法官、高级军官对我说，月亮可以接近地球，与地球贴在一起。

阿尔莱特　不如说是我们去使月亮增大。

辛普森夫人　想到这一点时我颤抖。亲爱的，去哪里躲藏？我们去哪里？

阿尔莱特　俄罗斯草原上有地方，在西伯利亚。

辛普森夫人　为我们？

阿尔莱特　为月亮。

辛普森夫人　四分之三世纪以前，一个巨大的石块，整个一座山，坠落在西伯利亚，打了一个大洞，但地球承受住了。

阿尔莱特　在欧洲，人们什么也没有听见。

辛普森夫人　听见了，有雷鸣般的巨响，人们以为是打雷。

阿尔莱特　报纸上可一个字也没有提。

辛普森夫人　我外婆的母亲听说过这事，但它很快就受到审查，报纸上一点消息都没有。

阿尔莱特　那么，对我们隐瞒这一切对谁有利呢？

辛普森夫人　也许对魔鬼有利！

阿尔莱特　也许是对仁慈的上帝！

辛普森夫人　他们两人也许串通一气，立了契约。

阿尔莱特　我们什么也不会知道，这只是些假定。

辛普森夫人　存在着地球、存在着星球、存在着星星，这一切什么时候停止呢？

阿尔莱特　应该像我们的鬈毛狗一样，它不对自己提这个问题。

辛普森夫人　像鬈毛狗一样活着！

阿尔莱特　这一切都是问题，包括天空。

辛普森夫人　而天空困扰我们，它罩着我们。

阿尔莱特　天空是在后边，在星星后边还是在星星中间呢？

辛普森夫人　它应该完全是另一个世界。的的确确是另一处。

阿尔莱特　那个世界应该比我们的世界大，才能装下这一切。

辛普森夫人　一想到这个我就又哆嗦了，这一切多么神秘！

阿尔莱特　谁是上帝的父亲？

辛普森夫人　我一无所知，真是一无所知。

阿尔莱特　如果没有神秘、焦虑、恐惧和战栗，似乎就不可能有生命。

辛普森夫人　上帝伟大，比什么更伟大？我说我的上帝，我不知道指的是谁。

阿尔莱特　也许指物质，但我们也不知道物质是什么。

辛普森夫人　我将会在洞里，不再对自己提这些问题，可是我还会在寒冷的地下战栗。

阿尔莱特　有些坟墓维护得很好。

辛普森夫人　那得有孩子，他们爱你，保养你的坟墓。我有一个女继承人，她会做追思弥撒，会献花的。

阿尔莱特　女继承人！继承我公公的钱？

辛普森夫人　我有权，他是我丈夫。

阿尔莱特　我不知道让和法律是否会同意。

辛普森夫人　我丈夫高于法律，他使法律更晦涩。

阿尔莱特　谁也强不过法律。

辛普森夫人　除非改变法律，我们会改变它。

阿尔莱特　您很自私。谁来照料让的坟墓？

辛普森夫人　他有孩子。一代一代传下去，就这样直到世界末日。然后，所有坟墓都将打开，再不用费神去照料了。

阿尔莱特　有的坟墓有一千年了，但看上去十分清新。有的坟墓只有六个月,但已经很旧,很破败了。

辛普森夫人 您瞧,从遗产到遗产,我们可以一直走到最后。

阿尔莱特 您无权碰这份遗产。

辛普森夫人 您为什么剥夺我的这种不朽性?

阿尔莱特 您为什么剥夺别人的不朽性呢?

辛普森夫人 这是殴斗,为生命而斗。我会斗争的。

阿尔莱特 我们也会斗争的,全力以赴,再说,您这是徒劳。彗星的尾巴可能撞击坟墓,使坟墓里的一切爆炸成碎片。

辛普森夫人 坟墓也可能被送上太空。

阿尔莱特 我不会给您这个机会的。让和我会阻止您。

辛普森夫人 我们倒是看看谁更厉害!

阿尔莱特 我将阻止您!

辛普森夫人 您做不到。

阿尔莱特 您刚才谈论生命、世界、天空这些大问题无非是引出遗产这件低级趣味的事。遗产这件低级趣味的事。您斤斤计较!而且您很愚蠢。

辛普森夫人 您只不过是私生子!

阿尔莱特 您撒谎,您是伪善者,蠢家伙。

辛普森夫人 我不会任人欺负的。

阿尔莱特 让和我,我们也不会任人欺负!

〔辛普森夫人下。

阿尔莱特 (旁白)不,我们不会任人欺负!真是这样吗?这可说不准,让出于劳累或怀疑主义而放弃一切!当整个地球都被墓园占据了,其他死者往哪里放呢?必须把其他死者烧掉。这会产生太多骨灰。往哪里放这些骨灰呢?

第十场

布　景

公共汽车站。

女　士　车还不来，不过天气好，可以等等。

老好人　幸亏我有雨伞，这场雨下个不停。

让　天气真好。

老人甲　我是完全认命了。

老人乙　我还做不到认命。

女　士　年轻人并不比我们快乐。

让　我很喜欢这座城市，泰晤士河边上就是塞纳河。

老先生　凿开运河了吗？

老人甲　七十年前是我抡的第一镐。运河还没有挖好，但是多亏了污染，水交汇在一起了。

老女士　是污染使我们得以生活，多美妙的云，是云将塞纳河的水运到了泰晤士河里。

另一个女士　反过来也是这样。

女　士　我喜欢像地铁的公共汽车。

另一个女士　人们干了多少事呀，从洞穴时期算起他们从前也没有做过这么多事。

女　士　那时他们没受多少教育，那时没有义务教育。

老先生　义务不义务，这也改变不了多少现状。

让　我们四周是树林、湖泊、山丘。天气多好呀！

老好人　多大的风呀，我的雨伞都被吹断了。

女　士　这里有我的遮阳伞来替代您的雨伞，这样一来，天气就更好了。

老先生　我喜欢下雨！

让　真是好天气，让我想唱歌。

〔他唱歌。

女　士　（听过歌以后）您一唱起来就没完，听您唱歌我的耳朵都被戳穿了，我丈夫也有一把诗琴。

另一个女士　所以有轨电车总不来。

让　不是有轨电车，是公共汽车，装满了漂亮女人和鲜花。

老人甲　我顺从一切……祖国的儿子。

老人乙　我永远不会顺从，对老人的诱惑比对年轻人的诱惑更严酷。

女　士　这也是真的。

另一个女士　真真假假。

让　您会唱《个人之歌》吗？

老人甲　我从前会唱《游击队员之歌》。

女　士　这是一样的。

另一个女士　仿佛是一样的。

小　姐　（很快地跑来）快点，快点，快点。

老好人　自从您把您的遮阳伞给我，天气就好了，像您说的，有轨电车不来，连公共汽车也不来。

让　我认识一个很优秀的鞋匠，他没有了工作，缺线绳，我乘公共汽车去给他找。

女　士　您越是找就越找不着。

让　我的弓上有好几根弦。

老好人　（对年轻人）我没有了弦也没有了弓。

女　士　天上有虹①。

另一个女士　如果生活不是越来越贵，如果增加工资，那钱柜里肯定有更多的钱。

老好人　国家会把钱柜里的东西都拿走。

让　我哩，我有一个大钱柜，我敲敲它，里面什么也没有，敲敲它听上去是空的，但我在储蓄。

老好人　我年轻时认识一个日本老人，他既无弦又无弓，但他仍然拉弓。

老人甲　我卖弓箭和盘子，但没有人买，买了也只是为了弄断弄碎，所以这更贵。

女　士　自从我给出了我的遮阳伞，就下雨了。

老好人　我哩，自从我有了遮阳伞，就出太阳了，但是阳光刺我的眼睛，因为遮阳伞上有一个洞。

老人甲　为了堵洞，您在洞里再挖别的洞。

老人乙　国家就是一些状态不佳的先生。

小　姐　蹩脚的国家胜过一个蹩脚的恶棍。

女　士　恶棍是妖艳女人的丈夫。

让　不是这样。波动的微粒从那时起取得了很大的进展。

小　姐　您是决定论者还是非决定论者？

让　我呀，我喜欢美的东西，只要天气美好，城市美好，波动力学装

---

① “虹”在法文中是 arc-en-ciel，等于是天上的弓(arc)。

饰上了菊花，我就不厌烦生活。

每个人物　（轮流地）公共汽车来了，公共汽车来了。

老好人　这趟车又来晚了，这并不能延长生命的年限。

〔他们都赶紧上车，车穿过舞台消失在右侧后台。

小　姐　（拍手）这不是真正的公共汽车，不是真正的公共汽车，它会带我们去看未知的土地。

老好人　自从发现了北极就不再有未知的土地了。

女　士　还有其他的北极嘛。

老人甲　是的，有其他神灵显灵的北极，我都去过，我对你们大家说：他妈的。

小　姐　别说粗话，我是在其他规矩里长大的。我还没有杀过任何人。

〔我们可以把让安排在人物中，也可以安排一个和谁都没关系的青年。

第十一场

布　景

简朴的卧室，相当阴暗。舞台后部的墙上有两扇窗户朝向街道。人影来来往往。房间里有放在地上的两个床垫、一把椅子、一张桌子、一把旧安乐椅、一把摇椅。一个很老的女人坐在摇椅上补袜子。舞台后部有人走过。片刻以后听见他敲门。

老　妇　是谁？

让　是我，让，你的儿子。

老　妇　终于来了。进来吧。

〔让打开门。

老　妇　你可花了不少时间才下决心来。

让　你好，母亲。

老　妇　我们很久没有见面了。我不是你母亲，我是你外婆。

让　我母亲还在世吗？

老　妇　在世。她在工作。我们回到巴黎有两年了，你母亲和我盼你盼够了，她对你不再抱希望。

让　在你们这个区里还有带小花园的漂亮的老房子。其实我有理由减轻过失，因为我有好几次要来。我走上街来看你们。但街只是一条死路,我不得不返回去。我绕道走,穿过别的街,它们也总是死路。我至少试了二十多次。总是有一幢房子或一道栅栏挡住去路,于是我放弃了,过几天我又重新试试,但仍是同样的结果:死路、围墙、很高的栅栏。这一次我终于找到你们了,我绕道找到一个进出车辆的大门,我从那里过来的。我找到那道大门和直接通到你们这条街的小巷。我不知道我是否还能找到那道大门前的小巷,能否找到回去的路。我能在这里过夜吗?但我一直害怕再见不着母亲了,我现在认出了你,你是我的外婆。

老　妇　我们等你可等苦了。

让　是的。你们靠什么生活?我给你们带来一些吃的。瞧这满满一袋东西。

〔他将背上的袋子卸下来放在地上。

让　你瞧,有水果,有蔬菜,有花。

老　妇　你母亲在工厂里找到一份工作。我在这幢房子里当看门人。你瞧,没有你我们也应付得了。

〔母亲上。

让　母亲,母亲,你见到我为什么这么冷淡?

母　亲　是你吗?我已经不指望你了!

老　妇　你母亲和你住在同一座城里毕竟快到两年,几乎两年了。几乎住在同一城区,而你没有来,我可是给你发电报通知过你。

母　亲　我等呀等呀,然后拿定了主意。

让　(对母亲)你变多了,多么瘦,像一块木板!我没有早些来是因为我必须完成学业。我二十九岁了,还没有拿到学士文凭。我多么想来让你看看我的文凭,后来我决定没有文凭也来。就像我刚才讲的,我没有找到这条街。

母　亲　可你小时候就住在这里呀。

〔窗外一个人影闪过，几乎同时有人敲门。

让　肯定是父亲。

外　婆　他从来没有来过。

母　亲　自从他再婚以后，他不再来看我们。他也不来。他害怕他妻子。

〔门开了，进来一个五十五岁的男人。

父　亲　（对两个女人）他没有完成学业这怪你们。他整天想着你们。他只想你们。

外　婆　（对男人）是您不让他来。

母　亲　我们一直活着这不是我们的错。现在你可以留住你的儿子了。

父　亲　他傻极了，犯些奇怪的错。他通过了最初和最后的学士考试，但没有参加中间的学士考试，这就是一个大窟窿。

〔在观众右前方，从另一道门里进来姐妹，她几乎与母亲一样老。

母　亲　（对让）这是你的姐妹。

姐　妹　是母亲养活我们，养活我和外婆。（对父亲）不论是你还是让，都没有给我们寄一分钱。

父　亲　那是因为我对让的窟窿很失望。

母　亲　（对让）你外婆多半对你说过。如果你不能再住在父亲那里，你可以住在这里，你熟悉这套公寓。

让　我在梦里已经见过它。

母　亲　（对让）二楼有一间卧室是你的。

姐　妹　从木头楼梯上去，有一间很长很暗的房间，你很熟悉的，它离我的房间不远，它不太舒适。

让　我知道，在顶里边只有一片小小的天空，但是有地方住我就很高兴了。

外　婆　等你完成学业，结了婚，有更好的住所时再说。

父　亲　他什么本事也没有，他永远不会有大出息的，永远不会像我一样当上律师。

让　这怪我，这怪我，我知道在我这个快满三十岁的年龄，我早该完成学业了。我想我完成不了学业，我没有这方面的头脑。我感兴趣的只是戏剧。

父　亲　我一分钱也不再给你了。

外　婆　（对让）你母亲还得继续工作，继续受累，但她不能这样干一辈子。

让　而我目前对她不能有任何帮助。

外　婆　（对让）你永远也不能对她有任何帮助。

让　怎么办，怎么办。

〔他扭着双手。

外　婆　他有责任感，但这不解决任何问题。

姐　妹　你生来是靠别人养活的。

父　亲　你们愿意就留下他吧。

第十二场

布　景

一个大房间。一边是小资型的客厅：三把安乐椅，一张长沙发，一张小桌子，桌上有一盏油灯，顶里边是旧式壁炉和一面大镜子，这一切都在靠花园一侧。靠院子一侧是有四张行军床的宿舍。

〔在长沙发上躺着一个四十五岁的女人，穿着黑衣，戴着大项链。她相当漂亮，不太俗气。在玛格丽特·辛普森夫人对面，有两张凳子，上面坐着相当年轻的男子让·辛普森和莉迪娅。

辛普森夫人　你来了，让。我早知道你会回到潘普洛纳来的。既然你需要钱，你就不再鄙视我们了。你父亲按时给你寄了那么多钱。

让　他是我的父亲，辛普森夫人，这很正常。我和他吵架就是因为您，辛普森夫人。

辛普森夫人　你从来就不愿意称呼我玛格丽特姨妈。

让　您不是我父母中任何一个人的姐妹。

辛普森夫人　你不愿称我姨妈。人们总是这样称呼继母的。我不要求你称我母亲，但也不是辛普森夫人。

让 没有理由用称呼来让人相信，甚至让我自己相信我母亲，真正的母亲不在人世了。

辛普森夫人 是你父亲想让大家相信这一点的，甚至想让我，特别是想让我相信这一点，好与我结婚。我的两个当官员的兄弟希望我嫁给一位鳏夫而不是离婚的男人。其实，我从来没有真正相信你母亲去世了。她还在世吧？

让 这您应该知道的。我离开她时，她住在潘普洛纳，我给她写信，战争爆发了，她音信全无。因此我请您告诉我真相。她还活着吗？

辛普森夫人 几年前我远远见过她。谁知道她现在怎样了。那时她住在穷人的街区，一幢矮房子里，只有一间阴暗潮湿的房间。

让 陋室，当然了。而你们住的是宫殿。这座城很小，您出去散步时很可能偶然遇见她。

辛普森夫人 是你父亲要和她分开的。

让 您为此费尽了心机。我知道这件事。我父亲当时是警察局局长……

辛普森夫人 他现在还是！

让 他当时可以寻找呀。总之，我来这里是为了找她，如果她还活着的话，我要带她去巴黎和我住。

辛普森夫人 你声称爱她，可你对我说你没有再给她写信。是你不该抛弃她。

让 爆发了战争。

辛普森夫人 它只持续了一段时间。

让 我承认。我没有做该做的一切。我不是忘恩负义，我是疏忽了。劳累过度。

辛普森夫人 你总责备我造成了你们的不幸。对你父亲的意愿我是无能为力的。

让 您利用了最坏的情况。

辛普森夫人 你旁边的年轻女人是谁?

让 是莉迪娅。

莉迪娅 我是莉迪娅。

辛普森夫人 是你在十四岁时背一个背包就出走的吧。我当时不得不赶你走。你和你父亲和我住同一间房。你把我们分开。你在我们之间当间谍,阻止我丈夫与我有任何亲密举动。也许你不是莉迪娅?也许你是另一个人,让的妻子。那么你该记得是我和我丈夫往你手指上套订婚戒指的。(对让)她是你的姐妹还是你的妻子?(对莉迪娅)让的婚姻美好,他挑选得对。可惜后来爆发了战争和那一连串的流离失所,以至于人们不再相认。(对让)不应该由我向你母亲打招呼,我是你父亲的合法妻子。

让 我母亲在您以前就是父亲的合法妻子。您说过我和我的姐妹是私生子,您不知道这几个字的分量。

辛普森夫人 我不在街上游荡,得啦,我不去每个区里逛来逛去。大部分时间我都躺着。我肚子痛,我便秘。

让 您会因此死掉的!愿您因此死掉!

辛普森夫人 (对让)战争以前、战争期间、战争以后的日子你是怎么过的?

让 战争以前,您知道,我被流放。幸好我从那里逃了出来,来到这个金黄色的国家,它很友好地接待了我,而且收养了我们。

莉迪娅 (对让)我很感激这个民族。不该说它的坏话。不然我们会怎样呢?

让　战争期间,最初我当过兵。后来我被辞退了,被顶替了。接着我在奥斯曼土耳其人海军的造船厂工作,但我没有成为土耳其公民。

辛普森夫人　你来到你父亲的家里,我们的家里,不是为了来问候我,你来是向我挑衅,要不也许是打听我的健康状况,你想知道我是否很快会死去。我没有任何疾病,除了便秘,但不严重。你不会很快得到遗产的。何况一切都写在我的名下,我掌握一切。房子是我的,钱是我的。你或你的姐妹或你的妻子,你们什么都得不到。你父亲活着时给了你足够的钱。

让　我来只是为了寻找母亲。

莉迪娅　如果说父亲给了他钱,那是背着您给的,因为您不会允许的。

辛普森夫人　这话不对,他什么也不隐瞒我。是我叫他给你钱的。

让　当我有钱有势时他才寄我钱。当我穷困时他不理睬我。他以我为耻。

辛普森夫人　战争期间他无法给你寄钱。邮件无法穿越交战国的边界线。再说,那也没有什么意义,因为有通货膨胀。

让　您没有什么东西给我们吃吗?我不知道我为什么这么饿。

辛普森夫人　我有无花果。

〔一个仆人端来满满一盘无花果,在下面的场景中让一直在吃无花果。

让　我时时感到饥饿,仿佛是一种食欲过剩。我希望您橱柜里有许多别的食品。

辛普森夫人　你父亲总有存货的。

〔父亲从舞台后部上。

父　亲　我总是给你许多钱。你很有钱。

让　你给了我五十万法郎，我只剩下十多万。

莉迪娅　在这里，在这幢房子里，有许多空房间。你可以有时睡这间，有时睡那间，去一楼睡，去二楼睡，去阁楼睡。你不会厌烦的，这里有拉丁文的书籍，有宗教书籍，全部神学书。

让　对我来说，它们几乎是无法读懂的。从前我能读懂，但我全忘了，我与宗教分手了。

父　亲　这里有纸牌。

莉迪娅　塔罗牌？

〔父亲从衣袋里掏出许多纸牌，扔到桌上或者让的脚前。

让　（捡纸牌）塔罗牌。多么古怪的图案！还有古老的文字。不过我偶尔能认出一个字来。

父　亲　（从衣袋里掏出厚厚几沓钞票，递给让）来，这是钱。

让　这是俄国的旧钞票。

父　亲　是土耳其的。

让　不管是俄国的还是土耳其的，这些钞票都过时了，再没有任何价值。我无法用它们来支付厄内斯特舅舅的债款。他正好给我打电话。

〔让朝电话走去，电话没响，他将听筒放到耳边，又挂上听筒。

让　的确是厄内斯特舅舅，他问我要许多钱来为家里还债。

父　亲　我和这个家庭再没有任何关系了，都是些流浪汉，一事无成的人。

辛普森夫人　这正是我刚才对他讲的。

让　此外，这笔钱，这些钞票，是厄内斯特舅舅寄给我，让我交给你换成好钱。我另外还要钱！

父　亲　是你母亲派你来的。你蛮横无理，和她一样！你不再怕我，因为你知道我再不能揍你。

让　我母亲家里有老人。他们都很老了，不像你和我，不管怎样我们仍然年轻。你没有看到我母亲变得多老。她来这里有一年半了。可她变得多老，看上去和外婆一样老。

辛普森夫人　这么说你去看过她了！你父亲是禁止你这么做的。

莉迪娅　不能禁止他去看他母亲吧。

让　是的，一年以后才去的。她在那里而我没去看她。我的职责太多，有各种各样的操心事。再说当时没有出租车，没有公共汽车。好几次我试图去看她，但总是有什么事使我未能如愿。或者是缺乏交通工具，或者是我迷了路，或者是我遇见几个朋友拦住了我和我聊天，天黑了我只好回来。

辛普森夫人　刚才你说你没有再见过她，你要我帮你寻找她。

让　我现在也不清楚我是否真的再见过她，我是否真的找到了她。是的，我找过，但迷了路。她住在体育场后面。（对莉迪娅）你可确实见过她，你确实见过她吧。

父　亲　那你怎么会知道她老得厉害？

让　（一边吃无花果）我不是说过我也不记得我见到的是她本人还是只见过外婆还是两人都见到了。

父　亲　我只能给你四十万法郎。这张钞票是五十万，剩下的钱找给我。

让　这儿！

辛普森夫人　你瞧你满口袋的钱。

让　还不够哩。还需要很多。家里人很需要钱。他们人口很多，又很穷。至少你该这样对他们。而且他们都很老。

〔让在长沙发上躺下。

辛普森夫人 你穿得很好，很阔气。

〔一个装满钞票的鼓鼓的钱包从让的口袋里掉在地上。

让 我该出去把这些钱给我母亲和她的家人，但我会回来的，我还需要钱。

〔他拾起地上的钞票，和莉迪娅一起装进一个皮包里。

让 我把钱给他们送去。我知道她住在哪里。克洛德露台街。但是这条街在哪里？

父　亲 可以在地图上找找。

辛普森夫人 用不着你操心。这不关你的事。

父　亲 出了门，街上有马车，多半是两匹马，甚至三匹马。

辛普森夫人 （对让）你瞧你父亲多殷勤！他没有给你更多的钱，这不怪我。我可没有拿走一切。（对父亲）让他自己想办法吧！

让 乘马车去到城市的另一端，这不够快而且太贵。来吧，莉迪娅，我们去找一辆出租车。

父　亲 你知道这里没有出租车。

让 可是我得赶快呀。

莉迪娅 也许有有轨电车、公共汽车，但应该乘哪一辆？

让 晚了，晚了，我得赶快！

〔外婆上。

莉迪娅 外婆！

父　亲 你让全家人都来这里。我对你说过这我不愿意。

辛普森夫人 别忘了这里是我的家。

外　婆 现在太晚了，你母亲死了！

让 （痛心地）她已经等了很久，本该再等一会儿的。

父　亲 在我给你的书里写着人将死或刚死时我们应该怎么办。

让 可是那些话还对吗？那是些老书，很老的书，讲的是十分古老的经验。

辛普森夫人 等我快死时,我愿意别人在我头上放一个花冠。

莉迪娅 (对让)冷静点。

父 亲 我感到遗憾!她毕竟曾是我的妻子。但你要我怎么样?

让 还是给我那本书,上面写着人刚死去时该怎么办。

莉迪娅 用你的财富安慰自己吧。我们有好几幢房子。每幢房子里都有好几张床。我们每夜都可以换床睡。你从来不喜欢总睡同一张床的。

第十三场

人物：让、莉迪娅

〔他们分别从左右两边上，在舞台中央相遇。

莉迪娅　你知道那个消息吗？你想象得到吗？康斯坦丁越来越受人敬重和赞扬，真是飞黄腾达。他刚获得世界上最高的文学奖。他们不再想给你这个奖了，你离它越来越远！人们对你的敬重减少了，风化了。有些国家根本不知道有你这个人。即使在法国，你也被遗忘了。

让　的确如此，谁还知道我？我很难过。我原先认为自己已如愿以偿，还有什么可做的呢？我没有意识到当时应该继续斗争。我以为既然赢得了一切，那就放下武器吧。而此时其他人在暗中奋斗。然后，突然之间黑暗消失，于是他们出现在耀眼的光线下，名望的光辉之中。我怎样后撤，沉入黑暗以等待新的较量呢？

莉迪娅　康斯坦丁得了世界奖，这是你无法企及的，而你原本是可以的。

让　好多年里我努力克服自己的惰性，而后来我放任自流。我牺牲了自己的精神生活和心灵平安，为的是获得名望，而现在再没有名望了。

莉迪娅 你可以重新开始吗?

让 我大概很老了。我多少岁了?

莉迪娅 你收到了一封正式的信。

〔她递给他。

让 (读信)"先生,由于您的请求,您被任命为斯特拉斯堡中学的老师。"这么说我还不太老!我甚至还年轻,因为他们让我重新开始我的职业生涯!像最初一样,当中学教师。

〔莉迪娅下。

让 嗯,我这是在哪里?当然是在巴黎了!我从马赛来,蓝色大海的形象还萦绕在心头。我现在记起来了,昨天我还在马赛,刚作了一次长途旅行,海上旅行,我去了君士坦丁堡。是的,我乘的是一艘巨轮。它那么巨大以致过不了博斯普鲁斯海峡,人们不得不给它抹上油才过去了。

〔路易上。

路易 你仍然把时间浪费在这次旅行上,你认为你还有时间可以浪费吗?现在太晚了,你太老了。

让 心理是没有年龄的!我仍然年轻,我在梦中看到自己仍然年轻。无意识是不会衰老的。而且我走路,而且我跑步。

路易 你做了一个美梦,它持续了十五年或者几乎二十年,但美梦结束了,你从来没有为我做过任何事。

让 你从前崇拜我,现在仿佛蔑视我。你的礼服真漂亮!

路易 这是无法挽回的!这一次是难以弥补的!至今为止,你运气好,总是逢凶化吉,现在结束了。你的样子太颓败了,瞧瞧我,我挺住了。我会把你们都埋葬的!现在该我笑了。你不要再试了。你的时光过去了。我走了,必须善于摆脱使自己困扰的友谊。我和漂亮的未婚妻有约会。

〔他下。

让 这个路易，只要我不再享有盛名他就会抛弃我。我不会原谅他的！如果不顾一切我仍然还有时间，我不会忘记这事的。他怕我重新开始。从前他在旁边嫉妒我，牙齿咬得格格响，现在他高兴了，欢欢喜喜地复仇。但他不能如愿的，他复不了仇。我要去斯特拉斯堡。我的时光并未结束，我将证明给他看。但是只有唯一一趟免费火车去那个方向。要是错过了这趟车，我就无可挽回地失去了一切。怎样做才能不误车，应该去哪个火车站上车呢？我害怕误车，害怕迟到，因为我带的这个箱子太重，让我难以迈开大步。

〔莉迪娅上。

莉迪娅 你愿意的话，我帮你拿箱子。

让 不久以前，也就是在两年以前，金钱从四面八方涌向我，报纸给我寄钱。有些报纸还刊登了我的照片，可现在一分钱也不来了。该怎样做才能找到一点钱呢？

莉迪娅 从前我们贫穷时，你总是在地上找钱，而且能在人行道边上和小溪旁找到钱。你低头找找吧。

让 我试试。

〔他低头寻找。

莉迪娅 噫，瞧，有一个发亮的东西！在那儿！还有那儿！

让 （拾起钱币瞧着）这算不了什么，是些小铜板，值不了多少钱。它们解决不了问题。

莉迪娅 你瞧，这里还有！

让 （又低下头，拾起一个钱币）一文不值！这是些老铜板，已经不通用了。

莉迪娅　别丧气，在斯特拉斯堡还有那份工作在等你哩。我去医学院取了你的文凭，在这儿！

让　文学文凭？我要向所有的人展示它，让大家知道我还能对付考试。可是，为什么是医学院发给我这张文凭呢，那里也举行文学合格考试？

莉迪娅　是的，当然，你看到了。它甚至比文学院还认真，还更科学。学者和名医欣赏你，因为你在诊所开刀时他们认识了你。你还记得自己如何受到呵护吗？你去火车站，将这张文凭给售票口的人看，作为交换，他们会给你一张火车票的。

让　我必须走。住在这里太阴森。

莉迪娅　在巴黎附近，在凡尔赛门，就是乡间了。你可以每天都去。

让　是的，不错。从前我去，时不时地去，为了呼吸新鲜空气，欣赏美丽的风景。当我获准在两次手术之间走出诊所时，我也去那里。那里有宽阔的野地，一个小山坡。令你心情畅快。是的，我又看见了这个小山坡，又看见了灿烂阳光下的那片野地。多么灿烂的阳光！与其他的光线不同的阳光。然后我爬上山坡，在最上面，在坡顶上，就是明亮的小城。我去过好几次。是在梦中还是确有其事？确有其事！不过风景太美了以致我认为是在做梦。这个有着白房子和美丽天空的小城叫什么名字？有沐浴在阳光下的白色房屋，一个十分明亮的漂亮广场。这座城叫什么名字？

莉迪娅　阿吕米尼亚，这座城叫阿吕米尼亚。

让　你瞧我并没有失去一切，因为我记得这座城的名字。阿吕米尼亚，阿吕米尼亚。我可以在地图上找到它。在所有梦中的地图上都标明了它。阿吕米尼亚，我的情爱之城，阿吕米尼亚，我的梦想之城，阿吕米尼亚，我的真实现实之城。

莉迪娅　当我们说出阿吕米尼亚这个名字时，它的全部阳光一直照到我们身上。

让　那黑暗为什么又回来呢？阳光，留下来！阿吕米尼亚是阳光的名字。可惜一切暗了下来。我没有足够的力量能把阿吕米尼亚的阳光保留在我身上。又变得阴暗了。莫非我不再做梦了？或者这是一场噩梦？黑暗再次占领了我的心。

莉迪娅　你在斯特拉斯堡会重见阳光的。

〔保尔上，莉迪娅下。

让　你与黑暗同来。刚才我还在阿吕米尼亚。现在阿吕米尼亚离我远去，在多少公里，多少公里以外。你穿得总是很讲究。在我对面，与我在一起，你的衣着更显得讲究。你别怨我，因为我马上要对你说我需要钱买火车票。我总不能步行去吧。我曾步行上山坡，立刻就到了阿吕米尼亚。现在我很累，爬不了坡，甚至走不了平地。我需要钱买火车票。

〔停顿之后他继续说。

让　他们出现了，吼叫，折腾，走路，说话，耳语，相互敲打，相互侮辱，相互言和，再次相互侮辱，他们有野心，相互嫉妒，相互盗窃，相互折磨，然后他们被抹去，消失了。有的人住进漂亮的旅馆。另一些人在旅馆门口大叫，冲上去赶走了其他人。常常出现火与烟，一切都在燃烧。他们重建旅馆。另一些人又来夺取好位置。他们只住两天，可四天以后他们还在那里。有人驱赶他们，将他们从那里拔掉，必须切断一切绳索，然后他们也消失了。

他们说："我们只是路过……"可实际上他们赖在那里。身居陋室的人也赖在那里。谁也不肯平和地、融洽地消失。富人和穷人一样凶狠，甚至是穷人更欣赏自己的穷困。我对他们说，有许许多多的地震，有许许多多的火山，它们向我们喷发火焰，喷发滚烫的熔岩。森林和城市爆发了那么多火灾。有那么多风暴和飓风。然后还有那么多致命的流行病。让这一切发生吧。既然无论如何我们会燃烧，那就别急躁不安吧。还是来跳圆圈舞，或者让我们大家，让我们这些不计其数的人，手牵手或者臂挽臂地走向虚无的永恒，寂静的天堂。别再纠缠了，快一点，来，用矫健的步伐跑吧。

唉，谁敢担保这只是我们的第一圈①。第二圈可能更糟糕。

〔两个女人上。

让　请指示我方向。

女人甲　这里的方位基点不同。

女人乙　有超南方和超北方。

女人甲　河流像是悬着的地毯。

女人乙　您必须去外围。

---

① 此处影射但丁所描述的地狱中的同心圆圈。——原编者注

第十四场

人物：维奥莱特、让。

〔维奥莱特穿着睡衣，睡衣下没有其他衣物。

让 是您，维奥莱特，我认出您了。您和从前一样年轻漂亮。真令人吃惊，二十五年来您一点都没有变，您仍然是二十五岁。您这么年轻真让我吃惊。多么无法挽回的损失呀！亚历山大去世是多么可惜呀！别用这种凶狠的神气看我。我知道，您肯定埋怨我。您还怨我吗？

维奥莱特 我永远埋怨您。也许不是出于您所想象的原因，那时您年轻，有抱负，您对他的态度很傻，但不仅仅是这个……不是这个。

让 那时我年轻又有抱负，但我们三个人都是这样。我们的友谊为时不长！呵，您不知道我多么为他的去世感到遗憾！

维奥莱特 悔恨有什么用？但我能想象您在悔恨。

让 临死前，他给我打了招呼，寄来一张他的照片。

维奥莱特 您同时也寄去了您的照片。

让 我们在无意中想到做同样的事。

维奥莱特 你们的照片擦肩而过。四天以后他去世了。

让 我得知他当时的情况。他病得很重,体力衰弱,他支持不住了。

维奥莱特 人们说我抛弃了他,说是在吵架以后。这是毁谤。

让 那最后一个招呼仿佛是告别。您认为我们,永远也再见不着他吗?存在另一个世界吗?

维奥莱特 没有另一个世界。您错过的东西就永远结束了。一切都无法弥补。

让 那么您不相信了,不存在另一个世界?

维奥莱特 不存在另一些空间,不存在另一些地点,不存在另一些时间。

让 也许有些时间是交错在一起的,只隔着几道想象的帘子,几道隔板。也许在同一时间里有几个时间,它们既相连又分开。

维奥莱特 别说孩子话了,别提出人人都提出的傻问题。一切都只有一次。

让 亚历山大可并不确信。我常常看见他亲吻圣像,不,不,您别用这种神气,那不仅仅是拜物教。(停顿)那时我的生活充满了热情。那段时间既丰满,又紧张、多彩。发生了一些大事。而现在,多年以来,时间是空的、松弛的,时间在奔驰。我无法再抓住时间。在从前,河流慢慢地流淌,而今天,它是瀑布。那时一分一秒都亲抚我们,迟迟不走。我到达了。什么地方?我成功了,成功了什么?一切都是空虚,人应该为爱而死。

维奥莱特 你们之间有严重的不和,误解。一切只是误解。

让 他是这样说的。

维奥莱特 我有一位新朋友。他向我解释了一切,为什么有这种不和。您不是一个体面的人。

让 哪位朋友?

维奥莱特 您不知道吗?是扬,波兰人。

让　可您不会波兰文。

维奥莱特　我从英文译过来的。

让　他是用法文写的。

维奥莱特　英文译本更好。

让　您无法想象,维奥莱特,我是多么后悔,我有那么久,那么久没有和亚历山大见面！当然,后悔有什么用呢。我多么愚蠢,也许我们多么愚蠢！他曾是我最好的朋友,我的兄弟。是什么使我们相互远离?

维奥莱特　是您躲着他！

让　我以为他在模仿我,实际上他偷去了我的一个梦想。

维奥莱特　他也做许多梦。的确你们原本可以像兄弟。你们有文学人的虚荣心。你们太相似了,做的是同样的梦。你们的经历也相似。而且有同样的焦虑,同样的顽念。

让　荒唐,假想的文学竞争。

维奥莱特　是您的错。

让　从前,你对我以"你"相称。

维奥莱特　您害怕了！实际上,在你们的交往中,是您获益最多。

让　但他成了政治活动分子,其实那有什么关系呢?我太傻了。

维奥莱特　您本该早就意识到的！我对您不可能再有友谊。

让　别那么讨厌我！我始终无法与思想和我不同的人交往。

维奥莱特　您真有思想吗?思想！他成为活动分子多半是由于你们分手了。如果您没有抛下他一人,他就不会这么做。他参加党是为了有一个家。您让他不知所措。思想！意识形态！那是偶然性而不是选择。是意外。无意义的虚荣。

让　但我总是说友谊应该超越这一切。无论如何要有友谊。友谊是那么美好,只有友谊与死亡重要。最终他选择了死亡。

维奥莱特　是死亡选择了他。

让　二十年过去了，二十年！我居然在没有他的情况下继续生活，这是怎么弄的？永远见不着了，永远见不着了！

维奥莱特　您的罪恶感使我厌烦。您就钻进您的罪恶感的污泥里去吧！钻进去吧！我无能为力。

让　是您维奥莱特使事情变得糟糕的。我有好几次试图再见见你们两人，与你们和解。可您反对我，拒绝我。我明白您不想忘记过去。您使事情变得十分糟糕。

维奥莱特　也许您本该坚持的！而我，现在，我超越了这一切！我有一个新朋友，我要翻译他的作品。

让　也许，也许是您本人对他感到厌烦，您再也受不了。在他生活的每个时刻，从早到晚，从晚到早，他都太需要支持，太需要帮助了。他一睁开眼睛，您就把一支烟放在他嘴里，然后就是烧酒瓶，只有在这以后他才起床。最初你们之间肯定有误会，但您利用了这个误会，不是去弥补它，而是加深它，您能控制自己，您很清醒。您本来可以帮助他，本来可以帮助我们，本来可以解释的。但您不愿意忘却这些。为什么？真正的原因是什么？应该有一个我不知道的原因，一个您向我隐瞒的原因。真正的原因是什么？

维奥莱特　你真的记不得了？

〔她让睡衣滑落下来，她在让面前赤身裸体。

亚历山大出现在舞台后部。

亚历山大　来吧，让，我允许您。来吧，既然我允许您。您不觉得她美，您不爱她？您不能爱她？让我高兴吧。

维奥莱特　（对亚历山大）他是傻瓜，还是装傻？

亚历山大　让，您使我失望，您真使我失望。

让　您很美,光彩夺目！我不敢相信自己的眼睛,我不敢,我不敢动弹,您没有理由感到不快,我真不敢相信。我怎能想得到呢?

维奥莱特　永远没有第二次。

〔有顷。

亚历山大　我宁可死去。我想写些像音乐一样美的作品,也是那么轻柔、温情、哀婉、宁静。就连诗歌也做不到。有时,很罕见,会出现语言的舞蹈,文字的音乐,例如在阿拉贡的作品中,但这十分罕见,即使在阿拉贡的作品中也如此。

〔亚历山大下。让在维奥莱特面前一动不动,她慢慢又穿上睡衣。

维奥莱特　不,永远没有第二次。

第十五场

人物：让、亚历山大。

让 再没有什么新鲜事了。我们时不时地感到有一个小树林、一小片丛林要去探索。我们认为那是新大陆，可是在丛林的尽头，甚至就在丛林中，我们发现了我们自己的足迹。我们已经去过那里了！我们十分惊讶，然后我们记起了日期和钟点。令人沮丧！

亚历山大 也许还有另一种冒险！

让 那得走到围墙之外，翻过墙头。我下不了决心。

亚历山大 这很不容易。其实我们喜欢走回头路。早上喝同样的白葡萄酒，抽第一支烟。新的一天开始了。我们甚至喜欢早已养成的习惯，尽管它并不舒服。

让 只要一切都是新的，我们愿意从头开始。但是这个新鲜事需要我们等待。我们喜欢重新开始，可是不喜欢开始。可是，可是。

亚历山大 小木偶转了三小圈后就走了。

让 也许它们并不想走。如果别人不愿意它们走，也许它们还在转圈。我们，我们不愿意走。人们正瞧着我们，正听着我们，我们本人也瞧着自己，也听着自己。他们说这是同样的木偶。

亚历山大 我们就我们自己也说同样的话。我们知道自己衰竭了。

让　如果我们与他人能够重新发现第一个早上的新鲜空气，那可多好！

亚历山大　小杯白葡萄酒会帮助我们的！可是不！酩酊大醉而不是小醉。

让　我内心是资产者，也就是说我喜欢同样的习惯。

亚历山大　做点别的事！

让　换一个样子！一个完全意料之外的、不可理喻的，是的，是的，难以想象的人。

亚历山大　换个环境！

让　呵是的，换个环境！换个环境！我很想换个环境，但我也很害怕。

亚历山大　我厌烦了这个地方，但我又不想换地方。

让　如果我们对新地方能有一个大致的概念，一点点概念，如果我们知道那个地方，那也就不再算是改换环境了。我不知道我是喜欢冒险还是惧怕冒险。我有时对自己说我不喜欢其他任何冒险。

亚历山大　厌烦、疲乏最终会使您想去冒险的。

让　厌烦！我已经习惯了。或者不如说我不习惯，但却习惯了这种不习惯。

亚历山大　可这是平庸，我们不能从头开始做得更好吗？

让　但条件可完全不一样了。就连条件这个词也可能毫无意义。

亚历山大　我们将永远受制于其他条件。也许最终我们可以换张皮，但换不了人。人们所谓的皮和将来不知该如何称呼的那东西。

让　将来永远有存在吗？它可以称作存在吗？什么样的存在呢？做得更好！除非人从本质上是无所作为的，从形而上学上是无所作为的,只有这一次机会,对所有的存在或者所谓的准存在只有这一次机会。

亚历山大　下一次做得更好!这是可能的吗?

让　这样就不错了,虽然我们甚至没有分身术。

亚历山大　不过这也不是要求过高。我也感觉自己生活在笼子里。我甚至坚信我们是在笼子里。我们能找到一个出口。有一次我会找到的。无论如何,必须找到。别人在推我们。他们大批地涌入,挤满了笼子。呵,要是有另一个不那么挤的笼子多好!

让　但那仍然是笼子。

亚历山大　我们生来就该永远生活在笼子里?

让　这正是我刚才对您说的。何必换笼子呢?但这不由我们决定!还不如生活在原来的笼子里。

亚历山大　你做不到。你已经厌烦了,这是因为你想去别处。你已接受了冒险。还有别人在推我们。

让　一个小小的角落对我就足够了!

亚历山大　不久以后就不会有安静的小角落了!已经结束了。你明白,你看见他们了,他们围攻你,要吃掉你。

让　你说的这话既使我担心又使我放心:厌烦已经表明了对冒险的兴趣,对冒险的急切心情。可是不,这并不一定。我还要待一会儿,尽量地待下去。和我爱的两三个人在一起。我不愿意抛弃她们。

亚历山大　至于我,我想我会解套的。我不愿意被人赶出去,在这以前我会跳进冒险里。

让　冒险的无底深渊。跳过墙头!但如果那是深渊呢?

亚历山大　人类在月球上迈出了头几步。他们胆子真大!我们只要稍稍再大胆一点!我不会等着被人赶出门的。

第十六场

让　奇怪了。在这么一小块地方，居然盖起了三幢高高的摩天大楼。住在里面的人身在乡村，同时又享有大城市的舒适设备。有电梯上到高层吗？其他的房屋很小，但是有两条街，两家电影院和两家餐馆，乡村餐馆。

年轻的村民　您在这里做什么？

让　我在寻找失去的空间。（旁白）他像一个粗人。

年轻的村民　如果你寻找小城堡，你得穿过那片小林子。从前有位伯爵住在城堡里，现在它成了医院。

让　您知道，您很像麦克拉根，电影演员。您看上去是爱打架的人。

年轻的村民　我三十岁了。我没有通过上六年级的考试，我不知道是不是再去考还是去技术学校。我真想往你腰上狠狠地揍几拳。

让　您不愿意和我喝一杯吗？

年轻的村民　噫！我父亲来了。

〔来了一个老村民，他与年轻的村民出奇地相像。

让　你们真相像！还以为您父亲是您的哥哥呢。你们两人左眼上都戴着一根黑布条。

老村民　我有一家小酒馆，就在附近，来和我喝一杯吧。

让　我带着许多钱，瞧瞧。

〔他出示钞票。

年轻的村民　是谁给了您这些钱？

让　是面包师。我在他那里换的钱。

老村民　它们不值钱了。他骗了您。这是指卷。

让　指卷？

老村民　上次大战以后就不再通用了。

让　我小时候是住在这里的。您不记得我了？我住在磨坊。那个农庄叫作磨坊。

年轻的村民　我一点都不知道。你呢，爸爸？那个农庄当时在哪里？

让　在这条小溪旁。在丛林后面。你们真的不知道？你们从来没有听说过从前的农庄主？他们姓默尼埃，是这个地区一个古老的家族。可惜房子被毁了，什么也没有剩下来，就连记忆也没有留下。我可是来寻找的。我不会再来这个村子了，只是在这里度假的。

第十七场

布　景

阴暗与凄惨的房间。让与一个朋友从左边上。天花板阴暗、肮脏。从天花板传来一个老妇的怨声和呻吟。

让　是的,亲爱的,在乡村,在海与山之间,我有一所十分漂亮的房子,与我实际居住的房子大不相同,那是一座宫殿,有大客厅,路易十六式家具和帝国式长沙发。路易十三肯定在那里住过,但这是我梦中见到的房子。我经常在梦中见到它,所以它必定是一幢真正的房子,我说这是宫殿,因为它包括一些比宫殿还大的城堡,而城堡的土地一直延伸到大洋,甚至更远。宫殿怎能容纳比宫殿还大的城堡呢,这是两世界之间或三世界之间空间的奥秘,这些空间相互交错,相互重叠,你只能在梦中明白,既然我告诉你我常常在梦中看见它,那它就对应一幢真正的、完全真正的房子。

朋　友　如果路易十六住过,那肯定是实实在在的房子。

让　我们常常在那里见面,我更多的是在梦中而不是在虚假的现实中与你见面,我们在那里谈论单一与倍数。

朋　友　我记得很清楚,完全记得。我是工业家,我们也常常谈论我的袜子工厂和袜子的增产。一只袜子怎样增产呢？我找到了新材料，不是丝绸，不是尼龙，不是棉花，也不是在今天的现实中庸俗地流行的其他材料或其他织品。然而，我们在克洛德露台街这幢阴暗的房子里见面这不是第一次了，这幢房子也应该是你的，它与另外那幢房子同样真实，因为我们常常来克洛德露台街这里，来到这阴暗的底层，如此阴暗的底层，我们在这里吃过面包，也喝过许多啤酒，也谈论过许多哲学问题。在你的空间里，你把这幢房子放在哪里？在空间与空间之间，这些空间与另一些空间之间还有地方吗？如果没有地方，我们就不可能在这里了。

让 真正的房子是我们记得的房子，特别是在梦中记起的房子，是我们重新找到并在其中进入梦境的房子。

〔从上面，从天花板上传来老妇人的哀怨声和呻吟。

让 真正的房子是我们梦想的房子，是的，我也梦见我们此刻所在的房子，两幢房子都是真实的，但哪幢是真实中之最真实的呢？我从来不梦见第三幢房子，它不存在，我梦见最多的是眼前这幢房子，它是最真实的。

朋　友 那当然，这幢房子最真实，因为你和你母亲在这里住过。

让 对，正因为如此，你说得对，它最真实，它最真实，因为我和母亲在这幢房子里住过，她以为我疯了，我是来找她的。

〔从天花板上传来哀怨声和呻吟。

让 是她疯了。一个人不该这样说自己的母亲，但她藏了起来。你瞧，房子是空的，只有一张小桌子，免得我们在安乐椅和椅子后面找她，但我不知道为什么这幢房子和她很相像，这里在无形中仍然留着她的手势，她那忧愁的面孔，地板上她那些不干涸的眼泪。

朋　友　只要你还没有找到她，那些眼泪是不会止住的，你听不见从天花板上一滴一滴落下的眼泪和呻吟吗？瞧，我手心上有一滴。

让　她在上面。母亲，你在那里，你在上面，下来吧。

老妇的声音　我在地上就害怕，地板被虫子蛀烂了。我的泪水产生了蟑螂，地上、地板上哪里都是虫子，地板被虫蛀了，坟墓在地板下面，我不愿意掉进去，我的亲戚都在里面成了灰。在上面，我可以免于死亡，免于成为灰烬。

让　（朝上看）既然我发誓说我曾经四处寻找你。母亲，我终于找到你了。

老妇的声音　我不愿意下来。

〔让和朋友举起双臂去拉从下面看到的那把安乐椅的两只椅腿。整把安乐椅露了出来，上面坐着那位老妇。让和朋友支撑着安乐椅，将它轻轻地放在地上。

让　你瞧，地板没有裂开，妈妈。

朋　友　您瞧，夫人，地板没有崩塌，小虫也避开您了。

老　妇　（坐在安乐椅上）我不愿意，原先我就不愿意，我害怕，你们让我孤单单地待得太久，我不习惯于孤独。（对让）你的姐妹在哪里？你的父亲在哪里？（她指着朋友）这个人是谁？可你们不会让我留在这里吧！

让　我会带你走的，我会把你放进最美的玻璃棺材，意大利教皇的棺材里，你将穿上红袍。

老　妇　你们看到我多么叫人恶心，我的裙衣破破烂烂的。我只有破衣烂衫了，我只剩下骨头和很少的皮肤，薄薄一层皮了。

让　所有人都将来看你。

老　妇　（指着朋友）我刚才问你这个人是谁。

让 你认不出他了？是乔治，我的同学，那时他来我们家吃点心，我和他一起逃学。

老 妇 （向让展示她的爪子）我问过你为什么让我孤单单地待这么久，你还没有回答哩。

让 我四处寻找你。

老 妇 你没有真正寻找，你待在你的宫殿里，城堡里，和你的美人们在一起，你没有想到我，你住在你父亲的房子里，他阔气得多。

朋 友 他也早死了。

老 妇 可是由于他有钱，他付钱给教会，得到一幢对死者来说很不错的房子，他有家具，有食物。生活是不公平的，死亡也是不公平的。你呢？是的，是的，是的，你假装寻找我。

让 为了寻找你，我去过所有的墓园，去过老年之家，去过你姐姐和你表姐那里，去过活人与死人那里，我在教堂的登记簿上找你的名字，但是没有找到，妈妈。

老 妇 那是因为你从来没有请神父为我做弥撒，你在这房子里找我的时候，从来没有向上看，而只看见腐烂的地板，于是就赶紧逃走了，你害怕，你感到羞愧，然而我就是你母亲，直到世界末日，甚至在世界末日以后我都能认出你来，我会在虚无缥缈之处，在更高的七星座之间找到你。我此刻在哪里？在万人坑里，但我留了个心眼，藏在天花板上面，正因为这样，这幢房子虽然破烂，但还没有倒塌。而且我会让房基颤动，制造混乱。

朋 友 （对让）这不是你母亲。你母亲原先很温柔。这是你的外婆。

老 妇 既是外婆又是外公。

父 亲 （上场，对外婆）你大概在想象一些可疑的事。

老妇（外婆） 不能肯定说我想象的事可疑。

父　亲 不能说由于你想象的确有其事，它们就不可疑了。

老　妇 （对父亲）你在这里？

父　亲 （对老妇）你现在以为既然你死了你就更有活力了。不，你的存在并不比当初你在世时多了点什么。我没有做对不起你的事，就好比人不可能伤害自以为永远活着的他人一样。

老　妇 不，你瞧，我比以前更有活力，因为我一生都没有过这些指甲，而我现在有了，它们这么长，这么锋利。你们给我摆摆这安乐椅，让它成为审判席，将这张桌子放在它前面成为法庭的桌子，铺上黑布。你明白吗？

〔这是她对朋友说的。

老　妇 你瞧，他们都来了，一批又一批，我是审判，我是审判官代表。上帝很公平但也残忍。你们不知道上帝并不永远宽恕。

〔朋友将椅子放在桌子上，于是安乐椅成为一种宝座。

朋　友 （对老妇）人们在世间做的一切没有任何价值，任何重要性，最大的罪行和最大的善行是活着的理由，但这一切毫无意义，这一切毫无意义，对另一个世界和另一个世界的世界都是如此。

老　妇 如果你也不自认为在非活人状态更有活力，那你为什么害怕你也称作的我的爪子、我的钩子、我的S形钩呢？而你，我的儿子，你坐在我右边当第二陪审官。让罪人们进来吧。

〔父亲的第二任妻子（即辛普森夫人）上场。她很衰老。涂脂抹粉，衣着过于年轻与夸张，像妓女。

老　妇 你来了，巫婆，你把我女儿从她家里赶了出来，我要用我的钩子钩你的喉咙，我的钩子比活钩子更厉害，对付再没有一滴血的非活人它更厉害也更痛苦，因为血能治病，而你再没有血了。我呢，我既不怕枪，也不怕尖刺和刀。

〔辛普森夫人的一个兄弟——军官和另一位兄弟——高级官员上场。

老 妇 你，我儿子的第二个小舅子，你也一样，你让人枪杀了我全家人，很久以来我等的就是你。你这个可笑的军官，挂着你的肩章、勋章和军刀，带这些装饰来这里干什么。你为什么杀了、枪毙了我的全家？我早知道你逃不出我手心，我是正义。不，比那更甚，我是复仇女神。

军 官 因为他们不属于我这个种族。在国民军的法庭上，我是军事法官，我奉命杀死所有不属于我种族的人。人们尊敬我、支持我，为我授勋。我对自己的作为引以为荣，是的，我应该消灭一切非我种族的人才能使我的种族生存下去。我也杀本种族内的一切温和派，一切出于懦弱而自以为是的人，我判他们死刑。人们在街上为我欢呼，我的公诉状最好，最强硬，最有说服力。

朋 友 （对老妇）他的种族也曾遭另一种族杀戮，无一幸免。在他的种族的死者中，他是唯一的幸存者，杀戮他种族的种族也被另一种族消灭。所有这些种族，所有这几十个先后相互消灭的种族，我们不再知道它们的名字了。

老 妇 （对朋友）你是不称职的律师。（对军官）那么谁是律师呢？谁为几千个被不公道地判刑的人辩护呢？

军 官 他们不需要律师。他们承认有罪，或者当他们受审时他们已经死去。

老 妇 你也要付出代价，也要为消灭你的种族的那些如今不知其名的种族付出代价。造物主本人也忘记了这几十亿战士或凶手的名字，你只是一个超死者，我判处你，也判处你兄弟，他这个大官员偷窃了穷人的土地，而穷人也不配有那些土地。但我要确定比一般罪犯更有罪的超罪犯。我看不到纯洁，造物主此刻正在嘲笑这场审判，而我作这场审判正是为了让他笑得更欢。我们是丑角。我判你有罪。

军　官　别这么做，让已死者和五十位正在火中死去的人在死亡里活着。我不愿成为灰烬。

朋　友　（对老妇）还有其他的种族，最后的种族，它们在造物主的眼皮下相互屠杀。

老　妇　让他们回来，他们都回到我面前，我会屠杀他们。

〔朋友将军官推到老妇的爪子下。

老　妇　（掐着军官的喉咙）笑呀，漂亮军官，笑呀。

〔她将另一只手伸进他的脑袋。

老　妇　你的脑浆多么红又多么黑呀，我抹在你的眼睛、鼻子和嘴巴上，笑吧，军官，你要是能喊叫就喊叫吧，我把手伸进你的喉咙，你还记得吗，漂亮的军官，你当初是怎样穿着你那双擦得亮亮的漂亮靴子，挂着你那把军刀四处显摆的？我给你两秒钟回答。

军　官　我只是奉命行事。那时我有怜悯之心。

老　妇　你有怜悯之心，所以我现在夺下你的军刀，当初你想把军刀刺进我女儿——我女婿的妻子——的腹部，我现在把它刺进你的腹部，刺进你有名无实的内脏里，现在我挖去你戴单片眼镜的右眼珠（军官的眼珠吊在外面）。我让你另一只眼睛睁着片刻，好瞧瞧你的遭遇，你们，在场的人，瞧瞧吧！

〔她扯下军官的肩章、饰带和上装。

老　妇　你不需要一个将军或上校来给你降职。

军　官　法律，呵，法律！

〔军官喊叫，然后不出声地倒在地上。

老　妇　别脱去他的靴子，只有他的脚有生命，他在发臭。

〔军官仍然瘫在地上。

老　妇　你，巫婆，走过来，尽管你害怕，你仍然梳着发卷，穿着袒胸露背的漂亮衣服，人们会以为你年轻，可是来吧，过来。（辛普森夫人走过去）你和从前一样年轻漂亮。你以为如此。我要亲自照料你。

〔她离开带轮子的安乐椅，蹒跚地走着。

老　妇　你想继承一切，我儿子的一切，我儿子的财富，你找巫师们使你每天更漂亮。你站直了，你会看到……

大家来看吧。

〔她扯下辛普森夫人的帽子，帽子滚落在地，她用手杖狠狠敲了辛普森夫人的双肩，后者成了驼背。她撕去后者的裙衣、内衣，脱下她的鞋子，而且用她爪子般的指甲抠去后者的假鼻子和脂粉。

辛普森夫人现在深深地弓着背，看上去比老妇还老。老妇将一位看上去年轻的女人变成赤身裸体、弯腰曲背的老妇。

老妇笑了起来。

老　妇　大家都瞧瞧她，瞧这个女人不穿金戴银时的真面目。

〔她踢了辛普森夫人一脚，后者倒在地上。

老　妇　站起来。

辛普森夫人　我再也起不来了。

〔老妇抓住她的后颈，将她提起来。

辛普森夫人　我冷，我害怕，我后悔。我当初不该那样做。

老　妇　蠢婊子，走吧，你能走的。

〔她往后者手里放了两根拐杖。她现在灵活地东奔西跑，而辛普森夫人一边哭泣，一边倚着两根拐杖一瘸一拐地走。

朋　友　够了，夫人。

让　够了，宽恕吧。

老　妇　（一直灵活地走着，对辛普森夫人）我夺去了你虚假的青春，在下面的世界和上面的世界里，有谁曾经宽恕过？你失去了全部力量，巫婆，你把我的力量还给了我。那么你呢，高级官员？

高级官员　我把地给了所有无地的农民。如果说有时我不公正，那是弄错了。计算时不会总是那么精确，那是算术错误。

老　妇　你撒谎。

〔她打了高级官员一耳光。

高级官员　您在侮辱一位国家最高官员。

老　妇　笨蛋。（她又给他两耳光）受你照顾的农民在哪里？他们在哪里，不能为你作证？

高级官员　他们成了泥土。

老　妇　那让泥土来作证吧。

〔高级官员从衣袋里掏出一个小袋，将袋中的一点泥土倒在地上。

老　妇　这泥土不会说话，它不会说话，因为它已不是泥土。你瞧瞧你脚下，没有了泥土，泥土没有了，天空没有了，世界没有了。

高级官员　我没有坟墓了，我的坟墓，墓碑在哪里？将来谁也不知道我曾经是谁，我是……我是……我名叫……我是谁，我曾经是谁？

〔他倒下。

老　妇　你们大家既存在又不存在于非空间的虚无空间里。

〔一个漂亮的茨冈女人上。

老　妇　我女儿受她丈夫嘲弄，而你，你嘲弄了他的第二个妻子，所以我不怨恨你。我的女儿，我不会唤醒她。能做到的唯一宽恕，就是不打扰死者。将你的情人吊起来，吊住他的喉咙，既然你说你爱过他，接过这根绳子吧。

〔茨冈女人朝父亲走去。

老　妇　拖着他走。

〔茨冈女人拖着他。

老　妇　愿这一切永远地，永远地，永远地消失。我会再召唤你们，你们会再见到我的。

〔老妇脱下破衣，摘下假的大鼻子，变得年轻漂亮，她唱起歌来或者说她发出真正非人类的强烈的欢叫声。

军官、高级官员，辛普森夫人又站了起来，拉上父亲一同大笑着走出去。

整个舞台上升起了雾，它持续了几秒钟，当舞台再出现时，上面已空无一人。

当舞台沉没在雾中时，可以听见笑声和哭泣般的声音，然后一切与雾同时消失。

第十八场*

布　景

无。强烈的光线。舞台中央有一个中年人坐在安乐椅上。后台传来模糊的响声,模糊的低语声。

朗诵者(或让)　(在安乐椅上一动不动,很少做手势)我不知道。我不知道。地平线仿佛曾经堵塞了绿色的云。小路曾经穿着病人的睡衣散步。几百万人爆炸,人,或者是自以为是人的人。隧道的正面在可怕的风源下喘息。

〔这个人物或者让说话时声音十分清亮,他常常停下,强调标点符号。他的神情像是回忆或看见或做梦,眼睛睁得大大的。

三角形、圆形,其他的面,其他的体积都在焦躁或激动不安地等待另一些毕达哥拉斯。我奇怪这里并不阴暗。我们是在唱诗班吗?石钟的齿轮使人倒胃口?我们是在杂志工厂。仓库的门永远关着。我们不再是比利牛斯山。他们仿佛不想给我们钥匙。谜语既不死也不活。我没有想到这一点。不,我想到了。我离开梦游世界为的是不陷入另一个世界。老人们的胡须散布在路上,深入到小街上,

---

* 这一场戏全部是独白,仿佛是梦呓,缺乏逻辑性,前后不连贯。作者臆造了不少字词,意义不明,有时仅仅根据谐音。

而侯爵夫人们紧贴在上面。她们既没有敞领,甚至也没有小翻领,怎么能这样做呢?

〔有顷。

呵不,这与我看见的东西毫无关系。我再没有自己的语言了。我越讲就越没有话说,我越没有话说就越讲。从前那些毫无道理地推理的人是怎么做的?闭上嘴吧,我没有也不该去批评。我会有自己的嘴唇吗?我梦中的嘴唇吗?我说过不耐心吗?请原谅我的不耐心。

不耐心是长久的耐心吗?正如乔治·斯特拉塞的天才。我弄错了锁。两千五百本各有两千五百页的书,即使对八百八十八年的生命而言,也太多了。我曾有过法国出版商,米歇尔、克洛迪于斯、加斯东。皮夏尔、克洛维斯、谢尔德拉,他们叫什么名字?谢尔德拉是法兰克人之王,克洛维斯是笨蛋之王。我的同伴消失了。我的同伴曾经陪伴我。这是一句明智的话:明智的声音是充满了含义还是鲜血?他们曾经有姓名。不是同样的姓名。名字在烈火中改变了。在街头,我与我的主要出版商及共和国的总统讨论。不,那是总统的共和国。不,是共和国的总统。一个共和国是怎样的?一位总统是怎样的?他说,来吧,孩子们,让我们坐达达尼昂[①]的小船去英国。达达尼昂写过迪潘、迪帕克、迪马耶和大小仲马的书。大仲马和小仲马,谁是儿子的父亲,谁是父亲的儿子?这原先是什么?这话是什么意思?人们对我说我会想起一切的。我的毛毛虫会回来吗?粥比肉还硬。人们对我说什么?动物是会说话的人。他明白自己在说什么吗?既然我本人东奔西跑。在这个地区没有"既然"。不多不少也不到时候。开口比轮胎的导爆管更难。还有某些模糊的回忆。我请自己原谅。比较是不存在的。

---

① D'Artagnan,大仲马所著《三剑客》中的人物,仲马在法文中是 Dumas,以 D 打头,下文中的几个人名也是以 D 打头的文字游戏。

〔有顷。

还有,字眼也不存在。有模糊的回忆、桑斯、科学、耐心、渐慢、缺乏、帕朗斯[①]、假期。我的 aison[②] 被称作诽谤,曾有过红色的喉部,呵啦啦。

〔有顷。

有桥吗?鄙视[③]的骑士没有尝到肩头的粉笔。瞧你。能允许吗?努一把力。想想,想想,尽管这是禁止[④]的。我应该在 résulittes 的世界。我进入了 rébulites 的 festile[⑤]。看看,这将是嘉年华会。不,不是这个。正厅后排的鹦鹉将在后台表演?在后台!呵,呵,呵!有后台。瞧瞧,le voyons voient-ils les voyons[⑥]?锯齿形门的修整者。又是出于对不精确性的担心而擦墙而过。下面终于有一个神圣的句子。珠光色的海滩,une prace tudide.[⑦]

〔有顷。

Tudide.

〔有顷。

Tudide.我很希望能够说 tudide 和 tucidide[⑧] 是同一个词。一个残酷[⑨]的词。是同一个词,同一个词。呵,舞台前部的孤独!我说了话吗?

〔惊恐地。

我说了话吗?呵,舞台前部的孤独。我说话了吗?我说话了

---

① scences、parences,作者根据谐音编造的词。

② 作者编造的词,意义不明或没有意义。

③④ 作者编造的词,但可以猜出字源。

⑤ 均为作者编造的词,résulittes 由“复活”转换而成,rébulites 疑为“废物”,festile 疑为“联欢节”的变形。

⑥ 意义不明,字词与语法都有超现实主义的风格。

⑦ 皆为作者编造的词,prace 疑为 place(地方),tudide 疑源于 tuer(杀戮)。

⑧ tucidide 疑为古希腊哲学家修昔底德(Thucydide)。

⑨ 作者编造的词 truel,疑为 cruel(残酷)。

吗？matonobri[①].鄙视的骑士没有尝到肩头的粉笔和我外婆的肉冠。

这与我看见的东西毫无关系，呵，啦啦，有一座桥吗？河流与它的流水被桥放逐了。水，是流动的吗还是水流负载着水？

〔有顷。

有，有桥吗？从一座桥到另一座桥，人们相互伸出手去，它们拉扯着你们的脚。

〔有顷。

似乎不应该说这个，读这个，记起这个，pire[②]这个，ker[③]这个。禁止回忆。巴拉，巴拉，巴拉-巴拉，波尔塔巴拉。

我可怜的头。呵对，这以前只是一个字。代替头的是什么？Le crakera, des borkaux[④].衣柜的魅力与精致被当作细木工对待。细木工被当作衣柜对待。他们完成了过去现在虚假的和谐。方式不错。这种讽刺适合于什么？

〔有顷。

在像法国这样一座迷人的城市里，在回想起我们anomie[⑤]的世纪时，人们并没有输给阿尔萨斯-沙布龙的让勒塞尔所发明的白色铺瓷砖。这是从我的冒险中所剩下的一切吗？对不起。没有争执。在那个戈尔德地区。这又是一个重现的回忆。在古代非洲的象征里，金属是否逐渐增加了分量？对艺术品，对快速作品来说，这是启示。新的图案，不需要画框，坐凳上的二百年艺术。这是低凹小路的真正奥秘，小路在天赋的客店里燃烧。几何形布景没有lambaires[⑥]瓦片那样夸张。违心的底色有助于摆弄压抑的板。压抑，这是唯一的话语吗？

这光明不是国外的光线。被摩西和先知所启示的知识所改变的人，他们成功地使地球平面球形图和小轮卡车消失了吗？现在我

---

① 作者编造的词，含义不详。

②—⑥ 作者编造的词，意义不详，或者没有意义。

不可能知道。现在我什么都不知道。但我本可以问自己这对于阐明生存是有用的吗。我经常,呵经常尊重我强加于自己、塞进我脑子里的那些类别,但这毫不重要。既然一些支离破碎的念头来到我脑中,我就吞下了祈祷用的跪凳吗?从不,从不,从不,这一切突然来到我脑中,来到我那被无知的蛀虫咬坏的脑子里,无知的蛀虫,无知的蛀虫,想象的无知蛀虫,它们关系到我,使我困惑。不,不,什么也不能被谈,什么也不能被重谈,什么也不值得 volo①。

在灌木丛里一个隐蔽的地方有一个靠水边的旧洗衣池。洗衣妇在那里捶打白色的亚麻衣。

挥发物,挥发物是在家谱里找到的。不,在家谱里再也找不到,从来就没有找到挥发物。

不存在的夫人们和先生们,还有你,作为一个黑洞的公众,我的阐述包含着好几个重要的论证,由此说明获救的救星将救人。这一切不值一提。如果有奶牛等着挤奶,那就去干吧。有过 manistères, manusfères, matifères②,奥秘和摧毁一切的他们的同伙吗?

呵,脑袋,呵脑袋。我一边聊,一边发现字词能说出事物。事物能说出字词吗?为什么给我们脑袋?问题并没有死亡。我要提一个问题:站起来,马太,穿上蓝色的鞋,贤者中的笼子,用袜子来缝你的脚后跟。近期的学说在空中绕圆圈,但是下水道正赶上天空。下水道是蓝色和黄色的花。从前它们在公众节日,在普遍思辨场所被用作装饰旗。

我不知道。我只知道我身上保留着支离破碎的细胞。

我不知道。

---

① 作者编造的词。

② 根据词尾的谐音 ɛ:r 而编造的以 ma 开始的三个词。mani 可能来自“怪癖”,manu 可能来自“手的”,意义不详。

图书在版编目(CIP)数据

拜访死者的旅行/(法)欧仁·尤内斯库著;桂裕芳,宫宝荣译.—上海:上海译文出版社,2023.5
(尤内斯库戏剧全集)
ISBN 978-7-5327-9218-4

Ⅰ.①拜… Ⅱ.①欧… ②桂… ③宫… Ⅲ.①剧本—作品综合集—法国—现代 Ⅳ.①I565.35

中国国家版本馆 CIP 数据核字(2023)第 071592 号

拜访死者的旅行
尤内斯库戏剧全集 5

[法]欧仁·尤内斯库 著
桂裕芳 宫宝荣 译

出版统筹 赵武平
责任编辑 缪伶超
装帧设计 尚燕平

上海译文出版社有限公司出版、发行
网址:www.yiwen.com.cn
201101 上海市闵行区号景路 159 弄 B 座
杭州宏雅印刷有限公司印刷

开本 890×1240 1/32 印张 12.5 插页 6 字数 170,000
2023 年 7 月第 1 版 2023 年 7 月第 1 次印刷

ISBN 978-7-5327-9218-4/I·5737
定价:86.00 元